태양의 탑 6

Tower of the Sun

태양의 탑 6

초판 1쇄 | 2015년 2월 16일
초판 8쇄 | 2020년 7월 20일

지은이 | 전민희
펴낸이 | 서인석
펴낸곳 | 제우미디어
출판등록 | 제 3-429호
등록일자 | 1992년 8월 17일
주소 | 서울시 마포구 상수동 324-1 한주빌딩 5층
전화 | 02-3142-6845
팩스 | 02-3142-0075
www.jeumedia.com

ISBN | 978-89-5952-334-4
ISBN | 978-89-5952-195-1(SET)
• 파본은 본사나 구입하신 서점에서 교환해드립니다.

제우미디어 소설 공식 카페 | cafe.naver.com/jeunovels
제우미디어 소설 공식 카페 | www.facebook.com/jeumedia

| 만든 사람들 |

출판사업부 총괄 | 손대현 **책임 편집** | 전태준, 윤여은 **기획** | 홍지영, 김혜리, 신한길, 여인우
제작 | 김금남 **영업** | 김영욱, 박임혜
디자인 | 디자인수 **커버 일러스트** | 군요(kunyo) **맵디자인** | 장근철 **도움주신 분** | 김창원

TOWER OF THE SUN

태양의 탑 6

전민희

제우미디어

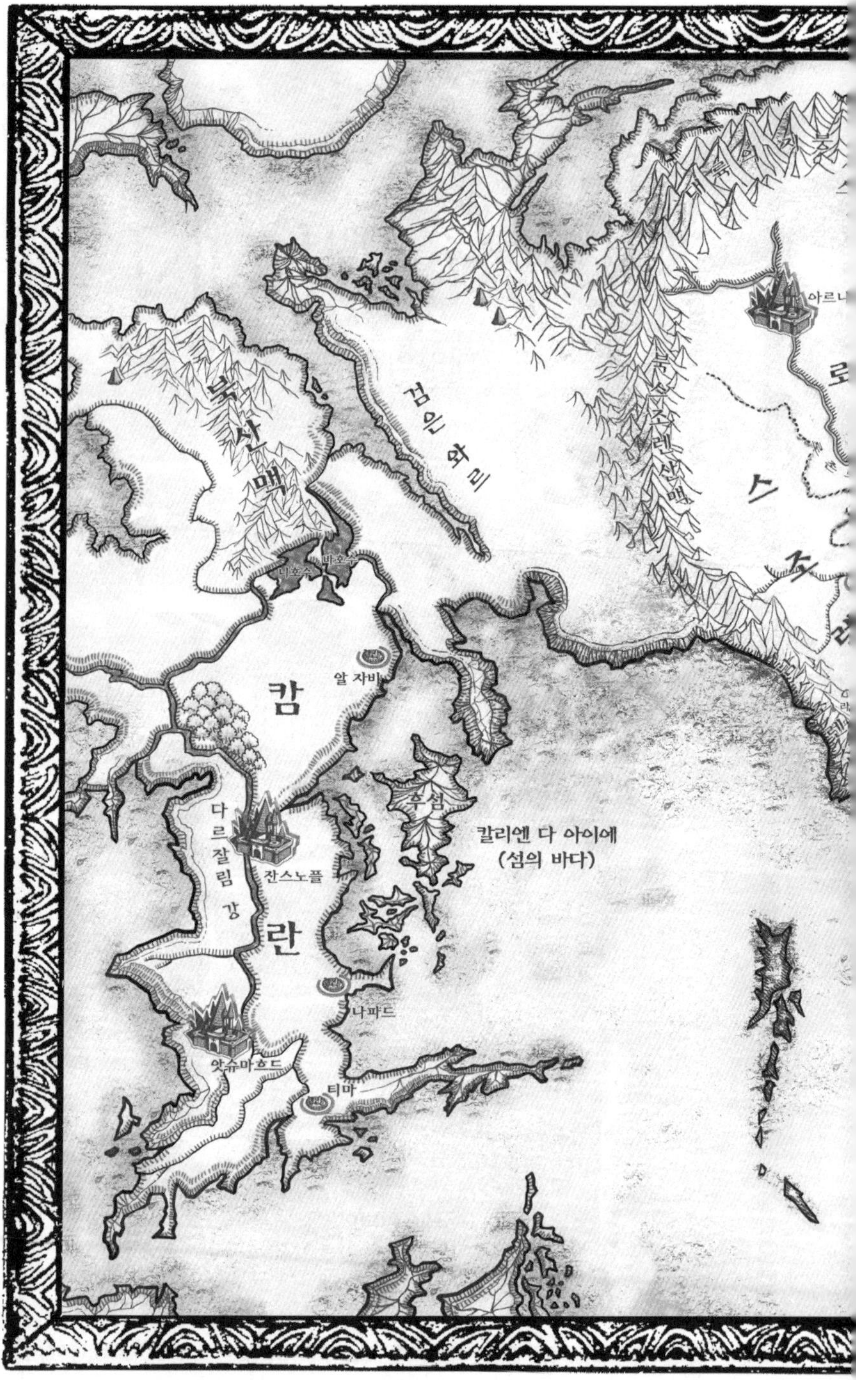
북산맥
검은 와리
니호수
바호수
북스조렌산맥
아르나
알 자비
캄
란
후섬
칼리엔 다 아이에
(섬의 바다)
다르잘림 강
잔스노플
나파드
앗슈마흐드
티마

하 얀 산 맥
노 르 마 크
트뢰멜
이
소
나
미
르
신성령 달크로이츠
노 른 슨
아르나
아르나 강
외랑
프레안데로 강
로아린강
님 블
드라니아라스
대평원
이조르칸트
낫
소
무
즈
이 진 츠 강
리에주
알글라체
흰 오라즈 강
푸른 오라즈 강
마리뉴
텔로헨
달크로즈
크로즈님 강
테르시텔레
고원
테르시텔레 반도
돌아오지 않는 바다 (동쪽 바다)
블로이아이 군도
롱 봐 르 만
도아 해협
하 르 마 탄 섬
차크라타나
에 름 로 이 츠 열 도
바 다
JUN MIN HEE'S WORLD
ARUND CHRONICLES™
TOWER OF THE SUN

등 장 인 물

키릴로차 르 반 주인공. 키릴, 또는 키릴츠로도 불림.
사샤 아르나브르의 부랑아.
비주 아리나즈미 네이판키아 족 소녀.
지지에 카니크 여자 점쟁이.
아라비카 아라빈다 비카르나 족 남자.

잭 리프알름의 소년.
카야 리프알름의 소녀.
메리엘 잭을 키우는 여자.
마그다 카야의 할머니.

진스카(하즈라샤) 잔스노플의 대제후.
사라딕 사라드의 영주.
아밀 알 자비에서 만난 소녀.
카로단 마이프허 세르무즈의 장군.
빌리반드 라고트 로존디아의 궁정 마법사.
일츠 브릴모 키릴로차와 형제처럼 자란 친구.
칼드 로존디아의 궁정 수석 마법사.
클라리몽드 프랑슈콘느 키릴로차의 옛 연인.

아스트라한 데바키 마법사 회의의 의장.
스노이켈 데바키 아스트라한의 아들.
안 브릴모 아스테리온 무녀.
델로인 마법사 회의의 의장 대리.
이베카 민스치야 이진즈 숲의 엘프 마법사.
알라니엘 이스트리스 테타니온 소속 마법사.

CONTENTS

Ⅲ. 검푸른 포도의 빛

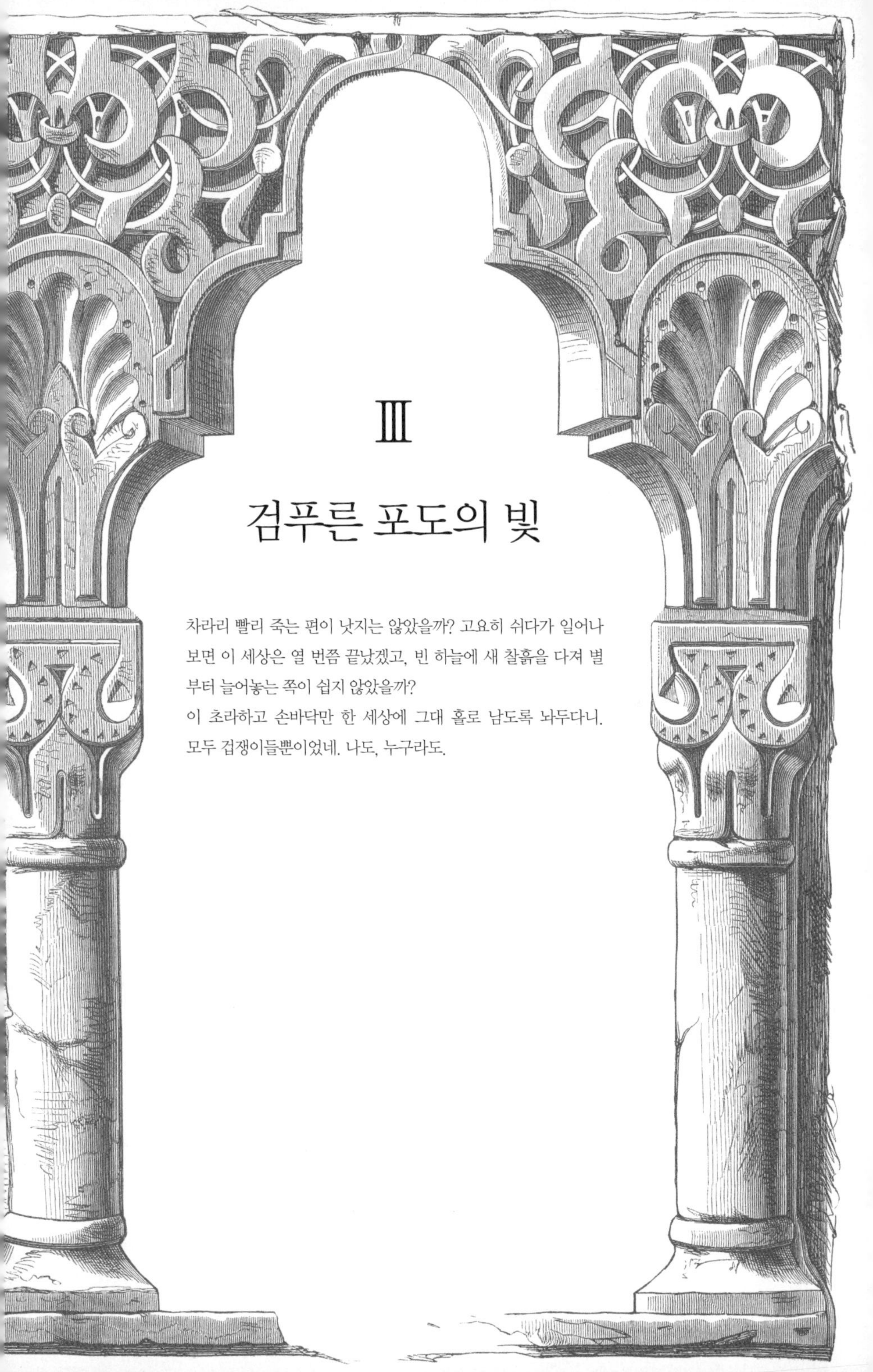

Ⅲ

검푸른 포도의 빛

차라리 빨리 죽는 편이 낫지는 않았을까? 고요히 쉬다가 일어나 보면 이 세상은 열 번쯤 끝났겠고, 빈 하늘에 새 찰흙을 다져 별부터 늘어놓는 쪽이 쉽지 않았을까?
이 초라하고 손바닥만 한 세상에 그대 홀로 남도록 놔두다니.
모두 겁쟁이들뿐이었네. 나도, 누구라도.

오프닝.

열네 장의 카드

오랜만이었다. 마음의 궁전은 여전히 하늘을 가리키며 서 있었다. '이 세상이 어찌 될지 궁금하다면 위를 보라' 고 말하는 것 같았다.

스노이켈은 백여 걸음 떨어진 곳에서 고개를 젖히고 마음의 궁전을 올려다보았다. 오늘 그곳에는 화려한 꽃불도, 몰아치는 바람도 없었다. 날은 맑았고, 가을날치고는 더웠다. 그리고 위를 봐도 궁금증은 풀리지 않았다.

그는 단순한 튜닉 차림에 짧은 망토를 걸치고 나무 샌들을 신고 있었다. 챙 넓은 짚 모자를 썼고, 긴 머리는 시골소녀처럼 올려 묶었다. 그런 시골뜨기 같은 모습이었기에 이곳으로 오는 도중 행선지가 같은 자들과 수없이 마주쳤지만 아무도 그를 아는 체하지 않았다.

그래서 그는 두꺼운 로브와 묵직한 망토에 짐까지 짊어지고 지팡이에 매달려 허덕이는 마법사들을 한가롭게 관찰하며 걸어왔다. 그들은 아무리 힘들어도 마법을 쓰지 않았는데 다른 마법사들 앞에서 실력을 비교당하기가 싫기 때문이었다. 스노이켈이라면 그런 걱정을 할 필요가 없었지만, 마법을 썼다면 순례자 같은 행색을 한 마법사들의 면면을 미리 살펴보기는 어려웠을 것이다. 대회합의 날, '이스나에의 홀' 로 들어가면 모두가 7년 전에 쓰고 나서 홀에 벗어두고 갔던 탈을 찾아내어 먼지를 털고 덮어쓰기 때문에 누가 누구인지 알아보기도 힘들어진다. 7년 전과 신기할 정도로 똑같은 소리를 하게 된다는 점도 그 탈의 효과 중 하나다.

스노이켈 곁을 묵묵히 걷던 마법사들은 아직 탈을 쓰기 전이었다. 그들은 왜 평소보다 대회합 날짜가 늦춰졌는지 의아해했고, 이유를 나름대로 추리하면서 최근 실과 오브니가 벌인 전쟁에 대한 소문을 주고받았다. 마법사 회의의 의장 대리를 맡고 있는 델로인이 문제의 전쟁을 중재했다는데 그건 평소 마법사들의 행동 방식은 물론 델로인의 성격과도 어긋나는 일이 아닌가? 혹시 아스트라한이 델로인의 섣부른 결정 때문에 화가 난 건 아닐까? 대회합에서 델로인을 내쫓고 아스트라한이 의장으로 복귀하지는 않을까? 그렇다면 델로인을 따르며 출세를 기대하던 자들은 어떻게 될까?

보통 사람들은 마법사들이 자기 연구에나 몰두할 뿐 이런 정치적 문제에는 별 관심이 없으리라고 지레짐작했다. 마법사들도 그런 편견에 부응해서 일반인들 앞에서는 이런 이야기를 입도 벙긋하지 않았다. 하지만 대회합에 가는 날쯤 되면 그들도 할 말이 많아졌다. 벌써 8백 살에 가까운 아스트라한의 마법 실력이 여전할지, 혹시 힘을 잃어가고 있지는 않은지, 의장직을 대리에게 맡기고 떠돌아다니는 것도 그 마법을 회복시킬 뭔가를 찾고 있기 때문은 아닌지, 아스트라한이 계속 자리를 비우려면 슬슬 새로운 사람에게 의장직을 넘겨야 하지 않을지, 그러자면 누가 가장 새 의장으로 적당할지, 마음의 궁전으로 가는 길목에는 온갖 의견이 떠다녔다. 그들 대부분은 다른 마법사들을 만나 친교를 나눌 겸, 남들의 실력 변화를 질투 섞인 눈으로 관찰할 겸 일찍 출발했기에 마음의 궁전은 한동안 크게 붐빌 예정이었다.

"이곳은 마법사들만 들어올 수 있습니다."

예상대로 복장이 문제였다. 스노이켈은 소개 대신 왼손을 내밀어 보였다. 랑드유 석영이 박힌 반지를 본 상대방은 흠칫 놀라며 짚 모자로 감춰진 스노이켈의 얼굴을 훔쳐봤다. 랑드유 반지는 이곳에 올 자격이 있는 마법사라 할지라도 누구나 지니는 물건은 아니었다.

"이거 실례했습니다. 로브를 안 걸치셔서……."

"더워서요."

물론 약간 덥긴 했지만, 이조르칸트에서 무슨 이유로든 로브를 벗고 다니는 마법사란 이만저만 생소하지 않았다. 적어도 그날 출입 관리를 맡은 젊은 퀜틴에게는 그랬다. 멜헬디 학교를 졸업하자마자 마음의 궁전으로 와서 마법사의 도제로만 살아온 그는 세상 사람들이 어떻게 행동하는지 거의 잊고 있었다. 그렇게 마법사들 사이에 파묻혀 살며 세상

일을 모르게 된 젊은이는 아스트라한이 가장 안타깝게 생각하는 무리이기도 했다.

어쨌든 고위 마법사라면 없는 법도 만들면 그만이다. 퀜틴은 어색하게 웃으며 길을 비켜 주었다. 스노이켈은 미소로 답하며 안으로 들어섰다.

입구를 지나 두 갈래로 나뉜 통로에 접어든 스노이켈은 짊어졌던 가방에서 로브를 꺼냈다. 마음의 궁전에 들어온 이상 우연히 가는 방향이 같은 시골 젊은이 노릇을 계속할 수는 없었다. 그런데 스노이켈이 미처 로브를 걸치기 전에 달갑지 않은 사람이 나타났다.

"잠깐, 자넨 누군가? 어떻게 입구를 통과했지?"

블레이즈였다. 고작 여든 살 남짓했지만, 인간 마법사들이 곧잘 그렇듯 스스로를 원로로 생각하는 자였다. 스노이켈은 손에 들었던 로브를 걸쳤다. 그걸로 답이 되리라고 여겼는데 블레이즈의 관점은 달랐다.

"이제 와서 변장해도 소용없다. 경비!"

경비를 맡은 마법사들이 달려왔다. 로브 소매가 길다 보니 반지 낀 손이 마침 소매 속에 가려졌다. 블레이즈가 스노이켈을 가리키며 말했다.

"이자가 몰래 들어와 변장을 하려 했다. 지금처럼 민감한 때에 말이야. 누구인지, 무슨 의도를 갖고 왔는지 밝혀야 한다. 알았나?"

스노이켈은 천천히 모자를 벗었다. 그제야 상대가 엘프임을 알아챈 블레이즈가 당황했다가, 곧 얼굴까지 알아보고는 표정이 일그러졌다.

"아니, 스노이켈 님……. 차, 차림이 좀……."

"더워서요."

스노이켈의 어조는 퀜틴과 대화할 때와 똑같았지만 블레이즈는 놀림당한 것처럼 미간을 좁혔다. 스노이켈이 절을 해 보이고 돌아서자 블레이즈는 얼른 목을 가다듬으며 다시 말했다.

"아, 그야 뭐, 스노이켈 님쯤 되면 어디서 무엇을 입으시든 마음대로겠지요. 그런데 아스트라한 의장님께서는 조금 늦으십니까?"

"잘 모르겠습니다."

"아니, 아드님께서 모르시면 누가 알겠습니까?"

수백 년간 스노이켈이 아스트라한의 아들로서 특권을 누리지 않으려 애써 왔음을 누구나 아는데도 블레이즈는 그 말이 실례가 되지 않는다고 생각했다. 훌륭한 아버지가 있는데 왜 숨긴단 말인가? 그야 다른 사람들이 치켜세워 줄 때까지 기다리느라 그런 것뿐이겠지.

"행선지를 알리지 않는 기쁨을 아시기 때문이죠."

스노이켈의 대답 또한 블레이즈의 이해 범위를 벗어났다. 스노이켈은 계단을 올라갔다. 일곱 계단 위에 첫 번째 홀이 있었다. 블레이즈가 계단 밑에서 소리쳐 물었다.

"그럼 아스트라한 님께서는 이번 대회합에 안 오신단 말씀이십니까? 요즘 변경이 소란하다는 이야기는 들으셨지요? 이조르칸트의 역할이 어느 때보다도 중요한 이때에 의장님께서 너무 오래 자리를 비우시는 게 아닙니까?"

스노이켈은 대답 대신 한 손을 눈썹에 댔다가 떼어 보이고는 홀로 들어갔다. 안면이 있는 엘프 마법사들은 스노이켈을 보았지만 눈인사만 을 나눌 뿐 방해하려 하지 않았다. 하지만 인간들은 달랐다. 그들은 호들갑스럽게 다가와 인사를 건네며 이런저런 소리를 늘어놓다가 곧 아스트라한은 어디 있느냐고 물었다. 스노이켈은 '잘 모르겠습니다' 라고만 답했다.

스노이켈이 마음의 궁전에 도착한 지 한 시간도 지나지 않아 '이번 대회합에 아스트라한이 오지 않는다' 는 소문이 쫙 퍼졌다. 스노이켈은 그 비슷한 말도 한 적이 없건만 곧 수십 명이 스노이켈을 찾아와 사실 확인을 하려 들거나, 이유를 묻거나, 심지어 항의를 하려 했다. 대회합에 의장의 부재라니 말이 되는 일인가?

7년에 한 번 열리는 대회합은 전 대륙의 마법사들이 한자리에 모이는 유일무이한 자리다. 평소 자기 생일조차 잊어버리고 사는 마법사들이다 보니 매년 열리는 회합은 참석률이 저조했지만 대회합만은 달랐다. 7년 동안 마법이 어떻게 발전했는지 속속들이 알 수 있고 대륙의 정세도 공유되는 자리다. 자신이 하고 있는 연구를 누군가가 이미 완성해 버리지는 않았는지, 방향이 잘못되지는 않았는지 알고 싶다면 대회합 자리를 놓쳐선 안 되었다.

회합 자리에서 발언권조차 얻기 힘든 젊은 마법사들도 이름난 마법사들을 눈앞에서 보고 운이 좋으면 한 수 배울 기회도 생기는 대회합만은 몇 달이 걸려서라도 찾아오곤 했다. 실력자들도 자신과 비슷한 동료들을 만나 토론할 기회를 놓치고 싶어 하지 않았다.

무엇보다 대회합은 7년 동안 새로운 업적을 증명한 자들에게 고위 마법사들만의 회의인 '테타니온'에 출석할 자격을 수여하는 자리이기도 했다. 랑드유 석영 반지는 테타니온 회원의 표지였다.

이런 모든 일을 하려면 의장이 있어야 했다. 새로운 연구의 가치를 매길 때도, 모자람이나 거짓을 판별할 때도, 젊지만 뛰어난 마법사의 손을 잡아 높은 곳으로 올려줄 때도, 의장의 판단이 중요했다. 물론 그것만이라면 의장 대리 델로인을 비롯한 고위 마법사들이 대신할 수도 있을 것이다. 다만 한 가지만은 누구도 대신할 수 없었다.

의장은 7년 동안 세상에 일어난 일을 보고받고 그 안에서 경향성을 찾아내어야 했다. 그리고 그 속에서 미래를 읽어야 했다.

수백 년 정도는 가볍게 사는 엘프들에게 세상에서 벌어지는 일들은 단편적이고 반복되는 듯 보여서 많은 엘프들이 아예 변화를 외면했다. 반면 인간들은 순간순간 벌어지는 사건에 지나치게 몰두하고 집착했다. 인간이면서도 오래 산 마법사들은 그 두 부류의 장단점을 함께 갖추었지만, 그들 또한 자신이 젊어서 겪은 시대에 큰 의미를 두는 경향이 있었다. 그들에게 오늘날 일어나는 모든 사건은 그 시절의 변주였다. 무엇보다 가족과 친구들의 죽음을 차례로 겪어 온 그들은 혼자 살아남았다는 자의식이 강했다. 그 때문에 오래 산 엘프들이나 경솔한 젊은 마법사들보다 더 편협한 경우도 드물지 않았다.

의장의 덕목은 그런 차이를 넘어 보편적인 눈으로 세상을 바라보는 것이었다. 때로 수십, 수백 년에 걸쳐 어떤 변화가 일어나고 있을 때 그

것을 막을지, 내버려둘지, 부추길지 결정하기란 쉽지 않지만 아스트라한은 몇 번이나 결단을 내려 왔다. 세상 사람들은 마법사들의 그런 개입을 거의 눈치 채지 못했다. 마법사들도 개의치 않았다. 오히려 사람들이 모르는 편이 낫다고 여기기도 했다.

아스트라한은 수백 년이나 의장 자리에 머물러왔다. 지성을 숭배하는 마법사들은 자신보다 못한 자가 위에 있는 것을 참기 힘들어했으므로 의장 자리는 대대로 가장 뛰어난 마법사의 몫이었다. 아스트라한이 몇 번이나 사임 의사를 밝히고도 여전히 의장으로 남은 이유이기도 했다. 최근 수 년 동안 아스트라한이 마음의 궁전을 비워 델로인이 의장 대리로서 직무를 수행하고 있었지만 그렇다고 해서 델로인이 의장이 되는 편이 낫겠다고 생각하는 마법사는 거의 없었다.

"의장이 불참한 대회합은 한 번도 없지 않았던가요?"

"뒤늦게라도 오시는 건가요? 늦는 데는 무슨 사정이 있으시겠죠?"

"정말로 어디로 가셨는지 모르신단 말입니까? 늘 함께 다니셨던 것 같은데."

스노이켈을 찾아온 사람들은 점차 그를 포위하다시피 했다. 그만두라고 말리는 사람들도 생겨났지만 계속 새로운 사람들이 밀어닥쳐 별 소용이 없었다. 이쯤 되면 불쾌감을 내비칠 법도 한데 스노이켈은 줄곧 모른다고 대답할 뿐이었다. 그 즈음 몇몇은 스노이켈이 실은 그들과 대화하고 있는 것이 아니라 다른 생각에 잠겨 있음을 눈치 챘다. 엘프들 중에는 어떤 생각에 깊이 빠진 채로 사람들과 무의미한 대화를 이어가는 자들이 있었다. 의식적으로 그런 상태에 들어갈 수도 있었다.

"스노이켈 님."

다시 누군가가 부르자 스노이켈은 그쪽을 바라보았다. 그런데 상대는 눈만 마주친 채 바로 말을 잇지 않았다. 그러다가 잠시 후 미소를 지었다.

또 다른 사람이 말을 걸자 스노이켈은 그쪽을 돌아보았지만, 곧 모른다고 대답한 후 다시 조금 전의 사람을 보았다. 상대는 여전히 스노이켈을 보고 있었다. 서서히 그림자가 사람의 윤곽을 띠면서 입은 옷이 눈에 들어왔다. 검은 옷이었다. 그리고 여자였다. 스노이켈은 즉시 일어나 옷매무새를 가다듬으며 말했다.

"실례했습니다. 무녀님께서 이곳까지 어쩐 일이신지요?"

검은 옷의 여자도 예를 갖추며 말했다.

"괜찮습니다. 신성령에서 전갈을 가지고 왔습니다. 저는 안 브릴모 무녀입니다."

스노이켈은 그 이름을 잠시 곱씹는 듯했다. 그러더니 대답했다.

"스노이켈 데바키입니다."

"알고 있어요."

처음에 안이 이름을 불렀던 것을 스노이켈은 기억하지 못했다. 스노이켈이 미안한 표정을 지었다.

"죄송합니다. 아까는……."

"중요한 생각을 하고 계셨겠지요. 엘프들만의 좋은 점이잖아요."

안이라는 무녀는 젊었다. 어리다고 해야 할지도 몰랐다. 5백 살에 가까운 스노이켈에게 인간은 누구나 어릴 테지만 마음의 궁전에서 이렇게 새파랗게 젊은 여자를 보기란 쉬운 일이 아니었다. 마법은 노인의 학문이었다. 젊은 마법사란 문 앞을 지킬 뿐이었다.

엘프는 구구절절 사과하지 않았다. 스노이켈이 곧 물었다.

"그런데 제게 온 전갈입니까?"

"네. 아스트라한 의장님께 드리는 전갈을 대신 전하려는 것은 아니에요."

5백 살이 되어가도록 '아스트라한의 아들' 이라는 이름에서 벗어나지 못한 채 살아왔다. 아버지만 찾는 소리가 듣기 싫어 의식적으로 '생각' 에 빠질 정도였지만 결국 스노이켈 자신도 선입견에서 자유롭지 못했다. 스노이켈은 안의 또랑또랑한 눈을 들여다보다가 쓴웃음을 짓고 말았다.

"오늘따라 제가 실수가 많군요. 따라오십시오."

스노이켈과 안이 접대 홀을 떠나자 스노이켈을 찾아왔던 자들이 다시 모이며 수군거리기 시작했다. 아스테리온 무녀가 왜 마음의 궁전에 왔을까? 그리고 왜 스노이켈을 찾아왔을까? 물론 아스트라한 때문일 테지. 그런데 신성령에서도 아스트라한의 부재를 알고 있단 말인가?

스노이켈은 안을 자신의 연구실로 데려갔다. 고위 마법사이기에 당연히 주어지는 방이긴 했지만 실은 십수 년이나 들어간 적이 없던 곳이었다. 아스트라한을 수행하던 시절에 스노이켈에게 자신만의 용건은 없다시피 했기에 의장에게 주어진 넉넉한 회의실이며 접견실을 마다하고 굳이 자신의 연구실로 갈 필요도 없었다.

문을 열자 먼지가 하얗게 쏟아졌다. 마법사들의 연구실은 자칫 잘못 건드렸다가 무슨 일이 벌어질지 모르므로 누군가가 대신 청소해주는 일은 없었다. 스노이켈은 움찔하다가 곧 주문을 외웠다.

"히마르네즈."

그러자 방을 뒤덮은 먼지가 털옷을 벗기는 것처럼 스르르 일어나 한 군데로 모이더니 동그랗게 뭉쳐졌다. 스노이켈은 손가락으로 그 먼지 공을 가리켜 방 한쪽 구석으로 보냈다. 그런 후 들어가 의자 두 개를 마주 놓았다. 연구실은 워낙 잘 정리되어 있어 먼지가 사라지자 아무도 사용한 적이 없는 곳처럼 변했다. 안이 한 발짝 들어가다가 말고 먼지 공을 곁눈질하며 말했다.

"청소하는 정령을 부르거나 하는 것보다 좋은 생각 같네요."

치울 것이 동일한 조건의 물질뿐이라면 '청소'와 같은 명령을 구체화하느라 힘을 쓰기보다 물리적인 명령을 내려 모으는 편이 빠른 것은 사실이었다. 스노이켈이 물었다.

"무녀님께서는 마법을 아십니까?"

"아뇨."

"그래도 조금은 아시는 것 같군요."

안은 고개를 저었다. 웬만해서야 테타니온 마법사 앞에서 마법을 안다 하기도 창피한 노릇이었다. 두 사람은 의자에 마주 앉았다. 안이 양

피지 봉투를 건네자 스노이켈은 십여 년이나 비워뒀던 책상 서랍에서 자연스럽게 종이칼을 찾아 들고 편지를 뜯으려다가 문득 손을 멈췄다. 봉랍에는 대무녀의 직인이 찍혀 있었다.

안이 말했다.

"네. 대무녀님께서 보내셨습니다."

"제게 말입니까?"

대답이 더 필요한 질문은 아니었다. 스노이켈은 봉랍을 뜯고 편지를 꺼내 읽었다. 끝까지 읽고 나서도 한참 동안 편지를 들여다보고 있었다. 이윽고 그가 말했다.

"대무녀님께서 알고 계실 줄은 몰랐군요."

"저희는 무녀니까요."

무녀들은 미래를 바라본다. 아스테리온도, 듀나리온도 마찬가지다. 둘 다 예언자라는 인상이 강하지 않은 것은 적어도 수백 년 이후의 미래를 내다볼 뿐, 가까운 미래는 논하지 않기 때문이었다. 내다본 미래도 수수께끼나 다름없어서 일반인은 이해하기 어려웠다. 만약 그렇지 않았다면 온갖 왕과 제후들이 몇백 년 뒤에 제 나라가 성한지 아닌지 알아야겠다고 무녀들을 들볶았을 것이다.

"그 말씀은 그대도 이 전갈의 내용을 아신다는 뜻 같군요."

안은 어깨를 움츠리며 시선을 먼지 공으로 보냈다. 스노이켈이 재차 물었다.

"뵙건대, 무녀님께서는 아직 평무녀이신 것 같은데 어찌 대무녀님의 전갈 내용을 알고 계십니까?"

"그건 중요한 문제가 아닙니다. 하고많은 평무녀들 중에서 하필 제가 대무녀님의 심부름을 하게 되었다는 사실처럼요."

"그럴까요? 그럼 그 두 가지가 겹쳤다는 점은 어떤가요?"

안이 입술 끝을 어색하게 올렸다.

"그건 생각해 볼 만한 점이네요. 하지만 전 하나만 답을 알고 나머지 하나는 모릅니다. 대무녀님께서는 제게 그 일을 시작한 사람이 제 어머니이므로 이 임무를 맡아달라고 하셨어요. 하지만 전 그 일이 뭔지도 모르고, 왜 제게 전갈 내용을 알려 주셨는지도 모릅니다."

"그렇군요. 실례지만 어머니 되시는 분이 누구신지 여쭤 봐도 되겠습니까?"

무녀들에게 가족에 대해 묻는 것은 보통 실례로 여겨졌다. 아스테리온은 결혼을 하고 자식을 낳기도 하지만 흔한 일은 아니었거니와 평범한 아내나 어머니들 같은 역할을 하지도 않았다. 그들이 결혼을 하는 이유도 보통 사람들처럼 사랑이나 2세에 대한 욕구 때문이 아니었다.

아스테리온이 되었다는 것은 이 세상에 무슨 일인가를 일으킬 강한 운명을 타고났다는 표지였다. 그런 운명은 홀로 사라져선 안 되고 세상 사람들과 엮여야 했다. 그래서 그들에게는 결혼도 허용되어 있었다. 반면 생명의 무녀 듀나리온은 고대로부터 한 가지 중대한 운명을 이어 오고 있다고 여겼다. 그들에게 결혼은 운명의 희석을 뜻했다.

안이 대답했다.

"그다지 실례는 아니에요. 어머니께서도 아스테리온이셨으니까요."

"혹시 돌아가신 루이즈 브릴모 종무녀님이십니까?"

안이 눈을 동그랗게 떴다.

"그걸 어떻게 아셨죠? 아, 제가 성을 말했군요. 그런데 제 어머니와 아는 사이셨나요?"

"아니오."

그러더니 스노이켈이 눈을 감아서 안은 더 묻지 못했다. 스노이켈은 입속으로 무어라 중얼거렸는데 누군가와 대화하는 것 같기도 했다. 잠시 후, 스노이켈이 눈을 뜨고 손바닥을 펴자 그 위에 둥근 윤곽이 나타났다. 윤곽은 투명한 구로 변했다. 유리로 만든 공처럼 생긴 그 속에 카드가 한 벌 들어 있었다.

스노이켈이 손을 움직이자 카드들은 두 사람 사이의 테이블 위에 놓였다. 구는 테이블을 그대로 통과했지만 여전히 카드를 감싼 채 없어지지 않았다.

안은 카드들을 들여다보았다.

원을 그리며 펼쳐진 카드들이 있고, 그 옆에 뒤집힌 카드뭉치가 놓여 있었다. 펼쳐진 카드에는 다양한 그림들이 그려져 있었다. 에디에르나의 아가씨, 나스그에름의 세 탑, 보이지 않는 이스나에, 붉은 옷의 아스테리온……. 그렇게 열세 장이 원을 이루었다. 아니, 정확히는 원이 아니었다. 왼쪽 귀퉁이에 카드 한 장이 들어갈 만한 자리가 비어 있었다.

"이것들은 뭔가요? 저건 혹시 에디에르나의 아스엘을 그린 건가요?"

대륙의 전설들을 어느 정도 아는 자라면 아스엘의 상징물들을 알아보지 못할 리 없었다. 스노이켈이 고개를 끄덕이며 말했다.

"제가 이제부터 이 카드들의 이름을 하나씩 말씀드릴 테니 듣고 외우십시오. 그런 후 돌아가셔서 대무녀님께 말씀 올리십시오. 그러면 그 분께서 아실 것입니다."

안은 얼떨떨한 눈으로 스노이켈을 바라보고 있었다. 스노이켈이 손가락으로 카드를 하나씩 가리키며 말했다.

별(The Star).

탑(The Tower).

세계(The World).

죽음(The Death).

힘(Strength).

악마(The Devil).

연인들(The Lovers).

마법사(The Magician).

황제(The Emperor).

은둔자(The Hermit).

심판(Judgement).

대무녀(The High Priestess).

운명의 수레바퀴(Wheel of Fortune).

다 말하고 난 스노이켈이 안을 바라봤다. 안은 어처구니없는 표정이었다.

"죄송합니다만 그렇게 많은 걸 한 번 듣고 외울 순 없어요."

"하지만 써 드릴 수도 없습니다."

"왜요?"

스노이켈은 투명한 구를 따라 손끝을 한 바퀴 돌렸다. 이어 툭 쳤다. 그러자 구가 진동하며 노란 불꽃이 튀었다. 거기서 그치지 않고 진동은 점차 강해지며 주위의 공기로 옮아갔다. 창도 열리지 않았는데 바람이 일어나더니 안의 옷자락이 펄럭이고, 스노이켈의 머리카락이 휘날리고, 창과 문을 흔들더니 먼지 공을 분해해버렸다. 먼지는 사방으로 날리는 대신 바람에 올라타 긴 띠를 이뤘다. 검은 띠가 벽을 타고 빙글빙글 도는 동안 벽은 줄곧 진동하고 있었다.

안은 당황한 눈빛으로 주위를 둘러보다가 다시 카드가 든 구를 내려다봤다. 카드들은 테이블 무늬인 것처럼 고요했다.

"저건 아무도 꺼낼 수 없군요. 아니, 그러니까…… 의장님만 꺼낼 수 있군요."

아스트라한은 현존하는 가장 위대한 마법사였다. 그가 걸어놓은 마법을 풀 자는 없었다. 아스트라한이 직접 가르친 스노이켈이라 할지라도. 아스트라한이 직접 저런 곳에 넣어둔 카드의 내용이 어딘가에 적어둬도 될 만한 것일 리 없었다. 대무녀가 직접 왔더라면 보여주었을 것을 안에게 보여주고 있으니 방법은 안이 외워 대무녀에게 전하는 것뿐이었다.

안이 말했다.

"다시 한 번 말씀해주세요."

스노이켈이 천천히 되풀이하자 안은 눈을 감고 그것을 들었다. 이어 입속으로 한 번 되풀이하더니 눈을 떴다.

"잘 전하겠습니다."

스노이켈이 고개를 끄덕이며 손바닥을 접었다. 동시에 구와 카드가 모두 사라져버렸다. 스노이켈의 손은 매개였을 뿐, 마법은 외부에서 왔다는 의미였다. 안이 말했다.

"의장님과 소식이 닿지 않는다던 말씀은 사실이 아니었군요."

"그런 질문은 받은 적이 없고, 어디 계신지 모르는 것은 사실입니다."

"다시 말해 이번 대회합에도 안 오신다는 거군요. 그럴 만큼 중대한 만남이겠지요. 그런데요. 카드의 이름을 외우다가 생각이 났는데 저거 점치는 카드죠? 다양한 예언이 같은 곳을 가리키고 있나 보군요."

"아닙니다. 카드가 가리키는 것은 사람입니다."

"예언과 관계된 사람인가보죠?"

"관계되었다기보다는 예언 그 자체일지도 모르겠습니다."

안이 미간을 찡그려 보였다.

"대무녀님께서는, 그렇게 큰 운명은 한 사람의 것이 될 수 없다고 하셨습니다."

“네. 시작하는 사람, 끝내는 사람, 휘말리는 사람, 지켜보는 사람, 모두 필요하지만 제 말뜻은 그의 인생이 마치 예언의 은유 같다는 의미였습니다. 때로 운명은 세계 안에 그렇게 은유를 써넣곤 합니다. 마치 이것 보라는 것처럼, 이렇게 우스꽝스럽지 않느냐는 것처럼.”

안은 묻지 않을 수 없었다.

“그 사람의 인생이 대체 어떠한데요?”

“신뢰를 배신당하고 나서 인간에 대한 믿음을 버렸죠. 마치 이 세상처럼, 구원할 가치가 없는 이 세상처럼 말입니다.”

“그럼 구원을 위해서는 그 사람이 마음을 돌려줘야 한다는 건가요?”

“글쎄요. 그렇게 어려운 일이 가능할지 모르겠군요. 동시에, 그렇게 쉬운 일일 리가 없을 겁니다. 한 사람을 구원하기 어려우면 세상도 구하기 어렵지요.”

안이 고개를 갸웃거렸다.

“마법사 분들도 무녀들처럼 알쏭달쏭한 말을 좋아하시는군요. 전 단지 무녀로서 그분의 마음에 평화가 오길 기원합니다. 은유가 아니더라도. 단순한 기원이지만요. 대무녀님께서는 이 세상에 단순한 기원이란 없다고 하셨지만, 그 이상은 제 영혼의 단계가 아직 부족해서인지 알기 어렵군요.”

“곧 알게 되실 겁니다. 그대의 어머니께서 시작한 일이니까요.”

“전 그 말의 의미를 아직 잘…….”

거기까지 말하던 안이 눈을 부릅뜨더니 말을 멈췄다. 거의 숨조차 멈춘 듯했다. 스노이켈은 말없이 안을 바라보고 있었다. 한참 뒤에 안이 속삭이듯 말했다.

"정말로, 우리의 미래가 그 한 사람에게 달려 있다는 건가요?"

스노이켈의 얼굴에 씁쓸한 표정이 떠올랐다.

"거기까지는 모릅니다. 사실이 아니라는 말이 아니라 단지 제가 모릅니다."

"그럼 누가 알까요? 의장님께선……."

"그걸 알고자 떠나셨지요."

안이 일어섰다. 스노이켈이 따라 일어나며 말했다.

"대무녀님께 안부 전해 주십시오."

안은 고개를 끄덕이고 절을 했다. 여전히 망연자실한 얼굴을 보고 스노이켈이 말했다.

"그리고 그대에게도 평화를."

"아뇨. 제게 어울리는 축복이 아닙니다. 그럴 자격이 없어요."

안의 입술이 엷게 떨렸다. 이윽고 그녀가 속삭였다.

"단순한 기원이 왜 없는지, 이제야 알겠네요."

10

은둔자 카드

우리가 그대를 불렀다고 생각해? 아니야. 그대가 이곳에 묻어놓은,
그대 자신이 그대를 부른 거야. 노에레 에프랑지아!
시올리 다 에든! 일곱 산을 협곡으로 되돌리고,
바위를 부수던 폭포를 한 뼘 웅덩이로 만들던 그대가,
천 년 전에 파묻힌 불타는 별을 끄집어내던 그대가,
이제 그대가 만들었던 세계 속에서 아무것도 모른 채 살고 있어.

리프알름의 두 아이

"이리 와 봐, 잭."

손을 잡아끄는 소녀를 따라 절벽 끄트머리로 다가갔다. 그러고 싶지 않았지만, 어차피 말해봤자 들어주지 않을 것이다. 수직으로 내리꽂힌 능선을 내려다보자 현기증이 일어나며 세상의 위아래가 뒤집히는 기분이 들었다. 아니, 실은 뒤집혔다. 그 순간 그는 까마득히 먼 바닥을 하늘로, 그가 선 곳을 바닥으로 느끼며 거꾸로 쏟아졌다. 엄청난 속도였다. 바람과 압력이 얼굴을 스쳤다. 중력이 그를 내리눌렀다. 그는 견디다 못해 주저앉았다.

"또 그래?"

소녀가 손을 잡는 느낌이 들자 그제야 세상이 바로 돌아왔다. 소녀의 손은 위에서 왔고, 그는 아래에 있었다. 그게 맞다. 절벽이 머리 위로 솟아올라 하늘로 변하는 일 따위는 일어나지 않는다. 그저 자신만의 상상일 뿐이다. 겁을 먹어서 일으킨 상상.

"이제 괜찮아."

잭은 심호흡을 몇 번 했다. 소녀, 카야가 그의 손을 잡고 얼굴을 물끄러미 들여다봤다. 카야처럼 예쁜 소녀가 그러고 있으면 사람들은 걱정이 되어 그런 줄 알겠지만 카야에게 그런 상냥함은 없다. 카야가 말했다.

"생각해 봐. 그런 기분이 드는 건 새들뿐이야. 절벽 아래로 뛰어내리다가 위아래가 바뀌는 느낌."

"그래서?"

"넌 새로 변하려는 거야!"

잭은 대꾸 없이 몸을 일으켰다. 잭과 카야는 조숙하다는 소리를 곧잘 듣는 여섯 살들이었다. 사람이 새로 변한다는 이야기를 믿을 만큼 순진하지 않았다. 카야가 말을 이었다.

"잭, 할머니가 그러는데 새의 영혼이 몸에 들어오면 새의 말을 하고 새처럼 날 수도 있대. 근데 새뿐 아니라 날아다니는 거면 다 된대. 그러니까 새가 아니라면……."

"파리라든가."

잭은 절벽을 흘끔 보며 입맛을 다셔 보았지만, 곧 고개를 저으며 물러났다. 그도 사내아이인데 이러고 싶지는 않았다. 하지만 예민하게 태어난 걸 어쩌겠는가? 강렬한 것과 맞닥뜨리면 어김없이 수상한 감각이 밀려들어 오감을 뒤집어 놓았다.

"파리 얘기 하려 한 거 아닌데."

돌아서서 걷기 시작한 잭에게 따라붙으며 카야가 말했다.

"이스나에. 이스나에 얘기 하려고 한 거야. 이스나에 알지?"

"응."

"이스나에가 네 몸에 들어간 것 아닐까?"

이스나에란 간단히 말해 죽은 사람의 혼이었다. 다만 수없이 죽고 태어나기를 반복해서 어느 순간 다시 태어나지 않게 된, 윤회에서 벗어난 영혼을 말했다. 그러므로 이스나에는 사람을 해치거나 괴롭히는 일은 없었다. 사람들이 지혜를 얻기 위해 봉헌 의식을 치러 가며 간곡히 청해야 나타날까 말까 한 존재들이었다. 사람의 몸에 들어가 자리를 차지하고 주인을 내쫓는 따위의 일이 없는 것은 물론이었다.

"이스나에는 사람 몸에 들어가지 않아."

잭은 걸음을 빨리했다. 해가 기울어지고 있었다. 서둘러 돌아가지 않으면 카야의 할머니가 부지깽이를 들고 쫓아 나와 소동을 피울 것이다. 열 살도 안 먹은 잭이 카야를 납치하려다가 실패해서 돌아오기라도 했다는 것처럼. 그 사람들은 카야가 어떤 애인지 모른다. 혹시 모르지. 카야라면 지나가는 다섯 살짜리를 납치해서 절벽 끄트머리에 세워 볼지도.

"잭, 잭!"

카야가 자꾸 불러 대서 결국 돌아서고 말았다. 해를 등지고 선 카야의 금빛 머리가 후광을 입은 듯 빛나고 있었다. 꽃봉오리처럼 도톰한 얼굴, 동그랗게 솟은 광대뼈와 자두 빛 뺨에 박힌 볼우물. 짙은 눈썹과 깊은 눈매는 메리엘의 화장한 얼굴보다 또렷하다. 여자의 아름다움을 따지기에 이른 나이여도 그 정도는 알 수 있다. 카야는 놀랄 만큼 아름답다. 물론 그건 이 작은 마을의 남녀노소 누구나 아는 일이었다. 그러니까 카야의 할머니가 소꿉동무 사내아이까지도 경계하는 것이겠지. 실제로 작년인가 낯선 여행객이 카야를 번쩍 안아 데려가려다가 동네 사람들의 투철한 참견 정신으로 잡힌 일도 있고 하니 이해 못 할 일도 아닐지 모른다. 그러니 너그럽게 모든 것을 받아들이고 카야와 놀지 않으면 그만인데 문제는 카야 쪽에서 잭을 놔 줄 생각이 없었다.

"너, 내일은 나하고 놀지 말아야겠다고 생각하지?"

"응."

"나빴어. 그러기만 해 봐라."

카야는 무슨 벌을 줄까 생각하느라고 턱에 힘을 주며 미간을 찡그렸다. 그 모습까지도 화가 난 숲의 요정 같았다. 머리에 묻은 풀잎들 때문에 더 그래 보이는지도 몰랐다. 하지만 잭은 카야의 그런 모습에 동네의 할 일 없는 누군가처럼 넋 놓고 감탄하지 않았다. 카야는 말이야, 당신들이 생각하는 것처럼 요정 같지 않다고. 그 납치 미수 사건도 분명 카야가 그 여행객을 꼬드겨서 일어난 일일걸.

"뭐, 난 내일 아침이면 여기 없을 테니까."

오늘 밤에 어디론가 사라질 거라는 이야기는 잭의 오랜 말버릇이었다. 카야도 처음에는 당황해서 울기도 했지만, 이제는 지지 않고 가볍게 쏘아붙였다.

"난 네가 간 데로 먼저 가서 기다리고 있을 건데?"

"아니야. 못 그럴 거야. 방금 가려는 데를 바꿨어."

"어딘데?"

"안 가르쳐 주지."

잭은 카야의 집 쪽으로 달리기 시작했다. 카야가 뒤쫓아 뛰어오며 소리쳤다.

"넌 나한테 들킬 거야! 어차피 굽다리 샛길에서 걸리게 돼 있어!"

잭은 달리면서 피식 웃었다. 카야의 말이 맞는다는 생각이 들었다. 리프알름 마을은 산으로 둘러싸여 있어서 나가는 길도 한정되어 있었다. 도시 쪽으로 나가려면 굽다리 샛길을 지나가지 않으면 안 되었다. 그 외에는 더 깊은 산 속으로 들어가는 길뿐이었다.

집이 가까워지자 카야가 다시 소리쳤다.

"나 집에 안 갈 거야! 싫단 말이야! 거기 서!"

잭은 멈추지 않았다. 하지만 걸음은 카야가 더 빨랐다. 어느새 따라잡은 카야가 잭의 어깨를 잡으며 펄쩍 뛰어올랐다. 건장한 소년이었다면 카야가 업힐 수도 있었겠지만 잭은 무릎이 꺾이며 넘어졌다. 넘어진 잭을 덮쳐누른 카야가 깔깔 웃어댔다.

"거봐, 잡혔지!"

"아파. 그만해."

잭은 카야가 멈칫하는 사이에 몸을 뒤집어 카야를 넘어뜨리고 벌떡 일어나 다시 뛰었다. 카야가 금세 쫓아와 뒷덜미를 덥석 잡지 못하기를 빌면서. 카야가 뭐라 외치는 소리가 들렸지만 돌아보지 않았다. 머뭇거리다가는 재빠른 카야한테 다시 잡히니까. 그렇게 뛰다가 문득 카야의 목소리가 들리지 않는다 싶었다.

"카야?"

멈춰 서서 두리번거려 봐도 쫓아오고 있어야 할 카야가 보이지 않았다. 잭은 되돌아가려 했지만 마침 마중 나온 카야의 할머니 마그다에게 들켰다.

"잭! 무슨 일이냐!"

마그다가 다가오자 잭은 재빨리 달아났다. 마그다는 잭이 집 근처에 오는 것조차 싫어했다. 다시는 같이 안 놀겠다는 다짐을 받아간 적도 있었다. 그런 지경이니 카야와 함께 논 것을 들키기에는 자존심이 상했다. 카야는 아마 쫓아오다가 잠깐 넘어지거나 그랬겠지. 굳이 돌아가 살펴보지 않아도 될 것이다.

잭이 잽싸게 내빼버리자 마그다는 주위를 휘적휘적 걸으며 외쳤다.

"카야! 어디 있느냐!"

잭이 저 혼자 카야의 집 근처에 올 일은 없었다. 잭과 놀던 카야가 할머니를 보고 숨은 게 틀림없다고 생각한 마그다는 집 주위를 한 바퀴 돌며 계속해서 카야를 불렀다. 그러나 대답은 들려오지 않았다.

잭은 집으로 돌아왔다. 집이라고 해도 부모님이 기다리고 있고 가족끼리 조용한 저녁식사를 하는 그런 집은 아니었다. 저녁 무렵이면 늘 그렇듯 집 앞마당에서는 소란이 벌어져 있었다. 테이블을 둘러싸고 앉은 사내들이 술을 빨리 가져오라고 소리치는 중이었다.

"뭘 해? 목말라 죽도록 기다려?"

"그렇게 굼떠서 피죽이라도 입에 들어가겠어?"

술잔 다섯 개를 몰아 쥐고 막 안에서 나오던 메리엘이 쏘아붙였다.

"걱정도 팔자시네. 남 피죽 먹을 걱정을 다 하고. 입 처닫고 술이나 처먹어요."

"입을 처닫고 술은 어떻게 처먹나?"

사내들 중 하나가 낄낄대며 술잔을 받아들자 메리엘이 눈썹을 치켜올렸다.

"내가 처먹게 해드려요? 코에다가 확 들이부어 버릴라."

"그러다가 뺨이나 후려맞지. 가서 오븐이나 봐라. 탄내 난다."

메리엘이 허겁지겁 집으로 들어가자 왁자하게 웃음이 터졌다.

"입은 험한 게 저렇게 남의 말은 잘 믿어요."

"보기보단 순진하다니까? 어느 놈이 집에 들여앉혀 놓으면 얌전한 마나님 될지 알아?"

"딴 놈 찾지 말고 네놈이 들여앉히면 될 거 아냐? 저만하면 애도 잘 낳게 생겼는데. 판 좀 벌여봐. 나도 공짜 술이나 먹자."

술집에 온 사내들이 메리엘을 놓고 시답잖은 농담을 늘어놓는 것은 어제오늘 일이 아니었다. 메리엘은 딱히 미인은 아니었지만 날씬한 데다 몸놀림에도 활력이 있어서 전혀 매력이 없지는 않았다. 하지만 잭은 아이였기에 그런 점은 알지 못했고 그저 저런 소리가 듣기 싫을 뿐이었다. 잭은 사내들을 곁눈질하지 않고 집으로 들어가려 했다. 그러나 그들 중 하나가 잭을 발견했다.

"어허, 그렇지. 잭 키우는 거 보면 네놈 애들도 잘 키워 줄 거 같은데. 너야말로 새 마나님 하나 들여라. 어때?"

"됐다, 이놈아. 애들 셋도 벅찬데 하나 더해서 뭘 어쩌라고."

"더하긴 뭘 더해? 아, 잭? 저건 데려다가 뭘 하려고? 장작때기도 못 나르게 생겼는데."

"누가 쓸 데가 있댔냐? 애 엄마가 놔두고 가겠냐고."

"애 엄마 아니라던데? 그냥 청소나 하라고 데리고 있는 것뿐이지."

"웃기시네. 저 비실비실한 걸 일 시키려고 데리고 있다고? 내가 물어볼까? 애 엄마 맞는지 아닌지?"

"어휴, 뭔 소릴 하는 거야? 이놈이 진짜로 생각이 있나 보네?"

그 사내는 아랑곳하지 않고 잭을 돌아보며 불렀다.

"야, 잭! 잭! 이리 와봐!"

못 들은 체 하고 싶었지만 그럴 수 없었다. 집에 오면 심부름을 해야 했다. 잭은 입술을 꾹 다물고 사내들의 테이블로 갔다.

"야, 잭. 메리엘이 네 엄마지? 아빠는 누구냐?"

"몰라요."

"엄마 맞잖아. 너 공부하라고 책도 사줬다며."

"몰라요."

"저거 봐. 모른다잖아. 아니면 아니라고 할 건데. 엄마 맞네 뭐."

책을 준 사람은 메리엘이 아니고 카야였다. 정확히는 사준 것이 아니고 자기 집에 있는 책을 제멋대로 들고 나온 거지만. '어차피 보는 사람도 없거든? 할머니랑 할아버지는 눈 나빠서 책 못 봐.' 술집 구석에서 값비싼 필사본 책을 들여다보고 있으니 사람들이 그런 게 어디서 났느냐고 묻긴 했다. 그래서 재빨리 외운 다음 치워버렸는데 아직도 그걸 기억하고 있을 줄은 몰랐다.

잭이 시선을 테이블 다리에 고정하고 있는 사이 메리엘이 다시 나타났다. 껍질이 시커멓게 탄 고기 파이를 테이블 위에 팽개치듯 놓으며 말했다.

"탄 게 먹고 싶은 모양이라 일부러 준비했으니 실컷 들어요. 잭, 넌 이리 와."

개의치 않고 낄낄대던 사내들 중 하나가 말했다.

"어이, 메리엘. 이 녀석이 네가 제 엄마라는데?"

"난……."

막 잭이 항변하려 하는데 메리엘이 잭의 손을 잡아끌며 대꾸했다.

"맞아. 내가 엄마야. 그리고 너희 돼지새끼들도. 엄마의 사랑이 담긴 파이 실컷 먹어라."

메리엘에게 떠밀려 집안으로 들어온 잭은 갑자기 돌아서서 부엌으로 들어가려던 메리엘을 봤다. 그러자 메리엘이 말했다.

"또 쓸데없는 생각 하고 있지? 네 엄마는 이스나에가 됐어. 알았니?"

"이스나에가 됐다는 건 다시 태어나지 않는다는 뜻이잖아요."

메리엘이 잭을 내려다봤다. 흰자위가 유난히 많아 가만히 있어도 노려보는 것 같은 눈이었다.

"그런가? 그게 왜?"

"그럼 난 다시는 엄마를 못 만난다는 뜻이잖아요."

"그건……."

거기까지 생각해보지 않은 메리엘은 눈을 깜빡거렸다. 잭이 다시 말했다.

"아빠도 이스나에가 됐나요? 전 아빠도 못 만나나요?"

"글쎄다, 그건 뭐……."

어차피 다시 태어난들 알아보기나 하겠느냐는 말이 입술까지 올라왔지만 메리엘은 참았다. 잭은 여섯 살일 뿐이다. 사실 이스나에가 됐다는 얘기도 그저 듣기 좋으라고 한 말일 뿐이었다. 그냥 죽었다는 말보다는 어쩐지 나은 것 같으니까. 이스나에가 된다는 것이 뭘 의미하는지 메리엘은 전혀 몰랐다. 깊이 생각해 본 적도 없었다.

"그럼 너도 이스나에가 되든가. 그럼 만나겠지."

잭은 순간 얼어붙었지만 메리엘은 깨닫지 못한 채 자리를 떴다. 잭은 한참이나 그 자리에 서 있다가 도망치듯 구석방으로 뛰어들었다. 문짝조차 없이 칸막이로 가려진 그곳은 잭의 방이긴 해도 사실상 침대 외에는 아무것도 없었다. 잭이 소중하게 여기는 잡동사니들이 침대 밑에 숨겨져 있긴 했지만 청소할 때 딸려나가 사라지곤 하는 지경이었다. 그래서 잭은 카야가 빌려준 책들을 침대 시트 밑에 숨겨 놓았는데 자다가 몸을 뒤척거릴 때마다 책 모서리가 옆구리며 엉덩이를 찔러댔다.

침대 위로 기어 올라간 잭은 책 모서리를 피해 웅크렸다. 가슴이 뛰었다. 메리엘이 그런 말을 할 줄은 몰랐다. 그도 메리엘이 자기 엄마일거라고, 또는 그랬으면 좋겠다고 생각한 일은 없었다. 아니, 사실 그런 적이 있긴 했지만 이미 오래전이었다. 메리엘은 아직 서른세 살밖에 안 됐다. 늦긴 했지만 짝을 못 만날 나이는 아니었다. 술집은 닐 영감의 것이지만 메리엘이 맡아 운영한 지 세 해째였고, 그 사이 돈도 꽤 모았을 터였다. 점잖은 신사를 만나길 기대할 순 없어도 날마다 기웃대며 수작을 거는 사내들 중에서 골라잡는 거야 어렵지 않았다. 그러고 나면 메리엘은 술집을 떠날 것이다. 그리 먼 미래는 아니리라.

절약이 몸에 배어 작부도 고용하지 않고 술을 직접 따라줄 정도인 메리엘의 유일한 낭비가 바로 잭을 기르는 것이었다. 아버지 없는 아이를 낳은 여자로 오해받는 것도, 주머니를 털어 먹이고 입히는 것도, 카야의 할머니가 잭의 뺨을 때렸다고 쫓아가 소리소리 지르는 것도, 어느 것 하나 메리엘에게 이득 될 일은 없었다. 카야의 할아버지 가스크 씨는 이 작은 마을의 영주인 알리반 자작의 영지 관리인이었다. 구석진 리프알름까지 나타날 일이 없는 자작대신 실질적으로 세금을 걷어가는 가스크 씨가 마을에서 갖는 위치는 만만치 않았다. 그런 점을 생각할 때 메리엘이 그 집 부엌 창문에 대고 소리를 지른 것은 보통 대담한 짓이 아니었다.

잭은 그런 행동의 의미를 하나하나 되새길 줄은 몰랐다. 하지만 메리엘이 때로 모순적인 태도를 보인다는 정도는 알았다. 메리엘은 잭에게 꽤 돈을 썼다. 그러나 어떤 날은 오늘처럼 정을 떼려는 듯 행동했다. 잭은 메리엘이 갈팡질팡하는 것이 젊기 때문이라고 생각하지는 못했다. 단지 자기가 아들이 아니고 그렇게 굴어서도 안 되겠다고 느꼈을 뿐이었다. 그러나 오늘 같은 말을 들을 줄은 몰랐다. 이스나에가 되라니. 그건 죽어야만 가능한 일이 아닌가?

메리엘은 사실 마지못해 잭을 기르고 있었을 뿐, 어디론가 사라지기를 바라왔는지도 모른다. 잭은 여섯 살이었기에 그렇게 생각했다. 그러자 가슴이 답답해져 왔다. 잠시 후 그는 시트를 들추고 카야가 빌려준 책을 꺼냈다. '아스테리온'. 표지를 들여다보던 그는 원하는 페이지를 찾는 대신 조용히 중얼거렸다.

"이스나에는 정화된 영혼이다. 그들은 윤회의 수레바퀴를 벗어나 영원히 존재한다. 한 영혼이 이스나에가 되려면 적어도 수천 년의 정화가 필요하다. 마지막 생애에서 그들은 고귀한 일을 성취하는 경우가 많다."

거기까지 말한 잭은 한숨을 내쉬었다. 그가 당장 죽는다 해도 이스나에가 될 가망은 없어 보였다. 지금껏 그가 한 일이라고는 메리엘을 귀찮게 하고 카야와 어울려 논 것뿐, 무엇 하나 고귀하다고 부를 만한 일은 없었다. 이제부터라도 뭔가 하면 될까? 그런데 고귀한 일이 대체 뭘까?

생각이 꼬리를 무는 가운데 잭은 저도 모르게 어렴풋한 잠에 빠져들었다. 유령 같은 옷을 걸친 얼굴 모를 엄마 아빠가 '넌 아직 멀었어' 같은 소리를 하며 밀어내는 꿈을 꾸던 잭은 문득 펄쩍 뛰어 일어났다. 칸막이 너머에서 익숙한 목소리가 소리치고 있었다.

"잭! 잭은 어디 있지? 얼른 나오지 못해!"

카야의 할머니 마그다였다. 그것도 잔뜩 화가 난 목소리였다. 이런 술집에 발끝이라도 들이기는커녕 멀찍이 보이는 것조차 싫어 길을 돌아갈 정도인 마그다가 지금 홀에 서 있는 것이다. 잭은 눈을 크게 뜨고 귀를 기울였지만 선뜻 나갈 엄두는 나지 않았다. 대체 무슨 일이 벌어진 것일까?

"카야! 썩 나오너라! 어서!"

카야가 여길 온 것일까? 하지만 그랬다면 제일 먼저 잭을 찾았을 텐데 칸막이 방 안에는 잭 자신뿐이었다. 잭은 혹시나 싶어 침대를 내려가 밑을 들여다보았다. 하지만 카야와 함께 모았던 도토리 뭉치밖에 보이지 않았다.

그러는 동안 메리엘이 부엌에서 나온 모양이었다.

"뭐예요? 왜 여기서 카야를 찾아요? 잭은 또 왜요?"

마그다는 화가 나서 구둣발로 바닥을 쾅쾅 굴러댔다.

"잭 그 녀석이 카야를 데려온 게 틀림없어! 아무 데도 없다니까? 아니라면 밖이 어둑한데 그 애가 어딜 갔다는 거야!"

잭이 깜빡 잠든 사이 이미 어두워진 모양이었다. 잭은 깜짝 놀라 생각했다. 카야가 어딜 갔을까? 그제야 카야와 마지막으로 헤어졌던 때가 떠올랐다. 그때 그는 카야를 보지 못한 채 돌아왔었다. 메리엘이 대꾸하는 소리가 들렸다.

"잭은 아까 전에 들어왔는데 무슨 소리예요? 카야는 본 적도 없어요."

"거짓말하다간 천벌 받는다. 신성한 영혼들이 용서치 않아. 잭! 어서 나오너라!"

그때 잭은 이미 칸막이 밖으로 뛰어나와 있었다. 잭이 물었다.

"카야가 없어졌어요? 언제요?"

마그다는 막 손에 쥔 지팡이를 휘두르며 잭 앞까지 갔지만 잭이 한 말에 멈칫했다. 그 사이 메리엘이 잽싸게 잭 앞을 막아섰다.

"잭은 몰라요. 건드리기만 해봐요."

마그다는 메리엘을 밀어내려는 것처럼 손을 내밀었다가 움찔하며 거두더니 고개를 기울여 그 너머의 잭을 봤다.

"너, 정말 모르느냐? 아까 카야와 놀다가 도망친 게 아니었어? 언제 마지막으로 봤느냐?"

"아까, 그때 거기서……."

잭은 더듬더듬 말하다 말고 갑자기 몸을 돌려 부엌으로 뛰어 들어갔다. 마그다가 뒤쫓아 왔을 때는 이미 뒷문으로 빠져나간 후였다. 등 뒤에서 마그다와 메리엘이 소리 높여 다투는 소리가 들렸지만 이미 희미한 소음일 뿐이었다. 잭의 머릿속은 마지막으로 카야를 봤던 곳에 빨리 가봐야겠다는 생각으로 꽉 차 있었다.

잭은 들판을 가로질러 달려갔다. 사방에 깔린 어스름이 두려움을 부채질했다. 카야네 집 뒤쪽의 작은 숲은 둘의 놀이터였다. 그곳의 지리라면 손바닥 보듯 환했다. 길을 잃을 만한 곳은 전혀 없었다. 특히나 카야가, 어려서부터 그 숲에서 살다시피 해 온 카야가 그럴 리는 더더욱 없었다.

숲에 도착한 잭은 금세 자신이 넘어졌던 자리를 찾아냈다. 짓이겨졌던 풀의 흔적은 그대로였지만 카야는 없었다. 잭은 망연자실하게 서서 주위를 둘러봤다. 누군가가 나타났을까? 그래서 카야를 납치해갔을까? 전처럼 나쁜 마음을 먹은 사람이? 아니면 짐승이라도?

그때 수북하게 자란 쑥부쟁이 틈에 반들거리는 것이 보였다. 얼른 집어보니 카야의 신발 한 짝이었다. 잭은 완연히 겁에 질렸다. 뒤에서 사람들이 달려오는 소리가 들리자 그는 그 자리에서 달아났다.

카야는 신발을 잃어버렸다. 제 발로 갔다면 신발을 두고 갔을 리 없다. 신발이 없는 카야가 사라지려면…….

어디로 가는 줄도 모르고 달리다 보니 어느새 절벽 앞이었다. 우뚝 멈춰 선 잭은 가까스로 절벽 아래를 내려다보지 않고 몸을 돌렸다.

"잭! 거기 가만히 있어!"

메리엘의 목소리였다. 그녀도 겁에 질려 있었다. 잭의 손에 들린 뭔가가 먼발치에서도 보였다. 그 너머의 절벽도 보았다. 무슨 일이 벌어졌을까? 온갖 상상이 머릿속에서 빙빙 돌았다.

잭은 달려오는 사람들을 보았다. 메리엘은 급히 뛰어오느라 앞치마도 벗지 못한 채로 헐떡거리고 있었다. 술 마시다 말고 영문도 모르면서 끼어든 사내들과 카야의 집 하인들과…… 누군지 모를 사람들도 여러 명 섞여 있었다. 리프알름에서 잭이 얼굴을 모르는 사람은 없는데도. 카야의 할머니는 걸음이 느려 아직 도착하지 못한 성싶었다.

잭은 다시 손에 든 신발을 내려다봤다. 긴장하자 아이의 기억은 뒤죽박죽되어 실제로 일어난 일과 두려움이 자아낸 상상이 구별되지 않았다. 마치 자기가 카야를 해친 것만 같았다. 자신이 아까 카야를 두고 달아났기 때문에 모든 일이 벌어진 것만 같았다.

사위가 빠르게 어두워졌다. 잭은 절벽 끄트머리에 서기를 좋아하던 카야를 생각했다. 그 애는 아슬아슬함을 즐겼다. 절벽 끝에 서서 이리 오라고 잭의 손을 잡아당기곤 했다. 어지러워서 싫다고 해도, 그렇게 당기다가 손이라도 놓치면 떨어진다고 소리쳐도 깔깔 웃기만 했다. 이젠 뭐든지 후회스러웠다. 카야만 돌아온다면. 그러면 절벽 밑 따위는 얼마든지 내려다보아 줄 텐데. 아니, 카야는 이미 절벽 아래에 있을지도 모른다. 정말로…….

잭이 절벽 아래쪽을 내려다보는 모습이 보였다. 메리엘이 뛰어오며 호소했다.

"움직이면 안 돼! 가만히 있어! 제발!"

다시 어지러움이 밀려왔다. 하늘과 땅이 뒤집어지기 시작했다. 잭은 참아내려 했다. 다 상상일 뿐이야. 겁이 나서 그런 거야. 이까짓 건 아무것도 아니야. 카야가 옆에 서 있기만 하다면…….

그렇게 생각하며 들판을 바라본 순간이었다.

"잭?"

다가온 메리엘이 잭을 덥석 안아 들고 몇 발짝 물러나며 휘청거렸다. 잭은 멍청한 표정으로 메리엘의 어깨너머를 바라보고 있었다. 겨우 잭을 내려놓은 메리엘은 아이의 얼굴을 들여다보려 하다가 잭의 시선이 다른 곳에 박혀 있음을 눈치챘다. 메리엘도 돌아보았다.

"세상에……."

하얀 그림자가 다가왔다. 카야였다. 그런데 희미한 빛이 감싸고 있어 마치 이 세상의 아이 같아 보이지 않았다. 그랬기에 이미 캄캄해졌는데도 보였을 것이다. 카야는 맨발이었다. 잭 근처까지 오더니 미소를 지으며 무슨 말을 하려 했다.

"난……."

그때 등 뒤에서 나타난 마그다가 헐떡거리며 카야를 안아 올렸다. 그와 함께 기묘한 빛도 사라져버렸다.

"카야! 여기 있었구나! 이 할미가 널 얼마나……."

메리엘이 잭을 안은 채 그 자리를 벗어나는 바람에 그 뒤의 말은 들리지 않았다. 잭은 카야를 보려고 목을 뺐고, 카야도 마찬가지로 내려오려고 발버둥 치며 잭을 불렀다.

"잭! 잠깐만! 할머니, 나 내려줘!"

메리엘도, 마그다도 아이들을 내려주지 않았기에 둘은 그대로 멀어졌다. 잭이 마지막으로 본 것은 사람들 속에 섞여 있던 낯선 남자들이 마그다에게 다가가 말을 건네는 모습이었다.

잭은 새벽녘에 깨어났다.

지난 저녁, 집으로 돌아오자 메리엘은 저녁으로 만들어 둔 치즈 수프를 성급하게 퍼먹이더니 바로 잭을 재웠다. 앞뒤 사정은 전혀 묻지 않았다. 잭이 입을 열려고 해도 '푹 자고 내일 얘기하자' 라고 잘라 말했다. 그리고 웬일인지 자기 직전에 꼭 안아 주기까지 했다. 잭은 영문을 몰랐지만 메리엘은 제 나름대로 놀란 아이를 진정시켜야겠다는 생각에 한 일들이었다.

너무 일찍 잤기 때문인지, 깨자마자 잠이 싹 달아나버려 잭은 자리에서 일어나 앉았다. 칸막이 너머의 홀은 고요했다. 메리엘은 부엌에 딸린 쪽방에서 자고 있을 것이다. 살금살금 밖으로 나오자 코 고는 소리가 희미하게 들려왔다. 메리엘은 코를 잘 골지 않는데 그날은 심신이 피곤했던 모양이었다. 잭도 머리가 지끈거리고 몸이 으슬으슬했다.

물을 찾아 한 모금 마시고 나자 기분이 조금 나아졌다. 잭은 충동적으로 문의 빗장을 열고 밖으로 나갔다. 빈 테이블에 앉아 별을 잠시 보다가 집 주위를 한 바퀴 돌아보려 했다. 그런데 반쯤 돌았을 때 어처구니없는 광경을 발견했다. 잭의 방 들창문이 있는 곳에 누군가가 서서 창을 열어보려 낑낑거리고 있었다. 아니, 누군가가 아니라 카야였다.

"너 뭐해?"

"잭?"

카야는 안심한 듯 한달음에 달려왔다. 잭은 놀라 눈을 크게 떴다. 이 새벽에 만난 것도 뜻밖이었지만 그뿐이 아니었다. 카야는 체크무늬 반 망토를 두르고 모자를 쓰고 조그마한 손가방까지 들고 있었다. 마치 이 시간에 여행이라도 떠나려는 듯한 차림새였다.

"너 어디 가?"

"응. 너랑 같이 가려고."

"나랑?"

잭이 놀란 표정을 하자 카야의 표정이 초조해졌다. 목소리도 가파르게 올라갔다.

"너도 떠날 거라고 했잖아. 내일이면 여기 없을 거라며. 나도 그래. 나한텐 너밖에 없잖아. 나 혼자 갈 수도 있지만 그래도. 응? 같이 가자. 응?"

"아니, 그보다……. 어딜 가는데?"

"그건 네가 정해도 돼. 맞아, 너 어제 갈 데 정했다며? 거기 가자. 응? 얼른."

물론 그건 그냥 해본 소리였다. 카야도 알 거라고 생각했었다. 갑자기 카야가 왜 이러는지 짐작도 가지 않았다. 어제부터 온갖 것이 이상했다. 혹시 이것도 꿈 아닐까?

잭의 표정을 살피던 카야는 결국 울상을 지으며 말했다.

"넌 날 도와줄 줄 알았는데."

"난 무슨 얘긴지 모르겠어. 갑자기 왜 그래? 이 밤중에 어딜 가려고 이러는 거야? 할머니는 아셔?"

카야가 시선을 내리깔았다.

"알면 큰일이게."

"그러지 말고 집에 돌아가. 네가 없어지면 할머니가 엄청 걱정하실 거야."

"너까지 왜 이래? 넌 내 편이잖아? 아니야?"

"카야!"

저도 모르게 큰 소리를 냈다가 잭은 흠칫했다. 죄 지은 것도 없는데 들켜선 안 될 기분이었다. 잭은 다시 차근차근 말해야겠다고 생각했다.

"먼저 말해봐. 뭘 하려고 떠나는 건데?"

"그냥 여길 떠나기만 하면 돼."

"왜? 누가 널 괴롭혀?"

카야가 얼른 고개를 끄덕였다.

"응. 맞아. 그래서 도망치려는 거야. 너한테 말해주고 싶지만…… 못 하겠다."

잭은 도저히 이해가 가지 않았다. 누가 카야를 괴롭힐 수 있단 말인가? 마을 대소사를 좌지우지하는 가스크 씨의 손녀인 카야를, 온 마을 사람들이 귀여워 어쩔 줄 모르는 카야를, 누가?

"할머니랑 할아버지가 가만히 계셔? 널 괴롭히는데?"

"할머니랑 할아버지는 아무 소용없어! 날 팔아넘기고 자기들은……."

잭은 놀라 입을 벌렸고, 카야는 말을 멈췄다. 잭은 방금 들은 말을 믿을 수가 없었다. 마그다 할머니가 카야를 얼마나 애지중지해 왔는데, 그게 무슨 소리인가? 그때 뒤에서 목소리가 들렸다.

"잭, 카야. 안으로 들어와."

메리엘이었다.

카야는 조금 반항했지만 잭이 순순히 따라 들어가자 결국 술집으로 들어왔다. 두 아이가 구석 테이블에 앉자 메리엘은 우유를 한 컵씩 주었다. 그리고 맞은편에 앉아 피로한 얼굴을 손바닥으로 몇 번 비비고는 말했다.

"자, 이제 말해봐, 카야. 무슨 일이니?"

카야는 우유 컵에 손도 대지 않고 고개를 홱 돌렸다. 메리엘이 다시 말했다.

"빨리 설명을 해야 내가 너희의 사랑의 도피를 지지해주든지 말든지 할 거 아니야."

"그런 거 아니거든요?"

카야가 재빨리 쏘아붙였지만 메리엘은 피식 웃었다.

"요 밤도깨비 같은 게. 밤중에 살금살금 와서 남의 집 총각 자는 방

창문을 톡톡 두드려 놓고 아니라고 빼면 내가 곧이듣겠니? 아니면 할머니가 널 잡아먹으려 한 얘기를 털어놔 보든가. 요렇게 예쁘게 키워 갖고, 솥에 넣으려고 그랬나 보지?"

메리엘이 슬슬 심기를 건드리자 카야의 입에서도 말이 나오기 시작했다.

"그런 거 아니고, 이상한 사람들이 왔단 말이에요. 어제 아침에 그 사람들이 갑자기 와서, 날 데려간다고 그랬어요. 아주 멀리로요. 다시는 못 돌아오는 데로요. 난 싫은데, 할머니도, 할아버지도, 다 모르는 체 하시고, 날 그냥 그 사람들한테 준다고……."

말하다 말고 카야가 울먹거리기 시작했다. 잭은 놀란 눈으로 카야를 보았다.

"그게 정말이야? 마그다 할머니는 너 없이 못 사시는데? 잘못 들은 거 아니야?"

"아니야. 진짜야! 할머니가 그 사람들한테 '저희가 할 일도 여기까지군요. 잘 알겠습니다.' 그랬단 말이야! 내가 물어봐도 그냥 가서 자라고만 그러고……."

카야는 급기야 울기 시작했다. 잭이 어쩔 줄 몰라 하는 동안 메리엘은 생각에 잠겼다. 그러더니 말했다.

"카야. 내 생각에는 널 친부모한테 데려가는 게 아닐까 싶구나."

카야가 울다 말고 소리쳤다.

"우리 부모님은 죽었거든요?"

"그야 너희 할머니 할아버지가 그렇게 말했겠지. 그게 사실이 아니라면 어쩔래?"

"아니라고요! 부모님 유품도 있단 말이에요!"

카야가 손가방을 끌어당기더니 안에서 상자를 꺼냈다. 그냥 상자가 아니라 그 위에 춤추는 인형이 붙은 음악 상자였다. 카야의 작은 손가방은 이것만으로도 꽉 차지 않았을까 싶었다. 그런 물건을 처음 보는 잭은 인형이 입은 멋진 드레스와 정교한 얼굴을 들여다보느라 코가 닿을 지경이었다. 카야가 태엽을 감자 더욱 놀랐다.

"우와, 움직인다."

음악에 맞춰 부드럽게 춤추는 인형을 보느라 넋이 빠진 잭과 달리 메리엘은 미간을 찌푸리고 있다가 말했다.

"이런 건 어디서든…… 아니, 어디서든은 아니겠지만, 하여튼 어딘가에서 사올 수 있는 거잖아. 이게 유품이라는 보장이 어디 있어?"

"아니에요. 여기 뒤에 만든 사람 이름도 있어요. 하나밖에 없는 거라고 그랬어요."

"그게 무슨 상관이야. 그리고 넌 집을 나온다면서 고작 가방에 요걸 싸갖고 왔니?"

메리엘이 웃음을 참는 기색을 눈치채지 못한 카야는 세차게 도리질을 했다.

"이거는요, 엄마가 나한테 남겨준 거란 말이에요. 내가 제일 아끼는 거예요."

“그래? 너 엄마 얼굴 알아? 본 적 있어? 무덤은 어디 있는지 알아?”

“그건……. 어, 엄마는 나하고 똑같다고 이모가 그랬어요.”

“이모라고? 그런 사람이 있어? 난 들어본 적이 없는데.”

“전에, 저번에 우리 집에 왔었어요. 밤에 왔다가 갔어요. 그때 이걸 줬는데…….”

카야는 말을 하면서 점차 혼란에 빠지는 표정이었다. 그런데 잭은 문득 예전에 그런 사람을 본 것 같다고 생각했다. 착각일지도 몰랐지만, 카야와 닮았다고 생각한 사람을 본 기억이 남아 있었다. 하지만 어디서 보았지?

메리엘이 말했다.

“너희 할머니, 할아버지께서 군말 없이 널 데려가게 할 사람이 달리 누가 있겠니. 두 분 다 얼마나 예뻐하며 널 키우셨다고. 넌 그분들의 자랑이자 보물이란다. 얌전히 돌아가 있으면 그분들이 다 너한테 제일 좋도록 해 주실 거야.”

그때 잭이 말했다.

“근데 부모님께 가는 거면 왜 카야한테 숨겨요?”

메리엘은 문득 말문이 막혔다. 천천히 멜로디가 사그라지며 인형이 춤을 멈췄다. 안심할까 말까 망설이던 카야가 다시 코를 실룩거렸다. 메리엘이 머리를 긁었다.

“글쎄다. 어쩌면 카야가 이 나이가 되도록 부모님을 못 만나고 살아온 것과 관계있지 않을까?”

"하지만 부모님이 살아있는지 아닌지 우리는 모르잖아요."

잭이 다시 말하자 결국 메리엘도 고개를 끄덕이며 입맛을 다셨다.

"그야 그렇지. 그럼 궁금한 건 할머니 할아버지한테 직접 여쭤보는 것이 어때? 날도 밝았으니까."

카야가 흠칫 놀라 창 쪽을 바라봤다. 이미 동녘 하늘이 붉었다. 카야가 인상을 일그러뜨리며 소리쳤다.

"다 아줌마 때문이에요!"

카야는 벌떡 일어나 음악상자를 손가방에 챙겨 넣었다. 과연 손가방 안에는 그 외에 별것이 없었다. 하다못해 은화 한 닢도 들어 있지 않았다. 저녁을 먹다가 문득 생각나서 챙겼는지 손수건으로 싼 빵 한 덩어리가 있을 뿐이었다. 메리엘이 말했다.

"그래서 가려고? 어디로 갈 건데? 돈도 없으면서. 멀리 갈 수나 있겠어?"

카야는 점점 화가 나서 씩씩거리며 손가방을 끌어당겨 쥐더니 소리쳤다.

"아줌마는 참견하지 말아요! 잭, 넌 갈 거야, 말 거야?"

"난……."

잭은 메리엘을 흘끔 보고, 카야를 보고, 다시 메리엘을 봤다. 그 꼴을 보고 있던 카야가 입을 꽉 다물었다가 내뱉었다.

"됐어. 너 같은 애 없어도 나 혼자 갈 수 있어."

홀을 가로질러 가 막 문을 밀고 나서려던 카야가 갑자기 뒷걸음질 쳤다. 문밖에서 낯선 남자들이 들어왔다. 메리엘이 일어났다. 카야는 황급히 테이블 쪽으로 돌아오려 했지만 남자들 중 하나가 카야의 손목을 잡았다.

"이거 놔요!"

카야가 놀랄 만큼 사납게 몸부림쳐서 남자는 카야의 손을 놓쳤다. 카야는 메리엘 쪽으로 뛰어왔다. 메리엘이 카야를 등 뒤로 감추며 말했다.

"무슨 일이시죠? 그리고 누구신지?"

"가스크 씨의 부탁으로 아가씨를 데리러 왔으니 물러나십쇼."

남자들이 다가와 메리엘을, 정확히는 카야를 둘러쌌다. 잭이 카야의 손을 잡으려 했지만 극도로 불안감에 사로잡힌 카야는 잭의 손조차 뿌리쳤다. 메리엘이 다시 말했다.

"애가 겁을 먹었잖아요. 내가 집에 데려다줄 수 있어요."

"당신이 참견할 일이 아니오."

남자들이 양쪽에서 카야에게 손을 뻗치자 카야가 비명을 질렀다. 메리엘이 돌아서서 카야를 껴안는데 다른 남자가 메리엘의 팔을 움켜잡았다.

"무슨 짓이에요!"

남자들은 아랑곳하지 않고 메리엘의 팔을 비틀어 떼어내더니 카야를 붙잡았다. 카야가 발버둥을 치며 달아나려 했지만 이번에는 어림없었다. 잭은 얼어붙은 채 그저 바라보고 있다가 카야와 눈이 마주쳤다.

카야가 울먹거리며 소리쳤다.

"이럴 줄 알았으면 어젯밤에 안 나오고 거기 있는 건데! 네가 부르는 바람에……."

남자들은 순식간에 카야를 안고 문밖으로 나갔다. 밖에는 또 다른 남자가 기다리고 있었는데 마치 기사 같은 차림새였다. 문이 쾅 닫혔다.

메리엘은 비틀렸던 팔을 한 손으로 붙든 채 멍하니 문 쪽을 바라봤다. 팔에 난 손자국이 벌겋게 부풀기 시작했다. 그녀가 중얼거렸다.

"이게 무슨 일이래……."

잭은 바닥에 나뒹구는 카야의 손가방을 내려다봤다. 남자들은 그걸 챙겨가려고도 하지 않았다. 느낌이 좋지 않았다. 실은 온몸이 떨려왔다. 방금 본 광경의 충격이 쉽사리 가시지 않았다. 저 무시무시한 사람들이 저대로 카야를 데려가 버린다면?

이윽고 메리엘이 잭을 돌아봤다. 나름대로 단호한 얼굴이었다.

"잭. 아무래도 카야네 집에 가봐야 할 것 같다."

카야의 집 문은 잠겨 있었다. 아무리 두드려도 열어주지 않았다.

"마그다 할머니! 저 닐 씨네 가게의 메리엘이에요! 문 좀 열어 주세요! 카롤 아주머니! 조제트! 헤더 아주머니!"

메리엘이 문 틈새에 대고 외치는 동안 잭은 집을 한 바퀴 돌았다. 손에는 카야가 떨어뜨리고 간 손가방을 꼭 쥐고 있었다. 꽤 큰 석조 단층인 카야네 집은 창문이 많았지만 모두 꼭 닫혀 있었다. 인기척도 없었다. 뒷문 앞까지 간 잭은 마당이 심하게 긁히고 파헤쳐져 있는 것을 발견했다. 카야와 놀다가 곧잘 가로지르던 곳이라 조금만 달라져도 금세 눈에 띄었다.

문 앞으로 돌아와 보니 메리엘은 집 안 하인들의 이름을 일일이 다 불러 보고 나서 막 입을 다문 참이었다. 잭이 마당 이야기를 하자 메리엘이 직접 가서 보더니 말했다.

"말 여러 필이 밟아놓은 것 같은데. 그 남자들이 타고 왔던 말이겠지."

"하지만 어제 저녁에 카야랑 헤어질 때는 이런 자국 못 봤어요."

카야는 손님들이 어제 아침에 왔다고 했다. 그럼 또 새로운 사람들이 왔단 말인가? 메리엘이 중얼거렸다.

"애 하나를 데려가려고 도대체 몇 명이 왔다는 거야. 혹시 무슨 다른 목적이 있는 거 아니야?"

"아까 그 사람들, 칼을 갖고 있었어요."

메리엘이 잭을 봤다.

"뭐라고?"

"망토 안에 칼 차고 있었어요. 전부 다요."

잭이 카야가 끌려가는 꼴을 넋 놓고 바라보기만 했던 것은 아니었다. 리프알름 마을에서 칼을 패용하려면 영주의 허락이 있어야 했다. 영주는 늘 자리를 비우고 없으니 사실상 새롭게 허락할 사람도 없었다. 메리엘의 얼굴이 심각해졌다.

"생각해 보면 그 사람들이 카야를 아가씨라고 부른 것도 이상해. 그렇게 부르는 사람은 아무도 없었잖아. 이 얘기를 누구한테 전해야 할 것 같은데. 근데 가스크 영감님한테 얘기하는 게 맞는 거 아냐? 나 참. 이걸 어쩐다. 하여튼 어제부터 이상한 일투성이야. 어제 저녁에 카야는 어디로 사라졌다가 갑자기 나타난 거래?"

잭도 그제야 카야가 끌려가며 마지막으로 한 말을 되뇌어 보았다. 어젯밤에 어딘가 안전한 곳에 숨어 있다가 나왔다는 것처럼 말하지 않았던가? 하지만 절벽 앞 들판은 탁 트인 데다 숨어 있을 너구리굴 하나 없었다. 그리고 제 발로 걸어갔다면 신발을 두고 가진 않았을 것이다. 그랬기에 그때 잭은 누군가가 카야를 납치해갔다고 생각했다. 하지만 카야는 들판 한가운데에서 나타났다. 그것도 이상한 광채에 휩싸여서.

지금 카야는 어디에 있을까?

그러자 카야가 했던 또 다른 말이 불쑥 떠올랐다. '어차피 굽다리 샛길에서 걸리게 되어 있어!'

"메리엘. 굽다리 샛길 나무집 있잖아요. 거기다가 얘기하면……."

잭의 말을 들은 메리엘은 잠시 생각했다. 잭이 말한 나무집은 경비초소였다. 큰 나무에 기대어 만들어져 있어 그렇게 불리곤 했다. 정식 명칭인지 몰라도 통칭 '경비대장'이라고 불리는 파울이 거기 있었다. 리프알름에 드나드는 사람의 이름을 기록하고 외지인의 신분을 조사하는 것이 파울의 임무였다. 가스크 씨가 자리를 비운 이상 칼을 차고 마을에 들어온 사내들에 대해 물어보기에 적당한 상대였다.

“좋아. 가보자. 그런데 미리 말해두겠는데, 잭.”

메리엘이 허리를 굽히며 잭의 양 뺨을 감싸 쥐었다.

“나도 카야가 걱정되지만 참견은 여기까지란다. 우린 카야의 가족이 아니야. 가스크 영감님이 그 애를 어디로 보내든, 사실 우리가 상관할 일이 아니거든. 알겠니?”

메리엘이 대답을 기다리고 있었으므로 잭은 머뭇거리다가 고개를 끄덕였다. 하지만 마음속의 소리는 이대로 카야가 사라져버린다면, 기껏 친구라고 믿고 찾아와 새벽에 창문을 두드리던 카야에게 미안해서 견딜 수 없을 거라고 말하고 있었다.

굽다리 샛길 근처에 도착하니 아침 먹을 시각도 지났다. 잭은 몹시 배가 고팠지만 꾹 참고 아무 말도 하지 않았다. 메리엘은 꺼림칙한 표정이었다. 가면서도 이렇게 하는 것이 맞는가 하는 생각을 떨치지 못한 듯했다.

저만치 ‘굽다리’ 라는 이름의 유래인 비스듬히 굽은 고개가 내려다보였다. 고개 아래로 구멍이 뚫려 마치 다리처럼 보일 뿐, 진짜 다리는 아니었다. 좌우로 까마득히 깊고 험한 협곡이 펼쳐져 있어서 사람이 다리를 놓을 만한 곳도 아니었다. 이조르칸트에 산다는 수백 살 먹은 마법사들이라면 모를까.

리프알름 산골에서 자란 잭이 이조르칸트의 이름을 아는 것은 그곳이 그리 멀지 않기 때문이었다. 이른바 ‘굽다리’ 를 건너 산을 내려가면 두 갈래 길이 있는데 하나는 동부의 대도시 외링으로, 다른 하나는 이조르칸트로 통한다고 했다. 이조르칸트에 대한 신기한 이야기는 아이들이 가장 좋아하는 여름밤 이야깃거리였고 잭도 동네 할아버지들한테 여러 번 들은 일이 있었다. 카야의 할아버지를 비롯해서.

초소가 보일 무렵 두 사람은 멈춰 섰다. 초소 앞에 말 여러 필이 매어져 있었다. 말안장을 보니 여행 준비가 단단히 되어 있었다. 메리엘이 중얼거렸다.

"누가 온 모양인데."

메리엘은 평범한 여행자가 저렇게 좋은 말을 여러 필 갖추기가 쉽지 않다는 것을 알고 있었다. 상인 무리로 보기에는 짐이 전혀 없었다. 메리엘은 망설이다가 잭을 내려다봤다. 잭의 표정을 본 메리엘이 입을 꾹 다물었다가 말했다.

"넌 여기서 기다리고 있어."

"저도 갈래요."

"안 돼. 여기서 기다리지 않을 거면 그냥 마을로 돌아가."

메리엘은 잭을 남겨둔 채 초소 쪽으로 내려갔다. 뒷문으로 다가가는데 앞문이 열리는 소리가 들렸다. 메리엘은 재빨리 나무뿌리 아래 움푹 파인 곳으로 몸을 숨겼다. 그러면서 자기가 왜 숨는 걸까 생각했다. 칼을 찬 남자 몇 명이 나타났다고 위험한 일을 상상하기에 리프알름은 너무 조용한 곳이었다. 메리엘은 오랫동안 그런 조용함에 익숙해져 있었다. 하지만 몸에 밴 기민함은 아직 사라지지 않았다.

낯선 사람들이 초소 반대쪽으로 돌아 매어 둔 말들 앞에 나타났다. 메리엘은 흠칫 놀랐다. 십여 명의 사내들 중 마법사의 로브를 갖춰 입은 자가 둘이나 되었던 것이다. 비록 이조르칸트가 멀지 않긴 해도 마법사들이 이 산골까지 들어오는 일은 전혀 없다고 해도 과언이 아니었다. 메리엘도 리프알름 출신이었다면 로브를 보고도 상대가 마법사라는 것을 깨닫지 못했을 것이다.

"마을에서 나가는 길이 여기뿐인 게 확실하겠지?"

"북쪽에는 산꼭대기로 기어 올라가는 길뿐이랬어. 왜, 놈들이 날개를 달고 날아갈까 봐 걱정돼?"

"그런 게 아니라, 너무 오래 기다리게 하니까 말이야. 감지로는 아무것도 안 나왔다고 했지?"

"아하, 내 실력이 미심쩍으셔?"

키가 작은 편인 마법사는 사사건건 시비를 걸고 싶은 듯했다. 두 마법사가 날 선 대화를 주고받는 동안 나머지 남자들은 끼어들지 않고 딴전을 피웠다. 그자가 다시 이죽거렸다.

"당신이 여기서 새로 해보든가. 저쪽 길이 잘 보이네. 물론 나보다는 그럴싸한 결과가 있겠지?"

메리엘은 그들이 감지 마법을 다시 쓰지 않기를 빌었다. 그런 식으로 발견당하면 처음부터 숨지 않느니만 못한 결과가 될 것이다. 다행히도 키가 큰 마법사가 고개를 흔들었다.

"됐어. 그만둬. 미리 힘 뺄 필요 없어."

"왜 그래, 펠민? 겁나는 거라도 있어? 그놈들 중에 마법사는 하나도 없다고 당신이 그랬잖아. 설마 그까짓 기사 놈들이 무섭나? 위대한 멜헬디를 졸업하신 분께서?"

"그만 해, 밴스워스. 그 이상 떠들면 나도 더 참지 않는 수가 있어."

그때 다른 남자가 손을 흔들며 길 저쪽을 가리켰다. 누군가가 나타난 모양이었다. 메리엘은 들킬까봐 돌아보지 못했지만 그게 제발 잭이 아니기를 빌었다. 하지만 그런 염려를 할 때가 아니었다.

밴스워스가 히죽히죽 웃으며 뭐라 중얼거리더니 갑자기 불꽃이 번쩍하면서 메리엘의 얼굴 근처까지 화끈해졌다. 곧이어 쾅, 하는 소리와 함께 나무 같은 것이 우지끈 부러지는 소리가 들렸다. 메리엘은 모든 것을 잊고 벌떡 일어났다.

잭과 함께 올라왔던, 마을로 이어지는 길에 불길로 이뤄진 원이 솟아나 있었다. 그 안에 말을 탄 자들이 갇혀 있었는데 불길 때문에 얼굴을 알아볼 수가 없었다. 펠민이 소리쳤다.

"그만둬! 산을 다 태울 참이야?"

밴스워스는 여전히 낄낄거렸다.

"산 따위 알 게 뭐야? 어차피 며칠 지나면 남는 거나 있겠어?"

"하여간 이 정신 나간 자식이……."

불이 이리저리 번지기 시작했다. 펠민이 두 손을 모아 막 수인을 맺으려는 때였다. 일행 중 한 사내가 외쳤다.

"저기 좀 보십쇼!"

불타는 원 가운데에서 거무스름한 기운이 솟아올랐다. 언뜻 연기 같기도 했지만 그렇게 보기에는 일정한 모양을 이루며 퍼져 불길을 감쌌다. 마치 검은 구름이 불을 내리눌러 삼키는 듯한 모습이었다. 그 모양을 본 밴스워스가 발을 구르며 소리 질렀다.

"마법사가 없다면서! 그럼 저건 뭔데?"

이윽고 불길은 깨끗이 사라졌다. 검은 기운도 서서히 걷혔다. 그제야 안에 있던 사람들의 모습이 드러났다. 무장한 기사들과 함께 말을 탄 가스크 영감과 마그다 할머니가 보였다. 마그다와 함께 말을 탄 카야는 겁을 잔뜩 집어먹은 모습이었다. 마그다가 올리고 있던 두 손을 천천히 내리더니 카야를 껴안으며 말머리에 몸을 기댔다. 지친 기색이 역력했다.

펠민은 제 눈을 믿지 못하는 표정이었다. 그가 중얼거렸다.

"저건…… 아스테리온의 권능인데?"

카야 일행의 기사들이 기회를 놓치지 않고 칼을 뽑아들며 달려왔다. 펠민과 밴스워스는 급히 뒤로 물러나고 나머지 사내들이 기사들을 상대하려고 뛰어나왔다. 말발굽이 흙을 차올리고 피와 비명이 뒤엉켰다. 그때 메리엘은 저만치 풀숲에서 잭이 기어 나오는 것을 발견했다. 카야가 있는 곳 근처였다.

"안 돼! 어서 도망쳐!"

메리엘이 숨어 있던 곳에서 뛰어나오며 소리치자 가스크와 마그다가 놀라 그쪽을 보았다. 카야도 마찬가지였다. 메리엘이 그들 쪽으로 달려가는 동안 기사들은 사내들 중 절반을 해치우고 나머지를 둘러쌌다. 그러나 마법사들은 동료들을 도우러 가지 않았다. 숲 뒤로 돌아 길 아래쪽으로 내려간 밴스워스가 주문을 외우자 땅 밑에서 흙으로 된 손이 솟아났다. 손은 마그다와 카야가 탄 말의 다리를 움켜잡아 쓰러뜨렸다. 두 사람은 땅바닥에 처박혔다. 그걸 보고 멍해진 잭을 어느새 도착한 메리엘이 넘어뜨릴 것처럼 밀치며 소리쳤다.

"넌 얼른 뛰어! 얼른!"

조금 전 온 힘을 다한 주문으로 녹초가 된 마그다는 몸을 가누지 못해 땅에 머리를 부딪쳤다. 카야는 마그다의 품 안에 있어 다치지 않았지만 이마가 피범벅이 된 마그다를 보자 공포에 질려 눈이 커졌다.

가스크 영감이 말에서 뛰어내려 마그다를 부축했다. 그러나 흙으로 된 손이 이번에는 가스크를 움켜잡더니 고리처럼 변하며 몸을 옭아맸다. 이어 가스크의 몸을 허공으로 들어올렸다. 아내까지 딸려 올라갈 지경이 되자 가스크는 마그다를 놓았다. 그와 동시에 흙으로 된 손이 가스크를 절벽 밑으로 내던졌다. 카야가 비명을 질렀다.

"아아악!"

상황을 눈치챈 기사들이 돌아오려 했지만 이번에는 펠민이 그들을 가로막았다. 땅 밑에서 가시덩굴이 빽빽이 솟아올라 두꺼운 울타리로 변했다. 기사들은 칼을 뽑아 덩굴을 후려쳤으나 계속해서 새로운 덩굴손이 올라와 끝이 나지 않았다.

그 사이 흙으로 된 손은 다시 마그다를 덮쳐왔다. 카야를 막은 사람들을 하나씩 끌어낼 작정인 듯했다. 마그다가 붙잡혀 끌려가자 카야가 벌떡 일어나 할머니를 끌어안았다.

"할머니!"

손이 마그다를 들어 올리자 마그다를 붙든 카야의 발도 공중에 대롱대롱 떴다. 마그다가 카야를 내려다봤다. 눈이 마주치자 마그다가 말했다.

"카야…… 키레이유 레반느. 그게 네 이름이다. 잊지 마라. 넌 내 기쁨이었단다."

카야는 마그다가 무슨 소릴 하는지 이해하지 못했다. 그저 안간힘을 쓰며 매달린 채 울부짖을 뿐이었다.

"할머니! 놓지 마세요! 할머니!"

마그다는 억센 손길로 카야의 두 손을 비틀어 떼어냈다. 카야가 손을 놓치는 것과 동시에 마그다도 먼 곳으로 내던져졌다. 카야가 부르짖었다.

"할머니!"

카야는 바닥에 처박히지 않았다. 떨어진 곳은 메리엘의 품속이었다. 카야는 혼이 나간 표정이었다. 누가 자기를 안고 있는지도 모른 채 벗어나려고 몸부림쳤다. 그때 어디선가 잭이 외치는 소리가 들렸다.

"카야! 나야! 잭이야!"

메리엘은 카야를 안은 채 마을 쪽으로 달렸다. 잭은 저만치 앞장서서 달리고 있었다. 메리엘이 아는 한 마법 소환물은 특정 범위를 벗어나기 어려웠다. 그러니 빨리 뛰어 벗어나야 했다. 상대가 따라와 주문을 새로 외울 시간조차 없도록.

예상대로 밴스워스는 주문을 외우려다 말고 욕설을 내뱉으며 메리엘을 따라 뛰기 시작했다. 그는 마법사답게 체력이 빈약한 데다 옷이 거추장스러워서 비록 카야를 안았지만 민첩한 메리엘을 쉽게 따라잡지 못했다. 하지만 달아나는 메리엘의 머릿속은 불안감으로 가득 찼다. 마을로 돌아가면? 그 뒤에는 어찌할 것인가?

잭은 뒤를 돌아보지 않았다. 일생 이토록 빨리 뛰어 본 적이 있던가? 아니, 그렇게 서두르면 어지러워져 늘 넘어졌다. 그래서 일부러 천천히 뛰곤 했다. 카야가 따라와 붙잡을 정도로. 하지만 오늘은 그러지 않았다. 그럴 수 없었다. 오직 저 아래, 무언지 모를 점에 시선을 모으고 달리며 주변은 돌아보지 않았다. 그를 둘러싼 세상이 일그러지는 것도, 뒤집어지는 것도, 부서지는 것도, 보지 않으면 그만이다. 그러면 계속 달릴 수가 있다. 넘어지는 바람에 메리엘보다 뒤로 처져서 메리엘이 카야 대신 잭을 구해야 할 일도 없을 것이다.

그렇게 달리는 동안 점차 사방이 탈색된 듯 희미해지더니 하얗게 빛났다. 잭은 해가 머리 위로 떠올라서 그렇다고 생각했다. 주변 풍경이 사라지자 오히려 마음이 편해졌다. 아무것도 뒤집히지 않을 테니까. 그러다가 문득 발밑조차 하얗게 변한 것을 깨달았다. 마치 희고 찬란한 안개 속에 갇힌 듯했다. 여기가 어디지?

잭은 머뭇거리다가 뒤를 돌아보았다. 뒤에도 아무도 없었다. 메리엘도, 카야도, 따라오던 마법사도. 가시덩굴이나 비탈길도 사라졌다. 잭은 당황해서 오던 쪽을 뚫어져라 보다가 소리쳤다.

"메리엘! 어디 있어요? 카야!"

마치 산속처럼 소리가 메아리치며 맴돌았다. 잭의 얼굴이 울 것처럼 일그러졌다. 언뜻 안전해진 것 같았지만 이런 탈출은 원하지 않았다. 메리엘과 카야가 있어야 했다. 그들이 안전해져야 했다. 잭은 몸을 떨며 다시 한 번 간절히 불렀다.

"메리엘! 카야!"

그때였다. 안개 속에 검은 얼룩이 번지더니 그림자로 변하고, 다시 사람으로 변했다. 카야를 안은 메리엘이었다.

"메리엘!"

잭은 정신없이 달려가 메리엘의 다리를 껴안았다. 메리엘은 당혹스러운 표정이었지만 얼른 잭을 끌어당겨 안아 올렸다. 두 아이를 안은 채 멈칫거리며 주위를 두리번거렸다.

"그런데 여긴……."

아무것도 보이지 않았다. 아무 소리도 들리지 않았다. 그들을 뒤쫓던 자들은 사라졌다. 그들이 가려던 곳도 사라졌다. 그들 셋뿐이었다. 그 외에는 안개인지 빛인지 모를 우윳빛 허공이 어디까지나 뻗어 있을 뿐이었다.

밴스워스는 우뚝 멈춰 섰다. 펠민이 겨우 따라와 헐떡거리며 물었다.

"갑자기 어디로 간 거야?"

"난들 알아?"

밴스워스가 신경질적으로 발을 굴렀다. 세 사람은 눈앞에서 사라져 버렸다. 마치 유리창에 묻은 물 얼룩을 닦아버린 것처럼. 오직 마법으로만 가능한 일이었다. 하지만 상대는 평범해 보이는 여자와 어린애 둘이었다. 주문을 외우는 모습조차 보지 못했다.

펠민이 물었다.

"마법이었나?"

"그럼. 빌어먹을 마법이고말고. 마법이 아니면 뭐겠어?"

"설마 그 여자가? 그래 보이지 않던데?"

밴스워스는 대꾸하는 대신 욕설을 내뱉었다. 산골 아낙네 같던 여자가 자신보다 주문 발동이 빠르다고? 심지어 어린애를 안고 달리면서 집중할 수가 있고? 그건 자신은 물론이고 마음의 궁전에 방 한 칸 얻을 정도의 실력자도 어려운 일이다. 펠민도 같은 점을 생각했는지 다시 물었다.

"근처에 마법사가 숨어 있었을지도 모르지. 무슨 주문인지 봤어?"

밴스워스는 대꾸하려다가 갑자기 입을 다물었다. 생각해 보니 상대는 셋이었고, 서로 떨어져 있었는데 거의 동시에 사라졌다. 일단 순간 이동이라고 볼 때, 주문을 두 번 따로 외웠다면 시차가 있어야 했고, 그렇지 않다면 주문의 범위가 엄청나게 넓다는 의미가 된다. 그런 주문을 달리면서 순식간에……. 거기까지 생각한 밴스워스는 얼굴을 찡그렸다. 인정하기 싫었지만 그의 재주로는 그런 주문을 쓰기는커녕 상상할 수도 없었다.

사적인 원한

몇 달 사이 잔스노플의 색채는 빠르게 바뀌었다. 잎이 약간 떨어졌고, 비가 자주 왔다. 매섭게 불어오던 건조한 바람도 부드러워졌다. 사람들은 추워졌다고 했지만 로존디아 출신이나 차크라타난 출신이 납득할 만한 의견은 아니었다.

"낮의 날씨는 여름일 때나 똑같은 것 같은데?"

"여름이 아니라 가을에 오셨습니다."

제라딤의 대꾸에 아라비카가 놀란 얼굴로 대꾸했다.

"아니, 여기 가을도 있어요? 알고 보니 별 게 다 있었네."

어느새 키릴과 아라비카의 안내를 전담하게 된 제라딤은 칼란에 여름, 가을, 겨울, 오무의 잠, 오무의 축복, 그렇게 다섯 계절이 있다고 말해 주었다. 저도 모르게 이런 말이 나왔다.

"어딜 가나 그놈의……."

아라비카는 급히 뒷말을 삼키고는 코가 간지러운 것처럼 실룩거렸다. '그놈의 오무' 같은 소릴 내뱉었다가는 목의 행방을 장담하지 못할 느낌이었다. 그간 키릴과 아라비카는 이곳에서 '선지자'와 '예언자'로 불리며 존중을, 아니 실은 숭배에 가까운 대접을 받고 있긴 했지만 선지자든 예언자든 오무의 뜻을 표현하기 위해 나타난 존재일 뿐이었다. 아라비카는 하려던 말을 제라딤이 깨닫지 못하도록 재빨리 쓸데없는 소리를 늘어놨다.

"하여간 그게 가을이었다면 대체 여름은 어떻다는 거야? 다 태워 죽이나? 원래 살던 사람들은 여름에 다 죽었고 여러분은 가을에 새로 태어나신 거겠죠? 아니면 혹시 여름이 사실은 여름이 아니고 겨울이라든가, 그게 그러니까 이름만 여름이고 날씨는 겨울이고, 그 말은 겨울 날씨란 자고로……."

앞서 걷던 키릴이 걸음을 멈추더니 뒤를 돌아봤다. 아라비카와 제라딤이 나누는 잡담에 관심을 보이는 일이 없었기에 웬일인가 싶었다. 무표정하다 보니 늘 다소 심각해 보이는 키릴과 눈이 마주치자 아라비카는 본능적으로 불안감을 느끼고 네가 하려는 말이 뭐든 일단 하지 말라는 뜻을 눈빛에 강하게 실어 보냈다. 그러나 키릴은 늘 그렇듯 하려던 말을 했다.

"혹시 해가 바뀌었나?"

뜻밖에도 평범한 질문이어서 아라비카는 안도하며 고개를 갸웃거렸다.

"글쎄. 지금이 무슨 아룬드일려나. 어이, 아시나요?"

제라딤은 잠시 생각하다가 되물었다.

"죄송합니다만 예언자이시여, 아룬드가 무엇인가요?"

하긴 예상을 했어야 했다. 계절이 다르니 달력도 전혀 다를지 몰랐다. 아라비카가 주섬주섬 설명했다.

"그러니까 날짜를 세는 거죠. 한 덩어리 세어서 다음 아룬드로 넘어가고, 또 넘어가고, 그게 모여서 한 해가 되고……."

"아, 하른트를 말씀하시는군요. 지금은 보호의 하른트입니다. 두 분께서 오신 곳에서는 뭐라고 합니까?"

"그게…… 그걸 말해주고 싶지만 우리가 모르죠. 워낙 오랫동안 날짜를 안 세어서. 날씨가 이렇다 보니 계절 가는 것도 잘 모르겠고."

아라비카가 뒷머리를 긁적거리며 언제 마지막으로 날짜를 셌던가 궁리하는 동안 키릴이 다시 물었다.

"하른트라는 것은 한 해에 몇 개지?"

"열세 개입니다, 선지자시여."

"보호의 하른트는 몇 번째인가?"

"아홉 번째입니다."

아라비카가 끼어들었다.

"열세 개면 하나는 어딜 간 거야? 그나저나 그럼 해가 바뀌지는 않았다는 건가?"

키릴이 말했다.

"그럼 너희는 한 해를 봄에 시작하는가? 아니 잠깐만, 봄이 아니고 오무의 축복이라고 했던가?"

제라딤이 빙그레 웃었다.

"맞습니다. 오무의 축복이 내려야 이 세상이 시작되니까요. 한 해는 축복으로 시작되어 잠으로 끝납니다. 참, 오무의 잠이 끝나면 비움의 기간이 있습니다. 그동안 악귀에 물든 저희의 죄를 속죄하고 나서 축복을 기원하는 제례를 드리지요. 제례 기간은 저희의 가장 큰 축제입니다."

"혹시 그 비움의 기간이 좀 길지 않나? 한 하른트 정도?"

그쯤 되자 제라딤의 얼굴에도 놀라움이 나타났다.

"어떻게 아셨습니까?"

"그게 암흑 아룬드군. 그럼 지금은 점성술 아룬드인 모양이군."

알고 싶던 것을 알아내자 키릴은 바로 몸을 돌려 다시 휘적휘적 걸어갔다. 아라비카가 허공에 대고 슬쩍 쥐어박는 시늉을 하며 중얼거렸다.

"머리는 좋지만 예의는 없고, 하여간에."

그러다가 제라딤이 쳐다보는 것을 느끼자 씩 웃었다.

"아니, 뭐 그렇군요. 가시죠."

말은 그렇게 했지만 안내하는 사람은 제라딤이었다. 갈림길이 나타났는데 키릴이 아무 생각 없이 가던 길로 가려 해서 제라딤이 얼른 가야 하는 쪽으로 앞장서며 말했다.

"이쪽입니다."

키릴은 바로 알아듣지 못했다가 아라비카가 앞길을 막아서며 손짓을 하고서야 겨우 제라딤을 따라갔다. 스쳐가며 아라비카가 슬쩍 보니 키릴은 입술을 짓씹으며 생각에 잠겨 있었다.

해가 바뀔 때가 되어간다고 생각하긴 했다. 로존디아를 떠나 미궁으로 들어가던 때가 약초 아룬드였을 것이다. 그 후로 미궁을 빠져나왔고, 황무지를 건넜고, 포로가 되었고, 캄란을 종단해서 잔스노플까지 왔다. 비주를 되찾기 위해 다시 기다렸다.

신성한 중재를 위해 오무의 대신전으로 떠났던 아즈람이 어젯밤에 돌아왔다고 들었다. 그래서 진스카가 그들을 부른 것이리라. 예상컨대 좋은 답을 가져오지는 못한 듯싶었다. 당장 소식을 전해주는 대신 이튿날에야, 그것도 일부러 남들의 눈이 없는 후원으로 부른 것을 보면.

270년이 저물어 갔다. 내년이면 〈하치러그 랄트라〉와 〈젤나러그 아이〉를 배우기 시작한 지 8년째였다.

노틀칸이 처음 8년을 말했을 때 그건 까마득히 긴 듯했다. 너무 길어서 끝까지 기다릴 수 없을 것 같았다. 그때는 그만큼 복수에 목이 말라 있었다. 그러나 8년째가 코앞으로 다가온 지금, 키릴은 어떻게 로존디아로 돌아가야 할지도 모를 미지의 땅에서 하는 일 없이 하루하루의 목숨을 낭비하고 있었다.

8년도 최대한으로 잡은 기간이었다. 부작용이 이미 시작되었다 해도 이상하지 않았다. 뼈 드래곤은 키릴이 마법을 되찾으리라고 말했고, 실제로도 어느 정도는 돌아왔다. 하지만 그건 부작용과 상관없었다. 광인이 되거나, 기억을 잃거나 하는 것과는.

오랜만에 노틀칸을 떠올렸다. 그는 지금쯤 어떻게 되었을까? 죽었다 해도 그리 놀라운 일은 아니리라. 자신은 곧 그와 비슷한 꼴이 될까? 아니면 그처럼 오래 견디지는 못할까? 노틀칸은 마법이 금지된 감옥에 갇혀있었기에 제 생명이 유예된 셈이라고 말했다. 키릴은 감옥을 나와 아낌없이 마법을 썼으니까 노틀칸보다 훨씬 빨리, 훨씬 너저분한 꼴이 되겠지. 어쩌면 그렇게까지 되기 전에 죽어버릴지도 모른다. 단스킬 대공이나 약스나 아마칼란처럼.

태양의 탑은 코앞에 있었다. 비주를 되찾고 태양의 탑에 들어가는 것은 어쩌면 가능할지도 모른다. 하지만 로존디아는 까마득히 멀었다. 이제부터 돌아가기 시작해도 제 때 닿을지 모를 일이었다. 적들은 기다려 줄 것인가?

길의 끝까지 가자 높다란 담과 문이 나타났다. 문은 의외로 소박하게 생긴 데다 담을 쌓은 돌과 색깔이 비슷해서 언뜻 보면 거기에 문이 있는지 알아채기 힘들 정도였다. 문 위쪽의 벽에 박힌 수호석 세 개만이 이 문의 중요성을 보여주는 듯했다. 제라딤은 문 앞에 이르러 비켜서며 키릴을 향해 허리를 굽혔다. 키릴은 억지로 생각을 떨치고 그를 보았다.

"이 종이를 받으십시오. 문 안으로 들어가시거든 여기에 적힌 무늬를 차례대로 찾아 따라가시면 됩니다. 성 안은 미로와 같사오니 다른 길로 가시면 길을 잃기 쉽습니다."

키릴 대신 아라비카가 대답했다.

"물론 그러죠. 여기서 길을 잃었다가는 내년쯤에나 다시 만나게 될 것 같거든요."

제라딤은 다시 허리를 굽히더니 그 자세 그대로 움직임을 멈추었다. 그들이 들어가는 광경조차 보지 않겠다는 것처럼. 문도 열어주지 않았다. 아라비카가 문고리를 살그머니 잡더니 문을 아주 조금 열고 고양이처럼 미끄러져 들어갔다. 문을 좀 더 밀어 열고 들어간 키릴이 아라비카를 힐끗 봤다. 아라비카가 변명했다.

"아, 그게 왠지 몰래 들어가는 체 하라는 설정 같잖아. 제라딤도 '나는 못 봤소' 하는 자세를 취하고 있고 말이야."

아라비카는 소리 없이 문을 닫고 나서 살금살금 걷기 시작했다. 키릴은 그냥 뒤따라 걸어갔다. 일찍이 제라딤은 위대하신 하즈라샤께서 대접견실이 아닌 후원으로 부르시는 것이 대단한 특권임을 강조한 적이 있었지만 기대했던 반응은 얻지 못했다. 키릴에게 진스카는 굶은 배를 커피 열매로 달래며 나귀 타고 사막을 건너던 사이일 뿐이었다.

문 안쪽도 밖의 풍경과 크게 다르지 않았다. 얕은 담장으로 만든 미로 같은 회랑과 집들, 집과 집 사이에 빼곡히 들어찬 나무와 꽃, 어디든 이곳의 이름이 '후원'이어야 할 이유는 없어 보이는 풍경이었다. 다만 이상하게도 지나가는 사람이 한 명도 없었다.

제라딤이 말한 무늬는 곳곳에 나타났다. 담벼락, 바닥, 문지방. 때로는 나무에 새겨져 있기도 했다. 그렇더라도 찾기가 어렵지는 않았다. 손에 든 종이만 있다면. 만약 그게 없다면 갈 길은 물론 나갈 길도 찾지 못하고 빙빙 돌아야 할 듯했다. 길 물어본 사람조차 없었으니까. 반시간 가까이 오가는 사람은 고사하고 시종 하나 눈에 띄지 않았다. 이 넓은 곳을 언제 누가 관리하는 걸까 궁금해질 무렵, 마침내 둘은 어느 널찍한 단층집 앞에 다다랐다. 마지막 무늬는 그 안으로 들어가라는 것처럼 문고리에 박혀 있었다. 문 안쪽에서 뭔지 정확히 모를 희미한 소음이 들려왔다.

"여긴가?"

아라비카가 문을 밀어 열었다. 기둥 몇 개만 세워 탁 트인 방 안 곳곳에 눈이 휘둥그레질 정도로 화려한 새장들이 걸려 있었다. 금을 입히거나 보석을 박은 창살들, 도자기로 된 나뭇가지, 새장 밑에 층층이 달려 찰랑거리는 수정 조각, 상아를 깎아 만든 나뭇잎과 덩굴, 루비 눈을 아로새긴 새가 날아올랐다가 내려앉는 모양을 일곱 가지로 표현한 조각품, 그런 새장들 안에서 온갖 빛깔의 새들이 날갯짓하며 울어댔다.

아라비카가 주위를 휘둘러보더니 낮게 휘파람을 불었다. 그러자 새들 중 몇몇이 짧은 노래로 화답했다. 아라비카가 싱긋 웃었다.

"똑똑한 놈들인데."

안쪽을 바라보던 키릴이 말했다.

"누가 있군."

그 말이 맞았다. 하인들처럼 단순한 흰옷 차림을 한 사람이 저 안쪽으로부터 새들에게 모이를 주며 이쪽으로 오는 중이었다. 아라비카가 소리쳐 불렀다.

"저기요! 바쁘신 것 같지만 말씀 좀 여쭤도 될까요?"

"그래. 다만 신성한 중재 얘기라면 조금 기다려 주게."

뜻밖의 대답에 눈을 둥그렇게 뜨고 보고 있자니 과연 다가온 상대방은 진스카였다. 그런데 한 손에는 새 모이가 든 통을 들고, 다른 손에는 유리 물병을 들고 있었다. 아라비카가 물었다.

"아니, 하즈라샤께서 이런 일도 직접 하십니까?"

진스카가 멋쩍은 듯 한쪽 눈을 찡그려 보였다.

"아버지의 취미였거든. 나도 어려서는 여기서 놀기를 좋아했지. 처음엔 고작 네댓 마리를 기르셨을 뿐인데. 하즈라샤의 취미가 밖에 알려지면 이렇게 곤란한 일이 발생해. 하여튼 잠시 기다려. 이 상전들 좀 다 먹이고."

대신살이를 하는 사람은 아버지의 취미도 그대로 이어받아야 하는데 그게 복잡한 종류라면 이만저만 고충이 아닐 듯했다. 하지만 진스카는 꽤 익숙한 손길로 각 새장마다 모이를 채워주고, 물통을 갈아주고, 몇 마리에게는 말을 걸고, 몇 마리는 손을 내밀어 만져주며 돌아다녔다. 그러는 동안 어떤 새들은 반가운 듯 파닥거리기도 하고, 아이처럼 칭얼대며 진스카를 불러대기도 했다. 귀찮아하는 것처럼 말하긴 했지만 진스카도 이 새들을 싫어하는 것 같지는 않았다.

이윽고 새 시중을 끝낸 진스카가 두 사람 앞으로 돌아와 꽃잎을 띄운

수반에 손을 씻더니 말했다.

"자, 이제 따라오게."

진스카를 따라 새가 있는 방을 통과하고 보니 다음 방에는 바위식물이 가득했다. 그 다음에는 십여 가지의 악기만이, 또 다음 방에는 책이 가득 꽂혀 있었다. 다섯 번째 방에 이르러서야 응접실처럼 보이는 공간이 나타났다. 붉은색, 청록색, 금색 천을 씌운 푹신한 의자가 테이블을 중심으로 둘러 놓였고 오른쪽 벽에는 지도가, 왼쪽 벽 아래에는 여기저기서 선물로 받았을 법한 진귀한 유물이며 예술품이 진열되어 있었다. 맞은편 벽에는 칼 한 자루만이 걸려 있었다.

내실은 단정하고 아늑하긴 했지만 잔스노플의 대제후인 하즈라샤가 머무는 곳임을 생각할 때 의외로 압도적인 웅장함이나 화려함은 없었다. 거실 한쪽에 부엌처럼 생긴 장소가 딸려 있다는 점만은 특이했다. 하즈라샤가 직접 요리를 하기라도 한단 말인가?

진스카가 앉으라고 손짓하다가 코를 실룩거리더니 두 팔을 벌려 보이며 말했다.

"지금 내 몸에 새들의 은총이 가득해서 말이야, 잠깐 옷 좀 갈아입고 오겠네. 편히들 앉아 있게."

진스카는 어느 문으로 사라졌다가 곧 가벼운 차림이 되어 돌아왔다. 무늬 하나 없는 옷에 장신구도 없었고 심지어 맨발이었다. 그대로 담을 넘어 나가면 시장을 배회하는 평범한 선원이나 삯일꾼으로 보이지 않을까 싶을 정도였다. 이곳 남자들이 보통 머리를 기르는 데 반해 진스카는 성으로 돌아오자마자 그 사이 자랐던 머리를 시원하게 쳐버렸고 심지어 수염도 짧게 잘라버렸다. 그러고 나자 사막에서보다 훨씬 젊어 보였지만, 사실 캄란 사람들은 어려 보이는 얼굴을 선호하지 않는다고 했다. 그렇게 거추장스러운 것을 싫어하는 진스카도 하즈라샤의 모습으로 나설 때는 가발이 달린 모자를 써야 했다. 그런데 오늘 이곳에서는 모자도 없이 짧은 머리를 그대로 드러내놓고 있었다.

이윽고 진스카는 정말로 부엌으로 가더니 직접 음료 세 잔을 만들어와 테이블에 놓으며 말했다.

"키릴 자네, 사막에서 씹었던 열매 기억하나? 그걸로 만든 음료야. 빛깔을 보고 독이 든 게 아닌가 걱정하진 말고."

"빛깔보다는 직접 만들어주신다는 점이 참신하군요."

아라비카의 말에 진스카가 웃었다.

"시종이란 편리하긴 해도 비밀을 남겨두지 않는 존재지. 그들이 없으니 내가 뭘 하면 된다, 안 된다, 시비 거는 사람도 없잖은가?"

그 말은 여기서만은 진스카가 대신살이를 신경 쓰지 않아도 된다는 의미였다. 그래서 두 사람을 이곳으로 부른 모양이었다. 그들을 이곳으로 들여보낼 때 보인 제라딤의 태도나 오면서 시종 하나 보이지 않던 점을 떠올려 보면 후원으로 불리는 구역 전체가 그런 용도로 고립되어 있는 듯했다. 대신살이를 할 때는 음식조차 아버지와 같아야 했으므로 입맛이 다르다면 직접 만들어 먹는 것만이 시비를 피하는 방법이었다. 이런 생활에 익숙해서인지 사막을 가로지르던 때를 돌이켜 보면 진스카는 시종이 없어도 뭐든 척척 해내는 편이었다.

진스카는 맞은편 의자에 앉아 음료를 한 모금 머금으며 팔짱을 꼈다. 키릴도 조금 마셨지만 별다른 반응은 없었다.

"어제 아즈람이 돌아왔다는 이야기는 들었을 테지. 오래 기다리게 했는데 유감스럽게도 좋은 답을 줄 수가 없게 되었어. 그자가 어처구니 없는 핑계를 개발했더군."

잔스노플에서 앗슈마흐드까지 가고, 대신전에 청원을 넣고, 중재를 위해 열린 회의에 참석하고, 결정된 중재 내용을 전하기 위해 사라드로 가서, 사라딕의 대답을 듣고 앗슈마흐드의 대신전으로 돌아갔다가 다시 잔스노플로 돌아와야 했으니 어마어마한 여정이긴 했다. 그럼에도 불구하고 기다린 이유는 오무를 섬기는 자라면 누구도 대신전의 신성한 중재를 거절할 수 없다고 들었기 때문이었다. 하즈라샤와 같은 보증인이 있다면 더더욱. 그런데 사라딕이 무슨 핑계를 댔기에 그걸 거부했단 말인가?

"궁금한가? 궁금하겠지."

진스카가 다시 음료를 마시더니 입술을 한 차례 빨았다.

"자네들이 너무 놀라지는 않았으면 좋겠군. 사라딕 그놈이, 비주라는 아가씨를 제 아내로 삼았다고 했거든."

키릴은 순간적으로 눈을 치뜨며 진스카를 보았다. 아라비카는 입을 딱 벌리고 있다가 말했다.

"그거 참, 올해 최고의 농담이네요."

"그래. 혼례까지 올렸다고 했지. 그래서 이제는 자신의 가족이니 돌려줄 필요가 없다나? 그자의 주장으로는 그 아가씨가 혼례를 올리기 전에 이미 혼인했음을 자신에게 밝힌 일이 없기 때문에 결혼이 적법하다는 건데, 만약 중혼으로 밝혀진다면 결혼은 취소되겠지만 사라드의 지배자인 자신의 명예가 훼손되었으니 복수할 권리를 갖는다는 거야. 그러니까 역시 돌려줄 필요는 없다는 주장이지."

캄란 사람들에게는 명예를 훼손한 상대를 직접 벌할 권리가 있었다. 지체 높은 자의 명예는 우선적으로 보호되었다. 따라서 신분이 낮은 자가 사라딕의 명예를 더럽혔다면 사라딕은 그들의 목숨을 취할 권리를 가졌다.

진스카는 답답해졌는지 벌떡 일어나 거실을 왔다 갔다 했다. 그러다가 불쑥 멈춰 서더니 테이블 모서리를 응시하고 있는 키릴의 표정을 살폈다.

"자네, 설마 결혼 얘기를 곧이들은 건 아니지? 그냥 창의적인 핑계일 거라고 난 생각하는데."

그제야 키릴이 진스카를 봤다. 확실히 화가 난 듯 보이는 얼굴이긴 했다.

"응."

비주를 신부로 삼을 수 있다면 사라딕인가 뭔가 하는 자도 범상한 인간은 아닌 셈이다. 아니, 자유를 억압당한 비주와 한 방에 마주앉을 수만 있어도 엄청난 일이지……. 그렇게 생각하긴 했지만 마음 한 구석에

서 뭔지 모를 것이 자꾸 신경을 건드렸다. 키릴은 생각을 떨치려고 고개를 흔들어버리고는 말했다

"사샤는?"

"그 아이는 도망쳐버렸다고 해. 원한다면 조사도 받아들이겠다고 했다더군. 물론 수색 명령서를 가져온다면 말이지만. 이런 경우 자네가 요구한다면 대신전의 판관들이 사라딕의 영지를 조사하게 되네. 웬만한 확신 없이 신성한 중재를 신청하지는 못하니까, 신청자의 의견을 우선 고려하는 거지."

그렇게 말하긴 했지만 진스카가 보증인이라는 점이 핵심적인 이유였을 것이다. 잔스노플의 하즈라샤, 즉 대제후인 진스카는 캄란에서 황제 다음가는 존재였다. 명목상 황제의 신하였지만 황도 앗슈마흐드보다 큰 도시인 잔스노플에서 배타적 지배권을 가졌고 잔스노플과 관계된 사안에 한해 황제의 뜻을 거절할 권리마저 갖고 있었다.

'샤'는 본래 왕이라는 의미로 잔스노플이 과거 독립된 왕국이었음을 뜻했다. '샤'의 칭호를 가질 수 있는 자는 캄란 내에서 네 명뿐이었다. 그 중 첫째가 황제, 즉 '자타샤'였으며 다음이 황태자를 뜻하는 '니누르샤', 황후를 뜻하는 '루베샤' 그리고 잔스노플의 하즈라샤였다. 그러므로 황제 일가와 하즈라샤는 사실상 동급의 칭호를 가진 셈이었다.

반면 사라딕은 지방의 토호로 자신의 영지에서는 절대적으로 군림할지 몰라도 황제의 영을 받으면 티끌 하나까지 내놓아야 하는 처지였다. 그런 주제에 하즈라샤를 억압하려 했다는 것은 엄청난 죄가 아닐

수 없었다.

캄란에서는 신분의 고하에 따라 죄의 범위가 달라졌다. 단지 통념적으로 그런 것이 아니라 법전에 명시되어 있었다. 신분이 낮은 자는 도둑질만으로도 손목이 잘릴 수 있지만 귀족들은 무고한 사람을 죽여도 기도나 제물로 해결할 수 있었다. 같은 죄라도 신분 낮은 자가 신분 높은 자에게 지은 죄는 더 큰 벌을 받았다. 그런 식이니 하즈라샤쯤 되면 황제에게 대적하거나 오무의 이름을 더럽히는 것 말고는 하늘 아래 어떤 죄도 없다고 봐도 과언이 아니었다.

하지만 진스카는 황제의 수도인 앗슈마흐드로 사자를 보내면서도 중재를 신청했을 뿐 사라딕을 고발하지 않았다. 캄란 사람의 선악 판단에는 또 다른 관점이 존재하기 때문이었다. 바로 '복수'였다.

복수란, 명예와 관계된 죄에만 허락되는 개인적인 처벌을 의미했다. 다시 말해 명예를 훼손당했음을 명백히 증명할 수만 있다면 재판 없이 상대를 응징해도 죄가 되지 않았다. 물론 상대가 신분 높은 자라면 바로 죽이거나 할 순 없겠지만, 그 외의 행동은 전반적으로 허락되었다. 그래서 사라딕이 자신을 속이고 결혼했다는 핑계로 비주를 죽이는 것도 실제로 가능한 일이었다.

진스카는 하즈라샤가 되기 전, 아타르크였을 때 사라딕과 얽힌 악연이 있었다고 했다. 사라딕은 진스카에 대한 복수가 끝나지 않았다고 주장했고, 진스카는 끝났다는 입장이었지만 어쨌든 그건 둘 사이에서 해결해야 할 문제일 뿐 황제의 법정에 호소할 일은 아니었다. 그게 캄란

인의 지배적인 감정이었고 하즈라샤인 진스카조차도 같은 생각이었다.

다시 걷기 시작한 진스카가 말했다.

"자, 그럼 두 가지 선택지가 있네. 전자는 물론 사라딕의 영지를 조사해달라고 청원하는 거지. 예상컨대 결정이 나기까지 두 달쯤은 걸릴 거야."

"후자가 좋겠군."

설명하기도 전에 대꾸가 나오자 진스카가 도로 걸음을 멈추더니 키릴을 봤다. 웃어야 할지 말아야 할지 모르는 표정이었다.

"그래. 실은 내 생각도 자네와 같아. 그럼 후자가 뭔지 자네가 말해주겠나?"

"직접 가려고."

"사라드로? 그 다음엔?"

"데려와야지."

진스카는 급기야 웃고 말았다.

"자네 혼자 가서 두 사람을 데려 오겠다 그건가? 이봐. 자네 목숨은 내 것이네. 시한은 예전에 지났다고. 잊진 않았겠지?"

"죽여야 당신 것이지."

진스카는 별로 놀라지도 않고 대꾸했다.

"자넨 은근히 뻔뻔스럽단 말이야. 어쨌든 내 것이니까 아무데나 내던져선 곤란해. 그러도록 놔둘 순 없지. 잠깐, 다들 잔 좀 들어 올려봐."

진스카는 돌아서서 벽에 걸린 지도를 떼어와 테이블 위에 펼쳤다. 묵직한 천으로 만든 지도는 상당히 커서 테이블을 다 덮고도 흘러내렸다. 진스카가 검지로 지도 위를 짚으며 말했다.

"여기가 잔스노플. 그리고 여기가 현재 사라딕이 있는 곳. 사라드라고 일단 해 두지만 그놈들의 이름은 뜻이 좀 복잡해서."

진스카는 두 지점 사이의 한 곳을 짚어 보였다.

"여기, 모흐라트 산에 초계 임무를 띤 잔스노플 군이 주둔해 있어. 이미 전령을 보내 놨으니까 가다가 합류하게. 상황 설명을 하자면, 사라딕이 자네의 아내를 빼앗아 가진 셈이므로 이제 자네와 사라딕 사이에는 사적인 원한이 성립되었네. 그러므로 오무의 이름으로, 그들에게 복수를 행해도 아무도 비난할 자가 없게 된 거야. 다만 자네에겐 군대가 없으니 그걸 나한테서 빌리는 거지. 물론 자넨 이미 내게 '적당한 값'을 치렀기 때문에, 난 기꺼이 군대를 빌려주겠지."

진스카가 '적당한 값'이라는 말을 하며 떠보는 표정을 짓더니 곧 쓴웃음을 지었다. 평소 같으면 이런 도움을 받아들일 키릴이 아니었지만 거절하지 않는 것을 보면 그도 적당한 값을 치렀다고 생각하는 것 같았다.

진스카가 말을 이었다.

"그나저나 가서 어떻게 할지는 생각해 뒀나? 미리 말해 두지만 사라딕하고는 어떤 협상도 하지 말게. 그놈은 자기한테 어떤 약속도 지키지 않을 권리가 있다고 생각하니까. 초계부대를 이끄는 마가람은 우수한 지휘관이니 군사 행동을 할 거라면 많은 도움이 될 거야. 혹시 그 외에 세워둔 계획이 있나?"

"없어."

"자넨 지난번에도 없다고 해놓고서 갑자기 엄청난 일을 저질렀지. 이번에는 예고라도 해줬으면 좋겠는데. 전에도 말했지만 이곳 사람들은 그걸…… 알다시피 '사악한 술수'라고 부르거든. 자칫하면 오해를 사기 쉽네."

"적에게 사는 오해를 걱정할 필요는 없겠지."

"그 말은 뭔가 대책이 있긴 하다는 건데. 맞나?"

키릴은 대답하지 않았지만 진스카도 더 캐묻지 않았다. 뭔가 있다는 걸 알기만 하면 되었다. 한 번 어처구니없는 경험을 해본 진스카로서는 이 뭘 생각하는지 모를 선지자가 아무 계획도 없이 출발할 가능성을 배제할 수 없었던 것이다.

"한 조각쯤 남아 있을지 모를 자네의 지각을 믿는 수밖에. 가끔 자네를 보고 있으면 마법은 사람을 타락시키는 사악한 술수가 맞는 것 같기도 하거든. 자네가 태양의 탑에 들어가면 전설에 나오듯 사악한 술수가 깨끗이 정화되어 사라져버리는 건 아닐까?"

반 농담처럼 한 말에 의외로 키릴이 반응했다.

"그게 무슨 뜻이지? 정화된다고?"

"우리 쪽의 전설에서는 그렇게들 말해 왔거든. 태양의 탑은 모든 사악한 힘을 정화하는 곳이라고. 그리고 말했다시피 우리에겐 마법이 그저 사악한 술수라서. 현자들의 일화에도 나오지. 현자가 탑에 들어가니 다른 모든 인간들과 같아졌노라."

키릴의 눈빛이 기묘해졌다.

"현자란 저번에 말한 여섯 개의 무덤에 묻힌 자들을 말하는 건가?"

키릴의 무례한 어투는 아무리 지적해도 고쳐지지 않아서 진스카는 이맛살만 한 번 찌푸리고는 대꾸했다.

"그런 셈이지. 자네가 만난 현자와 같은 분이라는 보장은 없지만. 현자들께서는 위대한 왕국이 지는 해처럼 지평선 아래로 가라앉을 때, 그것을 붙들고 싶은 충동을 참기 위해 무덤 속으로 들어가셨다고들 하지. 알다시피 그분들은 충분히 해를 붙들 힘이 있었지만."

진스카가 한쪽 눈을 찡긋하더니 말을 이었다.

"그러면 밤이 오지 않을 테고, 밤이 오지 않으면 세상이 멈춰버리지. 그때 해가 가라앉고 긴 밤이 왔기 때문에 오늘날이란 것도 존재하게 되었으니. 문제는 우리에게 또 한 번의 밤이 온다면 어떻게 해야 하느냐야. 물론 우리에게 해를 붙들 힘은 없지만, 만약 주어진다면 어찌하겠나?"

진스카는 정말로 대답을 기대하는 것처럼 키릴을 보았다. 키릴은 상상력을 발휘하는 대신 반문했다.

"그걸 왜 내게 묻지?"

"현자들은 사라지기 전에 이 세상에 비밀을 남겨두었다고 해. 다시 한 번의 밤이 올 때, 해를 붙들 힘이 없는 연약한 우리에게도 선택권을 주기 위해서. 그걸 찾아내고 사용하는 것은 전적으로 우리에게 달렸지만. 우리 중에서도 자네 같은 사람에게."

"난 그게 뭔지 몰라."

"그래. 아직은 그렇지. 그래서 말인데, 혹시 떠나기 전에 달타의 예언을 읽어 보겠는가?"

달타의 예언이 키릴의 도래를 알리고 있다고 했지만 그것이 전부는 아닐 터였다. 예언 문서의 열람은 오무의 신관들 외에는 엄격히 금지되어 있어 잔스노플의 지배자라 할지라도 쉽사리 들어가 꺼내볼 수는 없었다. 진스카가 예언의 존재를 알게 된 것도 사실상 우연이었다. 예언서에 대한 금제가 유난히 강한 이유는 혹세무민하는 자들의 출현을 막기 위해서라고 했다. 지배자라 할지라도 미래를 논하는 글에 탐닉하게 되면 현실의 일을 제쳐놓게 되기 쉬웠다.

"아무나 볼 수 없다고 했던 것 같은데."

"하즈라샤는 금제를 뚫는 법을 아는 자라는 말이 있지. 그나저나 때가 되어 자네가 해를 붙들겠다고 하면 나는 자네를 막아야 할까? 아니면 내 선견지명에 감탄하며 그저 지켜봐야 할까?"

진스카는 여전히 웃고 있었지만 농담을 하는 기색은 아니었다.

"다행히 기회가 한 번은 아니야. 현자들이 남겨 둔 비밀은 하나가 아니라고 하던데. 우리가 못 찾을까봐 그랬을까? 아니면 다가올 여러 번의 밤을 대비하기 위해서? 어쨌든 자네가 잘못된 선택을 하면 난 새로운 선지자를 기다려야 하는데 늙어 죽기 전에 만날 수 있을지 모르겠군."

듣고만 있던 아라비카가 불쑥 말했다.

"그건 무리죠. 한 사람이 두 명의 선지자를 영접한 예는 들어본 적이 없거든요."

"그거 참 위로가 되는군."

"물론입니다. 선지자라는 자들은 대저 여기 이 친구처럼 뻔뻔하고 뻣뻣하기 그지없거든요. 일생에 한 번 만나면 족하죠."

"그러는 자네는 이번이 처음이 아니란 말인가?"

진스카가 아라비카를 돌아보자 아라비카는 헛기침을 하더니 잔을 들고 음료의 향을 맡는 체 했다. 진스카는 잠깐 기다리라는 것처럼 검지를 들어보이고는 키릴을 다시 봤다.

"자, 아까 하던 얘기로 돌아가서, 근방에 첩자가 와 있을 게 뻔하니 여기서는 사절단 형태로 출발하는 걸로 하지. 자네들 뒤를 따라가도록 사람을 보낼 테니 염려는 말게. 마음 같아서는 나도 같이 가서 사라딕 놈을 사막에 파묻어버리고 싶지만 내 아버지라면 그러시지 않을 거라는 작자들이 백 명쯤 나서겠지. 그래서 유감스럽지만 난 여기 처박혀 새 모이나 주고 있어야 할 것 같군."

진스카는 다시 일어나 종이와 펜을 가져왔다. 그는 키릴이 가야 할 지역을 지도에서 베껴 그렸다. 대충 슥슥 그리는 것 같아 보여도 상당히 정확한 필치였다. 다 그린 지도를 키릴에게 건네주며 진스카가 말했다.

"즉석에서 그린 거라 미안하지만 지도 유출은 민감한 문제라서. 자네한테는 특별히 당부해야 할 것 같아서 하는 말인데, 다른 사람들 앞에서 이걸 꺼내 보이면 아주 곤란한 일이 생길 걸세."

아라비카가 싱글거리며 말했다.

"키릴의 성격을 꽤 잘 아시네요."

"그것 때문에 울화병으로 죽을 뻔했는데 이 정도 쓸모는 있어야지."

진스카는 이어 편지를 한 통 써서 봉하고, 직인을 찍은 명령서를 비롯한 몇 가지를 더 챙겨주었다. 그러고도 미덥지 못한 표정으로 키릴을 보다가 아라비카에게 시선을 돌렸다.

"그런데 자네도 같이 가는 거겠지?"

"아, 그럼요."

"마음이 조금 놓이는군."

아라비카가 키릴을 봤다.

"대체 같이 지낼 때 무슨 짓을 했기에 신뢰도가 이 지경인 거야?"

키릴이 대답하지 않자 아라비카는 입맛을 쩝쩝 다시다가 손에 들고 있던 음료를 무심코 한 모금 마셨다. 그때까지는 색깔이 미심쩍어서 입에 대지 않았던 것이다. 그는 즉시 눈이 튀어나올 것 같은 표정을 지으며 소리쳤다.

"헙……. 이게 독약이 아니라고요?"

진스카가 대꾸했다.

"독약은 아니네. 이를테면 선지자 같은 맛 아닌가."

그러면서 테이블 한쪽에 놓인 사탕 통을 밀어 주었다. 아라비카가 얼른 한 개 집어 입에 넣으며 물었다.

"이게 대체 뭡니까?"

"커피라고 하는데, 내 입맛에는 썩 맞네. 골치 아픈 일이 있을 때 마시면 두통도 좀 덜어지지."

"이런 걸 평소에 드시니 인내심이 길러지셔서 저런 선지자를 주워 오시는 겁니다."

"그럼 이제부터라도 달콤한 걸 마시면 좀 나아지나?"

"아니죠. 그냥 저 친구를 성에서 내쫓으시게 되겠죠. 그러고 나서 혹시 다시 마주치게 되면 키릴은 우리가 언제 만난 적이나 있었냐는 것처럼 행동할 겁니다. 그럼 하즈라샤께선 뒷골이 당겨와 다시 커피를 드시게 되겠죠."

"오무이시여."

과거이자 미래인 자

오무의 신관들은 황제의 명도 때로 거부할 정도로 콧대가 높았고, 경전에 집착하여 뻣뻣하기로 유명했다. 하지만 캄란 사람들도 나름대로 그들의 질서를 뚫는 법이 있었다. 죽어가는 자, 가족을 구하려는 자, 자신과 가족의 명예를 지키려는 자가 도움을 요청할 때는 어떤 신관도 거절할 수가 없었다.

키릴은 달타의 예언서에 도래가 기록된 자로서 가족들을 구하기 위해 예언서에서 필요한 내용을 찾고자 한다는 내용으로 청원을 넣었다. 몇 시간 후 열람 허용은 그날 밤, 단 세 시간만으로 한정한다는 허가가 전해져 왔다. 밤이 되자 제라딤이 찾아와 키릴과 아라비카를 예언서가 있는 서고로 안내했다.

서고는 거대한 탑처럼 몇 겹으로 쌓인 기단 위에 있었다. 비밀이 지켜져야 하기에 오히려 모든 사람의 눈에 띄도록 만들어졌다고 했다. 누군가가 침입한다면 어디서든 쉽게 보이도록. 오르는 계단은 단 한 줄기였고 밤새 불이 밝혀져 있었다.

"이 정도 계단을 오르고 나면 빨리 뛰어 도망치지도 못하겠는데."

수백여 개의 계단을 연달아 오르고 나자 아라비카의 입에서마저 이런 불평이 나왔다. 이윽고 꼭대기에 도달하자 제라딤이 먼저 나아가 서고를 지키던 사서와 대화했다. 이어 제라딤은 물러나고, 사서가 자물쇠를 열더니 먼저 들어가 램프에 차례로 불을 붙였다.

내부가 환해지자 칸막이 벽 하나 없이 긴 서가만 줄지어 선 풍경이 눈에 들어왔다. 잔스노플의 건물들은 단층이 대부분이라서인지 내부는 탁 트여 있는 경우가 많았다.

키릴과 아라비카는 사서를 따라 서가 사이를 걸어갔다. 아라비카가 코를 킁킁거렸다.

"오랜만에 맡으니 이 냄새도 반갑네."

지난번에 아라비카는 도서관에서 일한 적이 있느냐는 사샤의 질문을 부정했지만 문 앞만 어슬렁거려 본 건 아닌 듯했다. 서가마다 묶은 종잇조각과 석판과 목판, 비단 두루마리, 탁본들이 쌓여 있었지만 평소 그곳에 들어가 자료를 읽을 자격이 있는 사람은 경전학자들 정도라고 했다. 그래서인지 중간 중간에 놓인 널찍한 탁자와 의자들은 사용한 흔적이 거의 없었다.

서가의 끝까지 가자 잠긴 문이 나타났다. 앞장섰던 사서가 오무의 성

호를 긋더니 돌아서서 말했다.

"선지자이시여, 예언자이시여. 누구보다도 잘 아시겠지만 예언이란 반드시 널리 퍼져야 하는 것은 아니옵니다. 예언은 알아야 할 자를 위해서만 존재하오니 이 점 기억해 주시옵소서."

"그런 문제라면 저보다 더 잘 알 사람이 없으니까 걱정 놓으셔도 됩니다."

아라비카가 대답하자 사서가 돌아서서 세 겹으로 된 자물쇠를 풀었다. 문이 열리고 두 사람이 안으로 들어가자 사서가 밖에서 문을 닫았다. 눈앞에는 내려가는 계단이 있었다. 아라비카가 먼저 아래로 내려가더니 문을 손가락질하며 소곤거렸다.

"저 사서님 말이야. 우리가 여기 있는 동안 계속 밖에서 버티실 모양인데."

"자물쇠 대신이겠지."

키릴이 대꾸했다. 밖에서 문을 잠가 선지자와 예언자를 서고에 가두어버릴 셈이 아니라면 그 방법뿐일 것이다. 키릴도 아래로 내려가 자신이 선 방을 휘둘러봤다. 사방 벽에 뜻 모를 문자가 빼곡하게 새겨졌고, 서가가 있었다. 사실상 서가라기보다 벽을 따라 빙 둘러 놓인 긴 책상에 가까웠다. 즉, 의자에 앉아서 보면 좋을 높이의 선반에만 책과 두루마리가 펼쳐진 채 놓여 있고 다른 선반은 비어 있었다.

한가운데에 놓인 널찍한 탁자에는 폭이 한 팔 길이 정도 되는 큰 종이가 쌓여 있었다. 다가가 보니 아무것도 적히지 않은 빈 종이인데 결이 몹시 고왔다. 로존디아에서도 이 정도 고급스러운 종이는 흔치 않다고 생각하며 만져보다가 곧 그것만이 아님을 알았다. 이 종이는 단지 부드러운 것이 아니라 뭔가를 입힌 것처럼 매끈거렸다. 종이 옆에는 나무를 깎아 만든 기묘하게 생긴 펜 여러 자루와 수정 잉크병이 놓여 있었다.

아라비카가 책상 주위를 한 바퀴 돌아보고 나서 중얼거렸다.

"잔스노플의 지배자 하즈라샤의 엄중한 성 안에, 계단과 경비병들로 둘러싸인 서고에, 사서님께서 따로 보관하는 열쇠로 따주고, 잠그지 않은 채로는 잠시 자리를 뜨지도 못하는 폐쇄 서고 안에, 예언서가 딱 스무 권쯤 있군 그래."

이어 그 중 하나를 들여다보더니 말했다.

"어휴. 그런데 심지어 읽을 수도 없어."

키릴도 얇은 책 한 권을 들여다보고 있었다. 처음에는 아라비카의 말대로인 것처럼 보였다. 아름답긴 했지만 그 때문에 글이라기보다는 오히려 무늬처럼 보이는 글자들이었다. 하지만 캄란인의 말은 사실상 대륙 공용어와 같지 않던가? 그게 '경전체' 때문이라고 들었는데, 그들의 경전이라는 것이 오무의 신성한 가르침을 적은 책이라면 그 이상의 신성한 언어가 달리 있을 리는 없다. 따라서 예언서도 같은 언어로 적혀 있지 않을까?

그렇게 생각하고 자세히 보자 과연 책에 적힌 글자는 고대 이스나미르어가 맞았다. 어마어마한 장식성이 더해져 일종의 서예로 변해 있을 뿐이었다. 뒤쪽을 훑어보니 글자들을 교묘히 배치해서 도형을 만들거나 심지어 그림을 그려 놓은 곳까지 있었다. 키릴이 다시 맨 앞으로 돌아가 한 페이지씩 넘기고 있자 아라비카가 물었다.

"어이, 뭘 읽는 거야?"

"고대 이스나미르어."

"이게? 아, 잠깐만."

잠시 들여다보고 있던 아라비카도 이윽고 고개를 끄덕였다.

"정말 그렇군."

아라비카도 고대 이스나미르어를 알고 있었다. 곧 둘은 한 자리씩 차지하고 책을 읽어나가기 시작했다. 장식 때문에 헷갈리긴 했지만 점차 익숙해졌다. 하지만 진짜 난관은 글자가 아니었다. 적힌 내용이 혼란 그 자체였다. 이렇다 할 이야기란 전혀 없고, 뭐라고도 해석하기 어려운 난해한 문장이 아무 맥락도 없이 나열되어 있었다. 기승전결은커녕 두 문장 이상의 인과관계조차도 없었다.

다행이랄지, 책은 얇았다. 한 권을 다 읽고 난 아라비카가 관자놀이를 누르며 키릴을 건너다봤다. 그리고 키릴이 그 책을 처음부터 다시 읽고 있는 것을 보았다.

"거긴 그럴싸한 소리라도 적혀 있어?"

대꾸가 없기에 좇아가서 들여다봤지만 물론 그렇지 않았다. 아라비카가 본 예언서와 정신적 쌍둥이라고 해도 좋을 정도의 헛소리뿐이었다. 잔스노플로 오던 도중 제라딤이 보여 준 두루마리의 고대 이스나미르어는 대단히 훌륭한 내용이었다고 생각될 정도였다. 그리고 아라비카는 그 정도의 예언은 가볍게 해석할 능력이 있었다.

아라비카가 한숨을 내쉬며 말했다.

"이봐, 열심히 들여다 봤자 헛수고야. 그거 말이야, 그대로는 아무 말도 안 될 거야."

키릴은 여전히 대꾸 없이 책만 들여다보고 있었다. 뭉그러진 손끝으로 문장을 한 줄 한 줄 짚으며 읽고 있었다. 키릴은 자기 손가락을 자세히 들여다보지 않는 편이었지만 지금만은 신경 쓰지 않는 듯했다. 보다 못한 아라비카가 다시 말했다.

"이건 우리가 '뜨개질'이라고 부르는 방식으로만 풀어야 하는 문서일 거야. 뜨개질이 뭐냐면, 이걸 이대로 읽어서는 아무 뜻도 없지만 그 안에서 열쇠가 되는 규칙을 찾아내어서 연결해보면 다른 문장이 나타나는데……."

"그걸 부르는 이름도 있었군."

대꾸는 했지만 키릴은 여전히 고개도 들지 않았다. 아라비카가 당황하며 물었다.

"알고 있었나?"

물론이다. 아는 정도가 아니라 뼈에 새겼다고 할 수 있을 정도다. 아라비카가 '뜨개질'이라고 부른 것은 키릴이 노틀칸과 함께 〈랄트라〉와 〈아이〉를 분석했던 바로 그 방법이었다. 문장을 낱낱이 자르고, 규칙을 찾고, 재조립하고, 조립한 것을 다시 자르고…… 그걸 기억력만으로 몇 년 동안이나 했었다. 그러니 몸에 배지 않을 도리가 없었다.

아라비카가 뜨개질 얘기를 꺼내기도 전부터, 키릴은 이 괴상한 책을 읽는 순간 거의 반사적으로 분해와 조합을 시작했다. 그러려면 먼저 문장을 외워야 했다. 키릴이 손가락으로 짚어 가며 문장을 보고 있는 까닭이 그래서였다. 그러면서 종이에 적힌 것을 읽으며 외울 수 있다니 이 얼마나 쉬운가, 하고 생각하고 있었다.

키릴이 대꾸가 없자 아라비카가 미간을 찡그리며 물었다.

"설마 지금 해석하는 중이야? 그 규칙이란 게 바로 찾아지는 게 아닐 텐데. 일단 끝까지 봐야 규칙을 식별할 수가 있기 때문에……."

"아니."

"그럼 뭘 하는데?"

"외우지."

아라비카는 한 번 더 당혹스러운 표정을 지었다.

"어이쿠."

키릴은 이윽고 책을 끝까지 읽었다. 그런 다음 책을 덮고 허공을 바라보고 있었다. 아라비카는 키릴이 외운 것을 되짚어보고 있다는 걸 알아챘다. 키릴이 하는 방식은 옳았다. 아라비카도 알고 있었다. 다만 누구든 그렇게 빨리 외울 수 없을 뿐이었다. 키릴이 한참이나 그러고 있자 아라비카가 다시 말했다.

"방해가 되는 줄은 알지만 하나 충고하고 싶은 게 있는데."

키릴은 앉은 채로 눈만 치떠서 서 있는 아라비카를 봤다. 아라비카는

'어휴, 이 재수 없는 놈이' 하는 표정으로 말을 이었다.

"저기 종이와 펜이 있거든?"

키릴이 종이가 놓인 탁자 쪽을 돌아봤다. 그러더니 웃음을 터뜨렸다. 거의 웃지 않는 키릴이 뜻밖에 웃어버리는 바람에 아라비카의 표정은 '얘가 지금 괜찮나?' 에 가까워졌다.

키릴이 일어나며 말했다.

"당신 말이 옳군."

키릴은 종이가 쌓인 탁자 앞으로 가서 펜을 집어 들었다. 어처구니없는 일이었지만, 머릿속으로만 분해하고 조합하는 데 너무 익숙한 나머지 종이에 써볼 생각을 차마 하지 못했던 것이다. 그는 잉크병 뚜껑을 열고, 잉크를 찍어 종이 위에 뭔가 쓰려 하다가, 멈췄다가, 다시 쓰기 시작했다. 그가 멈췄던 이유는 종이와 펜 때문이었다. 이건 대체 글을 쓰라고 만든 것이 맞을까?

아라비카가 와서 보더니 킬킬 웃어댔다.

"뭐야. 왜 이리 악필이야?"

키릴은 물론 악필이 아니었다. 하지만 이 종이와 펜으로는 처음 글자를 배우는 어린애처럼 너저분하게 쓰는 도리밖에 없었다. 종이는 미끄럽고 펜촉은 희한하게 깎여 있어서 세워 쓰려 하면 종이를 다 긁어 놓았고 눕혀 쓰려 하면 글자가 뭉개졌다. 다른 펜을 집어 봤지만 크게 다르지 않아서 키릴은 포기하고 아무렇게나 쓰기 시작했다. 어차피 누군가에게 보여주려고 쓰는 것도 아니었다.

한 약속이 열리는 날
다른 약속은 닫히리라.
또 다른 약속은 불타리라.
마침내 모두가 같아지리라.
미망에 사로잡힌 자는
벼락의 문을 열면서도
제가 하는 일을 모르리라.

모르는 자들을 위해 애통해하지 말라.

독충이 검은 나무를 쌓고
흰 지혜에 불을 붙여
세상의 탯줄을 자르리라.
미래의 약속이 태어나리라.
복수하려는 자여,
복수보다 먼저 타는 것은
너 자신임을 알지어다.

불탄 자들을 위해 애통해하지 말라.

방랑자여, 네가 씨앗을 묻어

장차 열매로 맺힐지라도
돌아와 거두지 못할 테니
어찌 네 것이겠는가.
재앙이 약속을 드러낼지니
누구도 네 고통을 모르거든
세상이 구원되었음을 알라.

모든 사라진 것은 사라질 운명이니라.
모든 사라진 것은 사라질 운명이니라.

아라비카는 키릴이 괴발개발 써 놓은 글자들을 웃음을 참아가며 읽었다. 하지만 몇 줄 읽어가자 웃음기는 사라졌다. 뭐라 말할 수 없는 내용이었다. 그는 키릴을 돌아봤다.

"어떻게 그렇게 빨리 분석할 수가 있나?"

"쉬운 편이라서."

한 번 찾아낸 규칙만으로도 바로 술술 풀려나오니 〈랄트라〉와 〈아이〉에 비하면 더없이 쉬운 문서였다. 보통은 그 규칙을 찾아내는 것이 힘든 부분이겠지만 이미 수백 가지의 규칙을 익히고, 사용해보고, 그렇게 뽑아낸 주문을 막힘없이 쓰며 살아온 키릴에게는 전혀 어려운 일이 아니었다. 아라비카는 결국 마음속으로만 하던 소리를 입 밖에 내고 말았다.

"어휴, 그래. 똑똑하다. 공부는 참 잘했겠네."

키릴은 대꾸 없이 자기가 쓴 것을 내려다보고 있었다. 비록 예언의 문구를 쉽사리 뽑아내긴 했어도 그에게 예언을 해석하는 능력은 없었다. 예언이란 말 그대로의 의미는 아닐 터였다. 그럼에도 불구하고 어떤 말은 마치 자신에게 하는 듯 들려 마음이 편치 않았다. '모든 사라진 것은 사라질 운명이니라.' 무엇이? 키릴의 과거가? 그가 사랑했던 사람들이?

키릴이 입술을 깨무는 것을 본 아라비카가 말했다.

"이봐. 예언을 말뜻 그대로 해석하지 말라고. 그리고 자네가 얼마나 대단한 인간인지 몰라도 모든 예언이 자네 얘기는 아닐 거 아냐. 예언이란 건 수백 년, 수천 년 뒤의 얘기일 수도 있는 건데."

"진스카는 이곳에 모아둔 예언이 모두 이번 시대를 위한 것이라고 말했어. 미래의 것은 후손들을 위해 따로 보관해두었다고 했지."

아라비카가 어깨를 올렸다 내리며 한숨을 쉬었다.

"그래. 그 말이 맞겠지. 그런데 이번 시대란 언제부터 언제까지인데? 혹시 고대 이스나미르가 사라진 후로 오늘날까지를 전부 가리키는 말은 아니고?"

"진스카는 예언을 읽고 나를 찾아냈어. 그러려면 꽤 정확한 시기 측정이 가능했어야 했겠지."

"하즈라샤가 찾던 사람이 자네라는 건 이미 믿기 시작했고? 아니, 뭐 자네가 달타의 예언이 가리키는 그 사람이 맞는 모양이라고 생각하긴 해. 여기까지 오기 전엔 그렇게 자세한 예언이 있을 줄 몰랐지만, 하여튼 자네란 사람은……."

키릴이 고개를 들어 아라비카를 쏘아봤다.

"그렇군. 이제 슬슬 들어도 좋을 때겠지. 검은 예언자가 왜 여기까지 날 따라왔는지. 당신은 뭘 알고 있지?"

아라비카는 웃었다. 지금껏 그 비슷한 질문을 받았을 때 늘 그랬듯. 하지만 키릴은 전처럼 알 게 뭐냐는 것처럼 고개를 돌려버리지 않았다. 둘은 눈을 마주친 채 한참 동안 말이 없었다. 마침내 아라비카가 말했다.

"여기 있는 책들은 캄란 각지에 흩어진 예언들을 베끼고 채록해서 모아둔 거라지. 만약 그게 다 자네 얘기라면 태어나서 죽을 때까지 샅샅이 적혀 있다고 해도 과언이 아니겠군 그래. 사실인지 아닌지는 읽어봐야 알 일이지만, 정말로 그랬으면 좋겠나? 기분이 좀 이상하진 않고?"

"아주 이상하지."

평소답지 않게 솔직한 대답이었다. 아라비카가 고개를 끄덕이며 희미하게 웃었다.

"그래. 그렇게 이미 이상한데 더욱 이상한 기분이 되고 싶나?"

"알려면 끝까지 아는 편이 낫지."

"그 끝이 어떤 건지는 알면서 하는 말인가?"

"아니."

알 리 없었다. 지금까지 어떤 것도 몰랐다. 태양의 탑을 찾으러 오면서 어떤 일과 마주칠지, 무엇을 알게 될지.

사막의 무덤에 들어가 륀 유이치를 만난 후로 키릴은 자신의 전생에 대해 생각해 보곤 했다. 사람은 몇 번이고 다시 태어나기 마련이지만 누군가가 전생의 자신을 알아보는 일은 아무에게나 일어나지 않는다. 심지어 그 상대가 고대 이스나미르인이라면 더더욱.

륀 자신이 그렇게 말하지는 않았지만, 키릴은 그가 고대 이스나미르인이라고 확신했다. 고대 이스나미르인은 오늘날의 사람들보다 체격이 컸다고 했다. 그리고 무덤 속에서 본 책에 적힌 글은 구두점조차 없는 진짜 고대 이스나미르어였다. 돌이켜 생각해보면 륀은 아마도 이스나에였을 것이다. 고대 이스나미르인도 이스나에가 될 수 있겠지. 아니, 그들 대부분은 이스나에가 되었을 것이다.

하지만 고대 이스나미르의 멸망은 까마득한 과거의 일이다. 이스나에를 만났다는 사람은 많아도 고대 이스나미르인이었던 이스나에를 만났다는 기록은 본 적이 없다. 그들은 이스나에-드라니아라스보다도 오래된 존재여야 하니까.

그렇게 오래된 일인데, 한때 자신이 고대 이스나미르에서 태어난 적이 있단 말인가? 캄란으로 오게 된 것도 태양의 탑을 찾기 위해서만이 아니라 다른 비밀이 숨어 있단 말인가?

아라비카가 말했다.

"모를 때는 모르는 이유가 있다는 생각은 안 드나?"

"내가 몰라야만 했다면 당신은 내 앞에 나타나지도 않았어야 했겠지."

아라비카가 웃음을 터뜨렸다.

"그 말 근사한데. 하긴 자네가 태어나기도 전에 자네의 미래를 예언해놓고도 자네가 알까봐 얼씬도 않는 양반이 하나 있긴 하지. 하지만 우리는 궁금한 건 가까이 가서 자세히 봐야 한다고 생각하거든."

그건 또 누구인가? 키릴은 캐묻는 대신 고개를 흔들었다.

"내가 마치 고대 유적이라도 된다는 말처럼 들리는군."

"어느 정도는 맞는 말이야. 고대의 영혼이 다시 태어나는 경우도 흔치 않지만 어떤 식으로든 전생의 일과 연결되는 경우는 더더욱 드물어. 수천 년을 건너 이 시대까지 온 이상 그건 유적일 수밖에 없지. 아니, 유물이라고 해야 할까."

"어느 쪽이든 사람을 두고 할 말은 아니군. 하지만 상관없어. 당신이든, 륀이든, 무슨 소릴 해도 나로선 그 시절이 전혀 기억나지 않아. 내 전생이 뭐였든 이 시대에 태어난 이상 난 지금의 나로서 살 뿐이야. 예언을 성취시키려고 이리 뛰고 저리 뛰고 할 생각은 없어."

"그래, 맞아. 본래 그런 식으로 예언은 성취되는 거지. 미리 안다 한들 더 나아질 것도, 그르칠 것도 없어."

"그런 식이라면 왜 내가 궁금하지? 내버려두면 그만 아닌가? 난 흥미로운 구경거리 따위가 아니야."

"글쎄. 혹시 내가 없었다면 사막이나 미궁에서 죽었을 거라고 생각하지는 않나? 아니, 그 전에 타마리알에서 아르마티스 마을까지는 잘 올라갔을 거라고 생각하나?"

아라비카는 싱글싱글 웃었지만 키릴의 대답은 쌀쌀맞았다.

"다른 안내인을 구했겠지."

아라비카는 키릴의 눈을 들여다보다가 그가 진심인 것을 알자 한참 낄낄거리며 웃었다.

"그런 안하무인이 자네의 매력이긴 하지. 하지만 그런 일은 없었을 거야. 난 타마리알에서 자네를 몇 년이나 기다리고 있었어. 자넬 보자마자 내가 기다리던 사람임을 알아본 건 아니었지. 하지만 곧 알았어. 기다리던 예언이 마침내 성취되는 희열을 아는가? 아니, 모르겠지. 자네도 예언에 대해 알고 처음엔 놀랐겠지만 벌써 예언 따위는 없는 것처럼 행동하려 하지 않나. 그런데 말이야. 그럼 자네는 왜 나에 대해 묻나? 검은 예언자든 뭐든 잊어버리고, 그냥 다른 안내인으로도 대체할 수 있었을 우연한 동행자로 여기면 그만 아닌가?"

"이미 안 이상 계속 염탐이나 당하고 있을 순 없지."

키릴이 일어나더니 책상을 짚은 채 종이를 응시했다. 그러다가 '미래의 약속'이라는 글귀를 짚으며 말했다.

"난 이런 말이 마음에 안 들어."

"왜? 장차 자네가 낳게 될 아이들을 가리키는 말일 수도 있지 않나?"

키릴이 고개를 약간 돌려 아라비카를 봤다. 흘러내린 머리카락 사이로 회청색 눈이 약간 가늘어졌다.

"난 그렇게 오래 살지 못해."

"그럴지도 모르지만, 탑이 새로운 힘을 줄지도 모르지."

"그래봤자 이미 진스카에게 팔아버렸는데."

키릴이 몸을 일으키며 어깨를 으쓱했다. 아라비카가 반문했다.

"팔다니? 뭘?"

"내 목숨."

아라비카가 눈을 둥그렇게 떴다. 웃어야 하나 말아야 하나 하는 표정이었다.

"그게 정말이야? 저번에 한 얘기가 정말로 그런 뜻이었어? 어쩌다가 그렇게 된 거야? 잠깐, 그래서 그거 얼마였는데? 그거 파는 건 줄 알았으면 진작 내가 사두는 건데."

키릴은 종이를 천천히 접어 옷깃 속에 넣으며 말했다.

"그건 당신과 상관없는 계약이고. 당신한테는 다른 질문을 했는데."

키릴은 새로운 책을 가져와 종이 위에 내려놓고 머리를 쓸어 올려 묶었다. 본격적으로 읽어볼 생각인 모양이었다. 하지만 그 전에 말해달라는 것처럼 턱을 괴며 아라비카를 쳐다봤다. 아라비카는 눈을 허공으로 굴렸다.

"그래서 목숨도 팔아먹었고, 하여튼 오래 못 사니까 아직 살아 있을 때 사실대로 말해 달라 그건가? 참신한 설득인데. 아, 넘어갔다. 넘어갔어."

아라비카는 품에 손을 넣어 있는 줄도 몰랐던 주머니에서 카드 한 장을 꺼내더니 키릴이 짚은 종이 위에 올려놨다. 키릴이 물었다.

"이게 뭐지?"

“점쟁이 아가씨가 갖고 다니던 것 못 봤나? 타로 카드라고 부르지. 보통은 가까운 미래를 점치거나 할 때 쓰는데 아주 가끔은 사람의 운명 그 자체를 들여다볼 때도 쓰인다지.”

“그래서?”

“아까 말했지? 어떤 사람이 자네가 태어나기도 전에 자네 인생을 점쳤다고 말이야. 즉, 장차 태어날 사람의 운명을 이미 알고 있었다는 얘긴데, 아주 신중한 양반이어서 자네가 태어나기 전에는 딱 다섯 장만 펼쳐봤어. 지금쯤은 좀 더 봤으려나.”

“그게 무슨 뜻이지?”

“자네 인생이 이런 카드 열다섯 장으로 이뤄졌다는 말이야. 이건 달 카드. 자네 인생 전체를 비추는 ‘등대’ 역할을 하지.”

키릴이 미간을 찡그렸다.

“그래서 그 사람이 검은 예언자란 말인가?”

“아니, 아니, 물론 아니지. 검은 예언자는 세상일에 개입하는 법이 거의 없어. 비록 알았더라도 보통은 입을 다물지. 예언이란 억지로 손을 댄다고 고쳐지는 것도 아니고, 닥쳐보기 전에는 진의를 모르는 거라서. 다만 자네의 경우는 특별해서, 지켜볼 필요가 있었어. 그러니까 말이야, 그게 좀, 위태로웠거든.”

‘위태롭다’ 라는 말을 하며 아라비카는 슬쩍 딴전을 피웠다. 키릴이 그 말의 뜻을 정말로 알기는 바라지 않는다는 것처럼. 키릴의 끔찍한 소년 시절을 가리키는 말일 수도 있었다. 그렇지 않다면…….

"내가 문제를 일으킬 것 같았나? 당신들이 원치 않는? 그래서 그걸 막으려고 당신이 날 지켜본 거고?"

아라비카가 다시 키릴을 보더니 입가에서 웃음기를 지웠다.

"자넨 역시 공부를 잘 했을 것 같단 말이야."

아라비카는 카드를 도로 집어 들어 손끝에서 빙글빙글 돌렸다. 처음 만났던 날의 곡예를 연상케 하는 모습이었다.

"불편해질 게 뻔한데도 듣고 싶다고 하니까 기탄없이 말하겠는데, 자네의 인생에 관심을 가진 사람은 한두 명이 아니야. 이 카드의 주인이나 우리뿐이 아니라고. 물론 이 카드의 주인이 가장 먼저 자네를 찾아냈지. 그 사람은 본래 자신에게 도전장을 던질 만큼 뛰어난 후학을 찾고 있었는데, 어느 날 문득 뭔가를 느끼고 태어나지도 않은 자네 인생의 초반부를 점쳐 보았다고 해. 그는 예언자가 아니기 때문에 어느 정도는 우연이었다고 하더군. 하지만 예언에 나타난 자네가 그리 단순한 존재가 아님을 깨닫고는 혹시라도 간섭을 일으킬까봐 일부러 예언을 멈췄다는 거야. 그리고 세월이 흘러 자네가 태어났지. 그 뒤로는 앞서거니 뒤서거니 하며 모두 다 알게 되었어. 시기의 차이는 있었지만 결국 전부 다 자네란 사람의 존재를 깨달았다는 거야."

"전부라고?"

그 말은 과연 이상했다. 온 대륙의 사람이 다 알게 되었다는 뜻은 아닐 게 아닌가. 키릴의 얼굴에 혼란이 스쳤다. 그런 키릴을 보는 아라비카의 표정은 마치 아이를 달래려는 어른 같았다. 이제부터 깜짝 놀랄 것을 알게 되겠지만 너무 겁먹지 말라는 것처럼.

"대륙의 위대한 예언자들. '예니체트리의 딸' 이라고도 불리는 레아 시드니에. 예마드의 의장 힌델 옌세르크, 니그엘드의 단장 에스텔라 가플레, 계관자 드루에 소렐, 고문서 해독가 노엘 오번, 그리고 물론 검은 예언자도. 또한 자네도 보았다시피 우리가 존재하는 줄도 몰랐던 이 머나먼 땅의 예언서들까지도 자네의 존재를 알고 있었지. 자네 이야기가 적힌 문서가 몇 가지일까? 아마 셀 수도 없을걸."

"어째서 그런 일이 일어난 거지?"

"이 세상의 흐름이 자네라는 사람을 기점으로 뭉치고 있으니까. 세상의 흐름이라는 말이 이상하게 들리겠지만 그건 실제로 있어. 고작 몇십 년 사는 인간의 눈으로 목격할 수 없을 뿐이지. 가늘게 시작되어, 서서히 뭉쳐지다가, 마침내 폭발하지. 수천 년에 걸쳐서. 예언자들도 그 흐름을 다 목격하지는 못해. 하지만 이번처럼 한 사람에게 몰려들며 뭉치기 시작하면 뛰어난 예지를 가진 자들은 바로 알아차리지. 그리고 긴장하지. 흐름이 눈에 띌 정도가 되었다는 것은 곧 위기를 뜻하거든. 물살이 빨라지는 이유는 장애물이 나타났기 때문이 아니겠나? 아니면 폭포일지도 모르고. 그럴 때 예언자들은 급류의 중심을 응시하는 거지."

"급류의 중심이 나란 말인가?"

"이 세상을 위해 뭔가 중요한 일을 할 운명이랄까. 자네 자신은 그게 뭔지 깨닫지 못하더라도."

키릴의 뺨이 움찔거렸다. 불편한 상상이 일어났다.

"그렇게 많은 사람들이 나라는 사람이 태어날 것을 알았단 말이지. 그럼 그들은, 내가 어떤 일을 겪게 될지도 알고 있었나?"

"글쎄. 완벽히는 몰랐겠지만 확신은 못하겠군. 시드니에 같은 사람은 연못 속에서 미래의 풍경을 직접 본다고 하니까. 점성술사들은 별을 쳐다보고 있으니만큼 자네 얼굴까진 몰랐을 것 같고. 그래도 자네한테 뭐랄까…… 끔찍한 일이 일어나리라는 건 다들 알았을 거야."

그때까지 키릴은 아라비카에게 자신의 과거를 설명한 일이 없었다. 하지만 아라비카는 알고 있었다. 어디까지 알고 있을까.

"알았지만, 누구도 신경 쓰지 않았단 말이지."

키릴의 입가가 희미하게 비틀렸다.

"예언의 실현이란 그런 거군. 대상이 어떤 처참한 꼴을 당하든, 몇 명이 죽어나가든, 그들의 삶이 산산조각 나든 말든, 그냥 손가락을 입에 물고 지켜보기만 하면 되는군. 어쨌든 예언은 실현될 테니까. 미리 안다는 게 무슨 소용이지? 어차피 아무것도 하지 않을 텐데."

키릴은 움켜쥐었던 손가락을 서서히 폈다. 매끈한 손의 그늘에서 일그러진 손끝이 하나씩 드러났다. 겉으로는 단단히 굳어진 것처럼 보여도 키릴의 내면은 여전히 손끝과 다름없었다. 그런데 그런 자신을 구경거리라도 되듯 관찰했다고 했다. 사람이 어디까지 무너질 수 있는지 궁금하다는 것처럼.

아라비카가 말했다.

"잔인한 말이 되겠지만, 자네 같은 사람은 관찰 대상일 뿐, 개입 대상은 아니야. 예언자들은 그 뒤의 일을 준비하지. 자네의 등장이 돌이킬 수 없는 재앙을 예고하는지, 새 시대의 개막을 의미하는지, 그걸 막아야 하는지 도와야 하는지, 그런 것들을 말이야."

"한 명도 못 구하는 주제에 온 세상을 걱정하는군. 모순이라고는 생각하지 않나?"

"그래. 모순이긴 하군."

아라비카가 한 발짝 물러나 탁자 귀퉁이에 걸터앉았다.

"나라는 한 사람에게 묻는다면, 그래, 내가 그걸 알았더라면 난 어딘가에서 고통 받는 한 젊은이를 도우러 갈 거야. 내 모든 힘을 다해서 그를 구원할 거야. 하지만 돌이켜 생각해 봐. 자네에게 닥친 비극은 누군가가 나타나 자네 한 명을 안전하게 해주는 것으로 해결될 일이었나?"

그렇지는 않았다. 키릴이 고개를 저었다.

"아니."

"그렇더라도 내 노력이 쓸모없는 것이라고 생각하진 않아. 물론 난 자네가 어떤 일을 겪었는지 정확히는 몰라. 내가 처음 이 임무를 받았을 때 물어봤지만, 알 필요가 없다는 답을 들었지. 우리는 동정심으로 이 일을 하지는 않아. 내가 나 자신의 판단만을 따라도 된다면 예언도, 예언을 지키는 자들도 존재할 필요가 없겠지. 하지만 지금만은, 나는 나 자신으로서 자네에게 말하고 싶네. 미안하다고. 진심으로."

키릴이 시선이 아라비카를 향했다. 감정을 담은 눈은 아니었다. 하지만 정말로 그렇다고 보기에는 아주 오랫동안 시선이 떨어지지 않았다.

키릴은 지금까지 누구에게도 사과를 받아보지 못했다. 앞으로도 그럴 일은 없으리라고 생각했다. 그에게 고통을 안긴 자들은 자신이 무슨 일을 저질렀는지도 모른다. 오늘에서야 그 일에 생각지도 못한 관객이 존재했음을 알았다. 그리고 아라비카는 그 시선을 사과했다. 어쩌면 누구도 그래야 한다고 생각지 않을 텐데도.

한참 뒤에 키릴이 말했다.

"그래서, 당신들에게 난 죽지만 않으면 되는 존재인가?"

아라비카가 쓴웃음을 지었다.

"그래. 솔직히 자네가 죽어버릴까 봐 다들 우려했어. 예언이 그렇지 않다고 말하고 있는데도, 자네의 삶이 지나치게 위험천만해서 걱정스러웠지."

"내가 갑자기 죽기라도 했다가는 다들 무척 놀라겠군."

"왜 그러지 않는지도 알고 있고."

"하지만 이젠 저절로 죽든가, 진스카에게 죽든가 둘 중 하나야. 자네가 날 살리려고 애쓰든 말든."

아라비카는 부인하지 않고 웃더니 말했다.

"아니, 그렇지 않아. 내가 장담하건대, 하즈라샤도 자네를 죽일 생각은 전혀 없을걸. 그는 달타의 예언을 읽은 자야. 자네를 어떻게든 살리려고 노심초사하고 있다는 쪽에 전 재산 걸지. 내 재산이 꽤 많은 거 알지?"

아라비카는 팔찌를 잔뜩 찬 팔뚝을 흔들어 보이더니 말을 이었다.

"솔직히 자네가 그 사막을 정처 없이 걷다가 하즈라샤와 마주친 걸 알았을 땐 나도 꽤 놀랐어. 달타의 예언이 존재한다는 걸 알았을 땐 더 놀랐고. 자네가 어떻게 생각하든 자네는 간단치 않은 존재야. 비록 자네 자신에게는 아무 도움도 안 되지만 말이야. 오늘 이 사실을 알게 된 것은 도움이 될까? 모르겠군. 그렇지만 이건 확실해. 어찌되든 난 예언의 실현을 볼 테고, 자네는 끝까지 지켜볼 가치가 있는 사람이란 것 말이야."

키릴은 잠시 후 고개를 돌려 두 번째 책을 외우기 시작했다. 아라비카는 곁에서 팔베개를 두르고 비스듬히 앉아 기다렸다. 그가 도와줄 수 있는 것은 없었다.

타고난 것은 네 것이 아니며
누가 준 것은 네 것이 아니며
분투해 얻은 것은 네 것이 아니며
잃은 것은 네 것이 아니다.
오직 되찾은 것만이 네 것이다.

너를 돌보던 자는 너를 떠나고
너를 사랑하던 자는 너를 떠나고
네가 사랑한 자는 너를 떠나고
너를 미워하는 자는 너를 떠나나
다시 만난 자만은 네 곁에 머무르리라.

어둠이 흩어질 무렵, 키릴은 홀로 황야에 서 있었다. 흰 달과 모래언덕만이 서로를 물끄러미 보고 있었다. 그는 맨발이었다. 어디선가 둥우리로 돌아가는 사막 비둘기들의 날갯짓 소리가 들렸다.

지난밤에 키릴은 선잠에서 깨어나 문득 밖으로 나가야겠다고 생각했다. 무엇이 그를 부르는지는 몰랐다. 정확히는 부름이 아닐지도 몰랐다. 자다 깨어 목이 마르다고 느꼈을 때 도로 눕기는 힘든 기분과도 비슷했다.

나가고 싶다고 그냥 걸어 나갈 수는 없었다. 키릴의 거처 주변은 밤에도 경비병들이 지켰다. 침입자를 막기 위해서였지만 그가 밤중에 혼자 나가도록 내버려둘 리도 없었다.

키릴은 문으로 나가는 것을 포기한 채 그저 나가야겠다는 생각을 하며 벽을 바라보고 있었다. 그러다가 문득 일어나 걸어 나왔다. 나오고도 십여 걸음을 더 걷다가 뒤를 돌아보고서야 자신이 벽을 통과했음을 깨달았다. 마법을 잃은 후로 처음 벌어진 일이었다. 염력 이상의 일을 해낸 것도 처음이었다. 대체 마법이 돌아오는 순서란 어떻게 정해지는 것일까? 예전에 마법학교에서 배우던 순서를 떠올려봤지만 염력과 벽 통과 사이에는 아무런 연관성도 없었다.

키릴은 계속 걸어서 거대한 하즈라샤의 성을 빠져나갔다. 곳곳에 보초들이 서 있었지만 아무도 키릴을 보지 못했다. 몇몇은 이쪽을 쳐다보았는데도 발견하지 못했다. 한 번은 멈춰 서서 보초들을 빤히 바라보기도 했다. 보초들은 뒤통수를 긁거나 불편한 표정을 지었지만 누구도 주변을 더듬어보려 하지는 않았다. 투명화 주문이 걸린 것이 틀림없었지만 키릴은 직접 마법을 쓴 기억이 없었다.

성을 빠져나와 복잡한 잔스노플 거리를 거침없이 걸어 성벽마저 통과했다. 잠시 후, 얼마간 걸었나 싶어 돌아보니 성이 사라져 있었다. 탑 꼭대기 하나 보이지 않았다. 속도를 높이는 주문을 썼던 것일까? 키릴은 자신의 생각을 더듬어 보았다. 아무도 그를 보지도, 쫓아오지도 못하는데도 왠지 모를 긴장감에 빨리 멀어지고 싶다고 생각했던 기억이 났다.

어디선가 키릴은 걸음을 멈췄다. 이런 식으로 벌어진 일이다 보니 자신이 얼마나 왔는지, 여기가 어디쯤인지 전혀 짐작이 가지 않았다. 돌아갈 때도 같은 일이 벌어지지 않는다면 사막에서 고립되어 굶어 죽는 건 아닐까 싶기도 했지만, 그리 두렵지는 않았다. 두려움보다 다른 감정이 더 컸다.

청색이 번져가는 하늘을 보다가 다시 땅을 굽어보았다. 살았는지 죽었는지 모를 덤불이 드문드문 흩어진 그곳에서 키릴은 어렴풋이 다른 풍경을 떠올렸다. 거대한 흰 나무가 비스듬히 누운 가운데 넓고 얕은 강이 흐르고, 한 뼘이 안 되는 날씬한 물고기들이 물살 사이를 헤엄쳐 다녔다. 그러다가 물소리가 거세어졌다. 물굽이마다 파도가 꽃처럼 피었다. 어딘가에 폭포가 있었다. 점차 가까워졌다. 격류가 모든 소리를 삼켰다. 어느새 발밑에 있었다. 옷이 물안개로 흠뻑 젖었다. 그러나 떨어지지는 않았다. 그는 떠 있었다. 아니, 걷고 있었다. 폭포 위에 걸쳐진 투명한 다리 위를.

계속해서 걸었다. 어느새 폭포가 멀어졌다. 강은 대하로 변해 바다로 흘러갔다. 키릴은 반대쪽으로 올라가 넓은 습지에 이르렀다. 물속에는 죽은 나무가 잠겼고, 머리카락처럼 가느다란 물풀이 사방에 엉겨 있었다. 하지만 어둡고 썩어가는 늪은 아니었다. 사방이 환했다. 물을 헤치고 나아가자 손톱만 한 개구리밥들이 쓸려 흩어졌다.

습지를 거슬러 올라가 개펄에 이르렀다. 청록색을 띤 흙 위로 레이스 같은 물결이 겹쳐졌다 흩어졌다 했다. 그 위로 발자국을 누르며 나아갔다. 발을 떼고 나면 개흙이 새살처럼 차올랐다. 이윽고 단단한 땅에 이르자 먼 곳에서 바람이 일어났다. 천둥을 품은 구름이 웅크리고 있었다. 키 큰 양치류와 다발머리 같은 들풀이 펄럭이는 가운데 흰 조개껍질이 봉분처럼 쌓여 있었다.

키릴은 무릎을 꿇고 껍질을 헤쳐 냈다. 안에서 상아처럼 반질거리는 두개골이 나왔다. 양손으로 움켜쥐고 들여다보고 있자 두개골이 읊조렸다.

우리 중 가장 큰 겁쟁이들은 서둘러 죽어버렸고
약간 겁내던 자는 살아남았고
약간 용감한 자는 자신을 팔았고
가장 용감했던 자는 아무것도 모른다네.

키릴이 대답하지 않자 두개골이 다시 말했다. 다시 만나서 기뻐.

키릴이 말했다.

"난 네가 누구인지 몰라."

두개골이 말했다. 물론이지. 하지만 정말로 모르다니. 그때도 생각했었어. 이 얼마나 용감한 일인가. 나로선 상상만으로도 세상 끝 그늘진 동굴로 숨어 영영 나오고 싶지 않을 정도인데. 그런 짓을 하는 사람은 지금쯤 별자리가 되어 있을 줄 알았어. 그런데 아직도 인간이라니!

키릴이 대꾸했다.

"무슨 소릴 하는지 모르겠군."

두개골이 말했다. 차라리 빨리 죽는 편이 낫지는 않았을까? 고요히 쉬다가 일어나보면 이 세상은 열 번쯤 끝났겠고, 빈 하늘에 새 찰흙을 다져 별부터 늘어놓는 쪽이 쉽지 않았을까? 아아, 인내심 깊은 그대여. 웨인단이 짐을 넘기리라고 했을 때 이렇게 처참한 지경일 줄 나는 몰랐거늘 그대는 알고 있었어? 알았다면 차라리 늙은 악마를 상대하는 편이 나았을 거야. 다시 태어날 필요도 없고. 이 초라하고 손바닥만 한 세상에 그대 홀로 남도록 놔두다니. 모두 겁쟁이들뿐이었네. 나도, 누구라도.

여전히 뜻 모를 소리였지만 키릴은 별로 당황하지 않았다.

"뭔하고 비슷한 말을 하는군. 당신들은 아는 사이인가? 나를 안다고 주장하는 것도 똑같고. 하지만 우리가 전생에 잘 아는 사이였다 해도 어차피 다 끝난 일이고 그렇게 오래된 일까지 들출 여력은 없어. 내겐

남은 시간이 거의 없으니까."

그러자 두개골의 눈구멍 입구멍에서 하얀 꽃들이 피어났다. 잘디잔 꽃들이 얼굴을 빼곡히 메우더니 이윽고 눈을 감은 여자로 변했다. 눈보라처럼 희디흰 얼굴을 감싼 머리는 검었다. 아니, 검푸르렀다. 입술은 얼음 밑의 꽃처럼 흐릿했다.

"다음 단계란 항상 예상 밖이지. 형벌처럼 보이는 선물, 죽음을 닮은 재생. 끝난 일이란 없어. 우리는 어떤 것도 끝낸 적이 없잖아. 이렇듯 무미건조한 재회일 줄 다 알았건만, 결국 이렇게 만나고 있잖아."

여자가 눈을 떴다. 키릴을 닮은, 그러나 청색의 민감함이 지워진 건조한 회색이었다. 그녀가 키릴을 유심히 보더니 말했다.

"지금의 모습도 좋은데. 예전하고도 좀 비슷해. 어쩌면 사람은 무슨 짓을 해도 본래의 자신으로 돌아오는지도 모르겠어. 그렇다면 다시 태어나는 것도 그리 나쁘지는 않았을까? 그래도 난 안 하겠지. 난 오라버니만큼 용감하지 못하거든. 느리게, 한 조각씩 차례대로 태어나는 편이 좋아. 몇 조각은 이미 오라버니 곁에 가 있을지도 모르지."

오라버니라는 말을 듣자 떠오르는 생각이 있었다.

"륀이 말한 누이가 당신인가?"

여자가 웃었다.

"이런 대화는 참 흥미롭네. 어쩌면 아주 오래 전에 이런 걸 원했는지도 모르겠다는 생각이 들어. 하지만 그땐 그럴 수가 없었지. 우리는 너무 빨리 자신을 되찾곤 했거든. 다른 사람 놀이를 할 겨를도 없이. 그렇게 헤아릴 수 없는 세월 동안 누이와 오라비였으니. 우린 서로의 눈만 봐도 알아보았어. 오직 지금, 이 순간을 제외하고는 말이야."

누이라는 말을 듣자 키릴의 눈빛이 약간 흔들렸다. 그간 키릴에게 혈육이란 죽은 조프뢰 노인뿐이었다. 형제처럼 여겼던 자들은 사라졌고, 동료들에게는 애정을 갖지 않으려고 노력해왔다. 그런 그에게 갑자기 누이라니. 그것도 수천 년일지 모를 옛 시절의 누이라니.

그렇더라도 지금의 키릴과는 상관없다. 그런 말에 혼란스러워질 필요가 없다. 키릴은 눈을 꾹 감았다가 뜨며 말했다.

"그래. 당신들 말대로 당신들이 내 전생의 친구나 가족이라 쳐도 왜 갑자기 이렇게 나타나기 시작한 건지 모르겠군. 스물 몇 해를 살아오는 동안은 한 번도 그런 일이 없었어."

"정말 모르겠어? 여기가 어떤 데인지 생각나지 않아?"

"전혀."

여자가 한 손을 들어 주위의 들판을 가리켰다.

"우리가 최후의 시간을 보냈던 곳이잖아. 우리가 작별했던 곳이고, 마침내 묻혔던 그곳. 그 뒤로 일곱 무덤의 들이라고 불렀지."

일곱 무덤이라는 말을 듣자 진스카가 말하던 '현자의 여섯 무덤'이 떠올랐다. 진스카는 키릴이 만났던 륀 유이치가 현자 중 한 명이라고 확신하고 있었다. 이 여자도 그들 중 하나란 말인가? 그런데 왜 이쪽은 여섯이 아니고 일곱이지?

하지만 키릴은 그런 것을 묻지 않았다. 대신 말했다.

"그 말은 죽어서 이스나에가 된 당신들이 무덤가에서 무료한 시간을 보내다가, 다시 태어나는 바람에 아무것도 모르는 내가 나타나자 수수께끼를 내며 즐거워하고 있다는 거군."

여자가 미소를 지었다. 어린 동생을 보듯 상냥한 측은함이 담긴 미소였다.

"어쩌면 그렇게 모두 다 잊었을까! 오라버니, 그렇지 않아. 우리가 제멋대로 나타난 게 아니야. 이미 죽은 우리는 어떻게도 달라질 수 없어. 이 모든 일을 일으킨 건 그대야. 그대의 옛 힘이야. 정말 생각나지 않아? 그대는 세계를 뒤섞잖아. 존재의 흔적을 마음대로 되돌리잖아. 죽은 자도, 산 자도 불러내잖아. 우리가 그대를 불렀다고 생각해? 아니야. 그대가 이곳에 묻어놓은, 그대 자신이 그대를 부른 거야. 노에레 에프랑지아! 시올리 다 에든! 일곱 산을 협곡으로 되돌리고, 바위를 부수던 폭포를 한 뼘 웅덩이로 만들던 그대가, 천 년 전에 파묻힌 불타는 별을 끄집어내던 그대가, 이제 그대가 만들었던 세계 속에서 아무것도 모른 채 살고 있어. 사랑하는 오라버니여, 그대가 우리를 불렀어. 무엇이 알고 싶어? 그대가 어떤 사람이었는지 궁금해? 그대가 했던 더 많은 일들을 알고 싶어?"

안다면 좋을지도 모른다. 하지만 그건 결국 돌이키지 못할 지난 일일 뿐이다. 안다 한들 어찌할 것인가? 그저 그리워하고, 부러워하고, 후회할 것인가? 키릴은 고개를 저었다.

"아니. 난 미래를 알고 싶어."

"내게 그런 힘은 없어. 예언은 예니체트리의 선물이니. 오히려 오라버니에게는 예언의 힘이 있었지."

"내가 과거를 알면 그런 힘도 되찾게 되나?"

"모르겠어. 여기까지 온 것을 보면 약간은 돌아오기도 하는 듯해. 하지만 옛날의 카니크 페라루하는……."

여자가 말을 이으려다 말고 고개를 저었다.

"이런 이야기는 소용없겠지. 이제는 그 이름으로 불러서도 안 되겠지. 그대가 그러지 말라고 했었지."

키릴이 여자를 쏘아봤다.

"그게 내 옛 이름인가?"

"그대는 이름조차 잊었구나. 그럼 내 이름도 모르겠네. 소개를 해야 할까?"

여자가 가볍게 절을 해 보이더니 말했다.

"카니크 지지에."

듣는 순간 키릴은 아연해졌다. 지지에?

카니크 페라루하라는 이름을 들었을 때는 바로 깨닫지 못했지만, 돌이켜보면 지지에의 성은 틀림없이 카니크였다. 이게 우연의 일치란 말인가?

지지에가 말했다.

"손을 내밀어 봐."

키릴이 손을 내밀자 지지에가 맞잡더니 웃었다. 손은 조약돌처럼 매끄럽고 차디찼다.

"그럴 줄 알았어. 그대 안에 내 조각이 들어 있구나. 마치 우리가 그 세월을 뛰어넘어 다시 연결된 것만 같아."

여자는 다른 손을 키릴의 가슴에 댔다. 여전히 차가운 그 손에서 따뜻한, 아니 뜨거운 기운이 스며들더니 솟구쳐 올랐다. 륀이 손을 맞댔을 때처럼. 하지만 그보다 훨씬 강했다. 이윽고 여자가 손을 뗐지만 열기는 사라지지 않고 오히려 맹렬해졌다. 몸 안 어딘가에 불타는 별이 박힌 듯했다. 거기에서 나오는 열 때문에 얼굴까지 발갛게 달아올랐다.

지지에가 속삭였다.

"말해 봐. 그대는 옛 권능을 되찾고 싶어? 위대한 방랑자, 카니크 페라루하로 되돌아가고 싶어? 지금의 고뇌는 모두 잊고서?"

"그런 일이 가능하다고?"

지지에가 고개를 끄덕였다.

"그래. 그때의 나는 예상 못했지만. 오라버니여, 그대는 알았을까? 이 모두는 우연일까? 아니면 그대가 숨겨 둔 열쇠일까? 그대는 내 후손으로 태어났어. 그래서 그대 안에 내 일부가 들어 있어. 그렇게 연결되어 있기에 나는 그대에게 내 권능인 '재생'을 발휘해 기억과 힘을 돌이킬 수 있어. 아, 실은 그대에게 물어보지 않고 그렇게 하고픈 유혹을 참기 힘들 정도야. 오라버니여, 그대는 고결했고 위대했어. 그리고 내게는 가장 좋은 상담자였어. 그대에게 힘을 돌려주고 싶어. 그대가 발을 담그고 선 오물로부터 걸어 나오도록 돕고 싶어."

키릴의 입가에 버릇이 된 비웃음이 일어났다.

"걸어 나오라고? 나오고 나면 그 오물은 어떻게 되나? 고뇌를 잊는다는 말은 그럴듯하지만 결국 내 입장에서는 기억 상실일 뿐이겠지. 아름다운 추억뿐이어서 집착하는 건 아니지만, 이쪽이든 저쪽이든, 잃어버리는 건 거절하겠어. 난 내 것인 것만 되찾을 거고, 남의 것에는 관심 없어. 다른 존재가 되라고? 차라리 아무것도 모르게 되라고 하지. 저 돌이나 흙처럼. 그 편이 훨씬 유혹적일 텐데."

지지에는 눈을 몇 번 깜빡였다. 희디흰 얼굴에 일순 홍조가 도는 듯했다. 하지만 곧 사라졌다.

"다른 존재라. 그래. 그대에겐 그저 다른 존재구나. 한때 그대의 옷깃에 매달린 벌레에 불과했던 자가 그대의 삶을 짓밟는데도 그걸 감내하려 하는구나."

누구를 말하는 것일까? 하지만 그것이 중요한가? 키릴은 묻는 대신 대답했다.

"난 감내하지 않아. 되갚지."

그 말을 하면서 키릴은 사막에서 진스카와 나눴던 대화를 떠올렸다. 이유는 있지만 알지 못한다. 이유가 있음을 알지만 그걸 알 수 없다는 것도 안다. 모든 것은 뒤섞여 있다. 그만을 위해 그려진 필연의 지도 같은 건 없다.

지지에가 말했다.

"그대는 복수자로군. 그 말로써 오라버니와 그대가 같지 않다는 것을 알겠어. 난 카니크 페라루하가 품었던 수천 겹 자아 중 한 겹이 그대이리라고 생각했어. 하지만 그렇지 않군. 그대는 그대일 뿐. 내가 재생의 권능을 사용하지 않는다면 그대가 잃었다고 생각하는 힘을 돌려줄 방법은 없어. 다만 그대 몸 안에서 일어난 불은 본래 그대의 것이야. 내가 건드려 일어났으니 잘 다루어 봐."

불은 키릴의 몸 안을 한 바퀴 돌아 발끝까지 내려갔다가 다시 가슴으로 올라왔다. 거기서 온 몸으로 번지면서 열기는 점차 따뜻함으로 변했다. 동시에 몸에서 활기가 솟아났다. 륀을 만났던 때처럼. 그게 일종의 선물이라고 생각하자 키릴의 미간에 힘이 들어갔다. 그는 선물을 받고 싶지 않았다. 이들로부터는, 어떤 것도. 카니크 페라루하가 스스로 택했다는 이 고통을 아무것도 모른 채 감내할 수밖에 없는 자신이 그들의 도움을 받는다면, 그 고통을 승인하는 셈이 되지 않는가?

"하나만 묻고 싶군. 카니크 페라루하라는 자는 이 모든 고통을 스스로 택했다고 들었어. 하지만 난 이 고통을 증오해. 해야 할 일만 끝낸다면 죽음조차 차라리 달갑게 느껴질 정도로. 만일 내가 그렇게 한다면 그자의 의도를 벗어나는 것이 되나? 아니면 이것조차 그자가 의도한 고통의 일부인가?"

지지에가 고개를 저었다.

"그대여. 페라루하가 모든 것을 버리고 그대의 모습으로 태어날 때 그대의 도움을 받지는 않았어. 그대의 동의도 구하지 않았지. 그대의 고통을 그가 정해두지 않았으며, 마찬가지로 그대가 누렸을 행운도 그가 선사한 것은 아니야. 그대가 가진 모든 훌륭한 점, 즉 아름다운 겉치레는 어디로부터 왔을까? 그것은 그대의 본질일까? 아무런 비극도 일어나지 않는다 해도 세월이 흐르면 아름다움과 재능은 저절로 사라지지. 그러니 그건 그대 존재와 영원히 결합된 것은 아니야. 누군가가 잠시 안겨 준 선물일 뿐이지. 마찬가지로 그대의 고통은? 그대 존재와 고통의 결합은 영원한가? 그렇지 않아. 시간은 모든 것을 분리해. 선물을 받고 기뻐하는 동안 잔혹한 시간이 흰 눈처럼 창틀에 내려앉는 것을 바라봐야지."

키릴의 입가에 다시금 비웃음이 떠올랐다.

"그 말은 내가 선물을 거절했더라면 고통에 욕을 퍼부을 권리가 생긴다는 뜻 같군. 선물을 거절한 대가치고는 별 것 아닌데."

"아니. 그대는 모든 것을 거절해도 돼. 정확히 말하자면 고통이 가진 힘이 바로 선물을 걷어내고 치장 하나 없는 민낯을 드러내는 거야. 하지만 그대가 고통 그 자체에만 얽매인다면 고통이 드러내 준 그대의 진정한 모습을 발견하지 못하고 원망할 누군가를 찾아 헤매며 짧은 여생을 써버릴 테지. 아, 오라버니여. 그대는 그걸 위해 스스로 진창에 걸어 들어갔지. 나조차도 그런 그대를 구원하고 싶지만 그건 그대에게 구원이 아니겠지. 과거는 단지 끝나버린 것. 되풀이되지 않는 것. 그대에게는 다른 소중한 이들이 있네."

지지에가 다가오더니 키릴에게 입을 맞추었다. 뜻밖이었지만 키릴은 아무 느낌 없이 받아들였다. 오래 전에 이와 같은 인사를 하곤 했던 기분이었다. 그녀의 말대로 몸 속의 불을 건드리면서 기억이 약간 되살아났는지도 모른다. 하지만 그뿐이었다. 그의 누이였다는 이 여자와 함께 했던 어떤 일도 떠오르지 않았다. 전생이란 자신 안에 봉인된 것인가. 아니면 이미 몸 밖으로 나가버린 것인가.

이윽고 입술을 뗀 지지에는 한 걸음 물러났다. 꽃이 흩어졌다. 다시 조개 무덤 위에 매끈한 두개골이 놓여 있었다. 키릴은 조개껍질을 헤치고 두개골을 파묻었다. 마치고 일어나다가 보니 소매 안에 꽃잎 한 무더기가 소복이 남아 있었다. 키릴은 팔을 올려 꽃잎을 날려 보냈다. 하늘에 또렷한 초승달이 걸려 있었다.

"안녕히."

새벽이 밀려오자 별들이 차례로 녹아갔다. 키릴은 돌아가야겠다고 생각했다. 몸을 돌리자, 자신의 방 안이었다.

하루 뒤, 키릴과 아라비카는 이른 아침에 잔스노플을 빠져나갔다. 일행은 십여 명에 불과했다. 하즈라샤의 선지자에게 어울리는 수레 같은 건 없었다. 모두 말을 탔고, 날이 환해졌을 때 이미 천지사방에 보이는 거라곤 모래와 잡풀뿐이었다.

성문이 열리기도 전에 나온 터라 마주친 사람은 거의 없었다. 그럼에도 불구하고 일부러 길이 닦이지 않은 쪽을 택했다. 잔스노플의 말들은 발굽이 푹푹 빠지는 모래 위에서도 잘 달렸다.

키릴 일행이 아침식사 때문에 산그늘에 멈춰 섰을 무렵, 막 열린 잔스노플 성문을 통과한 여자가 사람들에게 시장의 위치를 묻고 있었다. 친절한 사람들이 대시장의 위치를 알려주자 여자는 과장되게 감사를 표하며 외쳤다.

“처음 온 곳에서 이렇듯 친절한 나딕을 만나다니 과연 차람의 별이 제 머리 위에 떠 있나 보군요! 나딕께서 해주신 설명은 경전의 130쪽을 펴듯이 선명하니 시장에서 사람들이 가장 많이 오가는 장소도 물론 알고 계시겠지요? 아신다고요? 오호라, 오무의 검은 팔이 저를 나딕께 이끌었군요! 첫 번째로 그대의 미래를 읽어드려도 좋을까요? 저는 점을 치는 여자랍니다. 걱정 마세요. 무료니까요. 나딕의 친절에 비하면 마이흐의 자루를 채우지도 못하겠지만…….”

여자의 말재주가 현란하다고 생각한 사람들이 그녀의 뒤를 줄레줄레 따라왔다. 하층민이 골말을 자유자재로 쓰면 사람들은 뜻도 정확히 모르면서 뛰어난 말재주라고 여겼다. 그렇게 시작부터 잘 통했기 때문에 점심 무렵, 대시장의 열주 옆에 빨간 비단을 깐 테이블을 펴고 화려한 반지를 낀, 얼굴이 유난히 하얀 여자의 주변에는 세 겹의 구경꾼이 진을 치게 되었다.

그림자 놀이

닷새하고도 한나절이 지나자 물도 식량도 떨어졌다. 처음 한 계산보다는 한나절 더 온 셈이었다. 그 덕택에 살았다. 사막에도 계절이라는 것이 닥치는 모양이었다.

"반가워, 친구."

사샤는 저만치 보이는 지붕들을 향해 한 손으로 경례를 해 보였다. 이어 휘적휘적 걷기 시작했다. 아밀이 급히 뒤따라가며 외쳤다.

"잠깐만! 우리 밤까지 기다리는 거 아니었어?"

"계획이 바뀌었어."

"왜?"

"배고파서."

저녁놀이 내린 지붕들 틈으로 빛이 한 조각씩 돋아나는 중이었다. 걷는 동안 점점 많아졌다. 불빛을 보자 사샤는 기분이 좋아졌다. 도시의 불빛은 항상 그의 친구였다. 그리고 빛의 수효를 보건대 저곳은 도시가 틀림없었다. 아밀의 예상대로라면 칸자르라는 곳일 것이다.

칸자르에는 아밀의 큰할아버지가 산다고 했다. 말이 날마다 바뀌었기 때문에 어쩌면 오촌 당숙부의 외삼촌쯤 될지도 몰랐지만 사샤는 신경 쓰지 않았다. 누구였든 아밀을 떠맡길 수만 있다면 충분했다. 그는 이제부터 할 일이 많았다. 그걸 하려면 혼자여야 했다. 아니, 혼자일 때 가장 잘 해낼 것이다. 아르나브르에서처럼.

아르나브르 시절을 떠올리자 걸음이 더 빨라졌다. 입가도 실룩거렸다. 뒤따라오던 아밀은 자기도 서두르려다가 신발이 벗겨졌다. 허겁지겁 신발을 주워 신으며 소리쳤다.

"좀 천천히 가!"

"네가 빨리 와. 난 바빠."

"아까까진 그런 말 안 했잖아? 갑자기 왜?"

"빨리 널 떼어놓으려고."

이런 말을 한 뒤 상대방의 표정은 뒤통수로 보는 편이 편했다. 하지만 대단한 죄책감은 없었다. 비주의 당부만 아니었더라면 예전에 헤어졌을 상대였다. 이만큼 데리고 다닌 것도 대단한 수고를 베푼 셈이라고 사샤는 생각했다.

어느 정도 예상은 했지만 아밀은 성가신 동행이었다. 겁이 많고 뭐 하나 잘하는 것도 없었다. 심지어 솔직하지도 않았다. 내내 뭔가를 숨긴 채 어설픈 거짓말을 했는데 사샤가 그걸 내버려둔 것은 단지 따져 묻기 귀찮아서일 뿐이었다.

처음 만났을 때 했던 짐작과 달리 아밀은 이쪽 땅의 물정도 잘 몰랐다. 캄란 출신이 맞긴 한가 싶을 정도였다. 그런 아밀을 식량과 물을 나눠 먹이고 비틀거리면 손목을 잡아끌어 가며 여기까지 데리고 왔다. 사라드에 비주를 두고 왔기 때문에. 함께 오지 못했다 보니 당부라도 지켜줘야 할 것 같았던 것이다. 대체 비주는 일면식도 없던 아밀을 왜 데려가라고 한 걸까?

비주와 함께 탈출하지 않았기에 추적당하지 않은 것은 사실이었다. 비주의 말대로 그자들은 비주에게만 관심이 있었다. 사샤가 사라지든 말든 아무도 신경을 쓰지 않았다.

그렇게 다 알고 있지만, 비주를 버리고 도망쳤다는 생각은 도저히 받아들일 수 없었기 때문에 사샤는 비주를 구하는 중이라고 스스로를 설득했다. 비록 아직까지는 사막을 건너 도망쳤을 뿐이지만 어쨌든 그렇게 하고야 말 것이다. 이제부터 그렇게 하면 된다. 자신이라면 그러고도 남는다. 저기 도시가 있으니까!

반쯤 뛰다시피 하며 쫓아온 아밀은 울 것 같은 표정이었다.

"나하고 그렇게 헤어지고 싶어?"

"그럼."

"내가 왜 그렇게 싫은데?"

이런 질문을 제일 싫어하는 사샤는 신경질적으로 머리를 긁었다.

"싫고 좋고 그런 게 아니고, 혼자 다니는 편이 좋아서야."

"하지만 너도 일행을 찾고 있잖아."

"그럼 너도 네 일행을 찾아. 아니면 사돈의 팔촌의 이모할머니를 찾든가. 우연히 만난 누군지도 모르는 너한테 이만큼 했으면 많이 하지 않았냐?"

이런 소리를 들으면서 쉽사리 토라지지 않는 것도 아밀의 희한한 점이었다.

"나하고도 일행 하면 되잖아. 나는 왜 안 되는데?"

"나야말로 내가 왜? 너하고 있어서 내가 뭐 남는 거라도 있냐?"

등 뒤에서 아밀의 걸음이 느려지는 소리가 들렸다. 잠시 후 시무룩한 목소리가 들렸다.

"지금은 그렇지만 나라고 늘 그러란 법은 없잖아. 나도 도움이 될지도 모르는데. 어쩌면……."

"어휴. 넌 정말 모르겠냐? 네가 뭘 할 줄 알게 되든 난 너한테 받고 싶은 게 없어. 난 나로 충분하거든. 필요한 게 없단 말이야."

혹시 친척을 만난 후에도 아밀이 떨어지지 않으려 할까봐 일부러 매정하게 쏘아붙였다. 그런데 몇 걸음 걷자니 누군가에게 들었던 말을 방금 되풀이한 기분이 들었다. 누구더라. 누구더라…… 아참.

그 말을 들었던 순간이 떠오르자 사샤는 미간에 주름을 확 잡으며 주먹을 부르쥐었다. 자신이 그런 입맛 떨어지는 짓을 따라하고 있단 말인가? 같이 다니면서 많이 나아지긴 했지만 그땐 진짜 재수 없었는데. 내가 아무리 귀찮아도 그런 인간을 따라할 순 없지.

그 결과 두 시간 뒤, 사샤는 여전히 종종걸음 치는 아밀을 데리고 칸자르의 밤거리를 걷고 있었다. 아밀의 당고모의 이종사촌인가 하는 인간은 물론 이곳에 없었다. 있었던 적도 없는 것 같았다. 아밀은 아무렇지도 않게 '이사 갔나 봐' 하고 중얼거렸다. 당황하지도 않는 걸 보면 처음부터 거짓말이었던 게 확실했다. 하긴 사샤라고 예상하지 못했던 것은 아니었다. 처음 만났을 때부터 지금까지 아밀이 한 참말은 무섭다는 둥, 외롭다는 둥, 배고프다는 둥 그런 것뿐이었다.

해는 저물었고 저녁 사 먹을 동전 한 푼 없었지만 사샤에게는 일상적인 상황이라 문제없었다. 문제라면 아밀의 존재뿐이었다. 이런 애를 꽁무니에 달고는 빵 한 조각 슬쩍하기도 어려웠다. 사샤는 다시 생각을 정리했다. 사막을 건너 사람 사는 곳까지 데려다줬으니 이만하면 됐잖은가? 꼭 누구네 집 문 앞까지 데려다줘야 해? 사샤는 우뚝 서서 아밀을 돌아봤다.

"이제 우리 헤어지자."

"싫어."

아밀의 대답이 너무 단호해서 사샤는 어이가 없었다. 하지만 오래 당황하고 있지는 않았다.

"그럼 날 잡아 보든가."

사샤는 즉각 사람들 틈으로 뛰어들어 달리기 시작했다. 둘의 사이는 금세 멀어졌다. 아밀이 쫓아오며 뭐라고 외쳤지만 지나가는 사람들의 소리에 묻혀 잘 들리지 않았다. 사샤는 주위를 두리번거리며 달리다가 좁은 골목으로 뛰어들어 맞은편의 큰길로 나왔다. 그 길을 따라 걷다가 사람들로 붐비는 큰 상점으로 들어가 뒷문으로 빠져나왔다. 그 사이에 어떤 사람이 테이블에 올려놓은 겉옷을 슬쩍하고, 그 주머니에 들어 있던 손수건을 돌돌 말아 꽤 자란 뒷머리를 동여맸다. 슬슬 주위를 둘러보니 허둥거리는 사람조차 없었으므로 이만하면 못 찾겠지 싶어 사샤는 어깨를 으쓱하고 걷기 시작했다.

거리를 배회하다가 좋은 냄새를 따라 어느 골목으로 접어들었을 때였다. 마침 저녁 시간이라 오가는 사람도 많았다. 가판에 쌓인 정체 모를 음식들 중 어느 것이 맛있을까 가늠하고 있는데 귀에 박히는 목소리가 있었다.

"야, 냄새 좋다. 이런 데서도 굶어 죽으라는 법은 없네."

"없긴 뭘 없어? 너 여기 돈 있냐?"

또렷한 대륙 말씨였다. 물론 이곳에도 경전체 말투라는 것이 있긴 하지만 상류계층 가운데서도 일부만 쓴다고 들었는데, 지금 들려오는 목소리는 아르나브르에서 익숙하게 들어 온 평민들의 말투였다. 아르나브르 시절, 대화 몇 마디 나눠보면 상대의 신분은 물론 출신지까지 척척 꿰던 사샤가 착각했을 리 없었다. 그는 얼른 소리가 들려온 쪽을 봤지만 대화를 나누던 사람들은 인파에 밀려 사라져버렸다.

사샤는 눈을 깜빡이다가 다시 걷기 시작했다. 그런데 곧 이어 같은 일이 또다시 일어났다. 어느 상점에서 또렷한 대륙 말씨의 사내가 상인이 늘어놓는 못 알아들을 말투에 짜증을 내며 실랑이를 벌이고 있었던 것이다. 대륙 말씨를 쓰면서 캄란 말을 못 알아듣는 것으로 볼 때 절대로 이곳 출신은 아니었다. 다만 피부는 그을려 거무스레했고 옷차림도 이곳 사람들과 크게 다르지 않았다.

그런 사람을 세 번째, 그리고 네 번째 봤을 무렵 사샤는 자신이 어디에 있는 건지 헷갈리기 시작했다. 모르는 사이에 대륙에서 사절단이라도 왔단 말인가? 사실은 남쪽 어딘가에 무역로라도 있는 건가? 혹시 해 뜨는 쪽으로 좀 산책하다 보면 세르무즈라도 나오는 거 아니야?

다섯 번째로 그런 사람을 발견한 사샤는 이자들을 따라가 보기로 결심했다. 하지만 이번에 마주친 사내는 어떤 상인과 끝 모를 흥정을 벌이고 있었기 때문에 그냥 멀거니 서 있는 것이 할 일의 전부였다. 슬슬 지루해진 사샤는 어느 좌판 뒤쪽에 주저앉아 하품을 하며 졸린 체 했다. 캄란에는 그런 식으로 그늘을 골라잡아 낮잠을 자는 사람이 흔했다.

눈을 떴다 감았다 하며 놓치지 않을 정도로만 흘끔거리고 있는데 문득 지금껏 본 자들이 모두 젊은 남자들이었다는 데 생각이 미쳤다. 왜지? 단지 우연인가?

뜻밖의 생각에 잠긴 틈에 어느새 흥정을 끝낸 그자가 막 사람들 틈으로 사라지려 했다. 급히 따라나서려는데 누군가가 뒤에서 옷깃을 잡아당겼다.

"잡았다. 헤헷."

흠칫하며 뒤를 돌아본 사샤는 유령이라도 본 것처럼 화들짝 놀랐다. 사샤의 옷깃을 잡은 채 배시시 웃고 있는 아밀은 헤어질 때와 조금도 다르지 않은 모습이었다. 헤매고 다닌 기색조차 없었다. 머리에 걸친 두건이 살짝 삐뚤어진 부분까지 똑같았다. 헤어지자마자 이 자리에 와서 사샤를 기다리고 있었던 것처럼.

남자를 따라가려던 생각조차 잊어버린 사샤는 아밀을 뚫어져라 보고 있다가 가까스로 말했다.

"어, 어떻게 된 거야?"

"잡아보라고 했잖아."

"그러니까, 그게, 어떻게 했냐고."

"안 돼. 비밀이야."

사샤가 한쪽 입가를 올리더니 팔을 뿌리쳤다.

"아 그러셔? 그런 끔찍한 비밀을 숨긴 너하고 같이 다니긴 싫은데?"

아밀은 다급하게 다시 사샤의 옷깃을 붙들었다. 울 것처럼 눈가가 일그러졌다.

"아니야. 안 그럴게. 안 할게. 나 진짜 오랜만에 해본 거야. 널 놓칠까봐 겁나서 그랬어. 그래서 딱 한 번 써본 거야. 이런 거 하면 안 되는 거 알아. 다신 안 할게. 그러니까……."

"그래서 그게 뭔데? 네가 뭔가 이상한 걸 할 줄 아는 거야?"

"아니야. 아니라니까. 아무것도 아니야."

아밀은 겁을 잔뜩 집어먹은 얼굴이었다. 지나가는 사람이 혹시 들을 세라 이곳저곳을 흘끔거렸다. 점점 더 미심쩍어졌다. 사샤는 아밀의 팔을 잡아끌고 가판들을 지나쳐 쓰레기 더미로 막혀버린 좁은 골목 틈으로 갔다. 상자 몇 개를 타넘어 가서 벽에 기대세운 후 말했다.

"자, 여기쯤 되면 아무 말이나 해도 되겠지. 앞도 쓰레기, 뒤도 쓰레기, 냄새도 근사해서 약간 화나는 얘기가 들려와도 웬만해선 접근하기 싫은 곳. 자, 말해봐. 너 무슨 짓 했는데? 지금 말하면 용서해 줄 테니까."

아밀은 주위를 두리번거리며 사샤의 말이 맞는다는 걸 확인했지만 그러고도 망설였다. 하지만 여기는 오래 망설이기에 좋은 장소가 아니었다. 악취가 너무 심했던 것이다. 사샤도 알고 있었다. 손 안 대고도 고문하는 효과가 나기 때문에 적대감을 불러일으키지 않은 채 비밀을 감춘 녀석의 입을 열기에 가장 좋은 장소라는 것을. 아르나브르에서 부랑아들을 거느리던 시절에 곧잘 이렇게 하곤 했다.

"거, 검은 영들의 사, 사악한 술수…… 말이야. 그걸 걸었어. 너한테. 그래서 네가 어딜 가든 알 수가 있었어. 실수로 너랑 헤어질까봐서. 그래서 그런 거야. 다른 뜻은 없었어."

"검은…… 뭐? 사악한 술수?"

이름부터가 무시무시하게 들려서 사샤는 놀라 자신의 몸을 내려다봤다. 손도 펼쳐봤다. 숨도 크게 쉬어봤다. 물론 눈에 띄는 변화는 없었다. 사샤는 얼굴을 찡그리며 아밀의 어깨를 움켜잡았다.

"너, 정확하게 말해봐. 날 저주하기라도 했단 말이야?"

"아니야, 저주 같은 거 아니고…… 그냥 네가 어디에 있는지 알 수가 있는 것뿐이야. 나쁜 거 아니야. 너한테 해는 없어. 너한테는 아무 일도 없어. 그냥 내가 계속 쫓아오는 것 말고는. 물론 넌 그것도 싫어하겠지만……."

듣고 있자니 문득 떠오르는 생각이 있었다. 사샤는 고개를 갸우뚱하다가 아밀의 얼굴을 빤히 봤다.

"그런데 그걸 왜 사악한 술수라고 불러?"

"나도 몰라. 그냥 여기 사람들이 그렇게 부르니까……."

사샤는 아밀의 어깨를 놓아주었다. 이제 썩은 냄새는 사샤도 참기 힘든 지경이었다. 하지만 나가기 전에 한 가지만은 확인해야 했다.

"아밀, 너 지금 '여기 사람' 이라고 했지? 그러는 넌 어디서 왔는데?"

"나, 난……."

"그리고 네가 쓴다는 그거, 그냥 '마법' 아니야? 너, 마법사야?"

아밀의 눈이 동그래졌다. 표정을 보니 냄새쯤은 이미 잊어버린 듯했다.

"너…… 넌 그 말을 아는구나? 그럼 저기, 너, 너도 혹시 다른 데서 온 거야? 정말 그런 거야? 호, 혹시 너도, 너, 너, 메, 메, 멜헬디에서 왔니?"

아밀은 흥분한 나머지 말을 제대로 하지도 못했다. 사샤는 멜헬디가 뭔지 몰랐기 때문에 그 이름 때문에 놀라지는 않았지만, 조금 어처구니가 없었다. 조금 전까지 대륙 말씨를 쓰는 남자들을 수상쩍게 여기며 따라가 보려던 참인데, 곁에 있던 아밀이 오히려 대륙 사람이었다고?

혹시 이것도 거짓말일까? 하지만 캄란 사람들은 대륙의 존재조차 모르지 않던가? 모르고서 어떻게 거짓말을 하겠는가? 게다가 아밀은 오히려 사샤를 캄란인으로 생각해 왔다는 건데, 지금껏 했던 모든 거짓말은 오히려 이 문제 때문이 아니었을까?

사샤는 그간 자신이 얼마나 연기를 잘 해왔던가 돌이켜봤다. 딱히 숨겨보려 애썼다기보다 그냥 수상쩍게 보이지 않으려고 되는대로 이곳 사람들 흉내를 낸 것뿐이었는데, 그제야 아밀이 이곳 사람이 아니었기 때문에 오히려 속았구나 하는 생각이 들었다.

"멜헬디가 어딘데? 난 아르나브르에서 왔어."

"아르나브르? 로, 로 로존디아에 있는? 너 진짜 그쪽에서 왔구나. 정말이구나."

아밀은 급기야 울기 시작했다. 눈물이 줄줄 흘러 때 묻은 뺨이 씻길 지경이었다. 사샤는 달래기도 뭣하고 해서 그냥 콧잔등을 긁으며 지켜보고 있었다. 하지만 쉽게 그칠 기세가 아니어서 결국 입을 열 수밖에 없었다.

"야, 야. 네가 그간 힘들었다든가 반가운 건 잘 알겠는데, 물론 나도 먼저 오자고 해놓고 이런 소릴 하긴 싫지만, 일단 우리 여기서 나가면 어떨까? 슬슬 토할 것 같지 않냐?"

한 시간 뒤, 사샤와 아밀은 어느 버려진 저택의 발코니에 들어와 있었다. 저택은 겉보기에 근사한 데다 규모도 컸지만 오랫동안 방치된 듯 발코니 바닥에 모래가 그득했다. 저택 안으로 통하는 문은 판자를 대고 못질되어 있었다.

그들이 올라온 곳은 아래로부터 세 번째 발코니였다. 다른 발코니를 두고 그곳을 택한 이유는 물론 유일한 입구가 못질되어 있었기 때문이었다. 사샤는 어렵지 않게 벽을 타고 두 발코니를 거쳐 올라왔다. 아밀을 끌어올릴 때만 조금 고생했다. 아밀은 그럴싸해 보이는 저택의 외관에 주눅이 든 듯 줄곧 두리번거리며 물었다.

"이런 곳에 멋대로 들어와도 되는 거야?"

"이런 데일수록 더 지내기가 좋아."

도시에서 오래 지내본 바로는 구석진 곳에 기어들어가는 것보다 이렇게 멀쩡하게 방치된 곳이 오히려 문제없이 지내기에 좋았다. 물론 집주인이 나타난다면 별문제지만, 그것조차 아이라는 이유로 가볍게 넘어가는 경우가 많았다. 웬일인지 집주인들보다는 불량배나 경비대 쪽이 자기 구역에 더 민감하게 구는 편이었다.

물론 사샤가 그렇게까지 자세하게 설명해주지 않았기에 아밀은 불안감을 떨치지 못한 채 엉거주춤 서 있었다. 반면 사샤는 바닥에 주저앉아 옷깃 안쪽에서 꾸러미를 꺼내 펼쳤다. 다진 고기와 매운 야채가 든 빵은 아직도 따뜻해서 얼른 베어 물었다. 시럽을 묻힌 경단은 겉보기에는 엉겨 붙어 엉망이 됐지만 맛은 그대로일 게 틀림없었다.

사샤가 열심히 먹는 동안 아밀은 음식에 손도 대지 않고 사샤의 얼굴만 멍하니 바라보고 있었다. 보다 못한 사샤가 말했다.

"뭘 그렇게 봐? 내가 너랑 같은 대륙에서 왔다고 해서 네 잃어버린 오빠는 아니거든?"

제 몫의 빵을 순식간에 먹어치운 사샤는 새로 채워둔 물주머니를 열어 한 모금 마시고, 경단 두 개를 한꺼번에 입안에 던져 넣고 씹었다. 맛이 괜찮아서 감탄하는 표정도 지어 주면서. 그제야 아밀이 빵을 집어 들면서 말했다.

"넌 정말 대단하구나."

그 소리는 아밀을 만난 후로 몇 번 들었는지 셀 수도 없었다. 사샤가 눈가를 찡그리며 대꾸했다.

"난 칭찬 같은 거 안 들어도 살아가는 데 지장 없거든? 하지만 기회 있을 때 먹어두지 않으면 분명히 지장이 있을 거 같은데."

"난 처음에 얼마나 겁먹었는지 몰라. 사실은 지금도 무서워. 나도 너 같았다면 좋았을 텐데."

아밀은 오랜 전, 우연히 어떤 문을 열었다가 정체 모를 공간에 갇히게 됐다고 했다. 책장과 책밖에 없는 그곳에서 몇 날 며칠을 헤맸지만 나가는 문은 물론 외침에 대답하는 사람 하나 없었다. 정확히 얼마나 그곳에 있었는지는 아밀도 몰랐다. 결국 자포자기해서 책을 펼쳐 읽기 시작했는데, 그러다 보니 어느 낯선 책방에 서 있었다는 것이었다. 아밀은 화들짝 놀라 책방에서 뛰쳐나왔다. 그때로부터 이 유배 아닌 유배 생활이 시작되었다. 아밀은 워낙 주변머리가 없어서 이 무더운 땅에 사는 사람들이 아밀이 살던 곳에 대해 전혀 모른다는 것을 깨닫는 데만 수 일이 걸렸다.

그 후로 한 해 넘게 살아왔지만 아밀은 사샤 같은 적응력을 발휘하지 못했다. 그간 돈 한 푼 벌어본 적이 없었고, 사람들을 상대로 해본 일이라고는 구걸이 전부였다. 그렇다 보니 며칠씩 굶거나, 죽을 뻔하거나, 폭행당할 위기에서 도망치거나 한 일은 셀 수도 없었다. 마법의 도움이 없었다면 지금까지 살아남지도 못했을 것이다.

그 과정에서 이곳 사람들 앞에서 마법 얘기를 꺼내기만 해도 맞아죽기 십상이라는 것만은 확실히 알게 되었다. 그 후 아밀은 누구를 만나도 자신에 대해 자세한 이야기를 하지 않았다. 사샤에게조차도.

아밀이 있던 곳이라는 멜헬디는 마법을 배우는 학교의 이름이라고 했다. 키릴이 과거를 얘기해 준 일이 없었기에 사샤는 그 이름이 키릴과 관계가 있으리라고는 꿈에도 생각하지 못한 채 고개를 끄덕거렸다.

"어쨌든 넌 마법사라는 거잖아. 그런데 왜 겁을 내? 나 같으면 아주 신났을 텐데."

"마법사는 아냐. 학생이니까. 아직 배우는 중이었어. 그리고 사람들 앞에서 마법을 썼다가는……."

"어휴. 조금 전에 한 것처럼 짠, 하고 사라졌다가 나타날 수 있다면야 왜 사람들한테 맞아 죽겠냐? 여기 사람들은 마법을 하나도 모른다면서? 그럼 누가 널 잡겠어? 아니, 네가 뭘 했는지 알기나 하겠어? 난 네가 부럽다."

"그래봤자 집으로는 갈 수 없는걸."

물론 그렇긴 했다. 사샤는 경단을 하나 더 집어먹고 손가락에 묻은 시럽을 빨면서 대꾸했다.

"어쩌면 그렇게 나쁜 점만 찾아내냐? 너도 참 우울하게 사네. 난 대체 왜 만났다 하면 이런 칙칙한 인간만……."

그 말에 아밀이 불쑥 생각난 것처럼 물었다.

"넌 어쩌다가 여기로 오게 된 거야? 그리고 비주 언니도 로존디아에서 온 거야?"

"그건, 음, 말하자면 좀 복잡해. 하여튼 우린 너처럼 사고로 여기 떨어진 건 아니야. 그런데 어쩌다 보니까 다들 흩어지게 되어서 찾아야 하는데, 일단 비주 누나부터 구한 다음에."

아밀의 눈이 다시 커졌다.

"그럼 너희 일행은 너랑 비주 언니뿐이 아닌 거야? 몇 명인데?"

"세 명 더 있어."

아밀의 얼굴이 환해졌다.

"다들 어른이겠지? 아, 말만 들어도 너무 안심된다. 얼른 만나보고 싶어. 내가 널 따라가고 싶었던 건 우연이 아니었나봐. 나 혼자 헤매며 그동안 얼마나 힘들었는데. 그런데 다들 무슨 관계야? 가족?"

사샤는 못 들을 소리를 들었다는 것처럼 몸을 약간 빼며 눈을 크게 떠 보였다.

"가족하고는 아주 많이, 엄청나게 거리가 멀다고 할 수 있지."

"그래도 이 먼 곳까지 함께 온 사이잖아. 얼마나 든든해. 넌 지금 내 기분이 어떤지 모르지? 막 가슴속이 따뜻해지는 것 같아."

아밀이 두 손을 가슴에 모으고 행복한 미소를 짓자 사샤의 표정은 더더욱 떨떠름해졌다.

"글쎄다. 만나보고도 그런 소리가 나오나 보자고."

키릴을 비롯한 일행이 평소 함께 지내는 모습을 떠올려 본 사샤가 눈을 가느스름하게 뜨고 있는데, 갑자기 아밀이 빵을 떨어뜨리며 사샤의 팔을 붙잡았다.

"지금 무슨 소리, 안 들렸니?"

"어디서?"

아밀은 대답 대신 폐쇄된 입구 쪽을 쳐다봤다. 어떤 소리였느냐고 되물을 필요도 없이 곧 사샤에게도 들렸다. 구두를 신은 누군가가 가까이 오는 소리였다.

사샤는 펄쩍 뛰는 대신 남은 음식부터 챙겼다. 아밀을 구석으로 보낸 후 자신은 아밀 앞에서 발코니 난간을 등지고 섰다. 못질한 판자 쪽을 노려보고 있는데 발소리가 멀어져 가더니, 이번에는 여러 사람의 소리가 한꺼번에 났다. 대충 열 명은 되는 것 같았다. 사샤가 미간을 찡그리며 속삭였다.

"아래로 뛰어내릴 수 있겠어?"

"못해."

사샤는 한숨을 내쉰 뒤 말했다.

"그럼 내가 내던지는 건 괜찮지?"

그러더니 아밀이 미처 대꾸하기도 전에 아밀의 허리를 잡고 난간 위로 밀어 올렸다. 아밀은 떨어지지 않으려고 발버둥을 치며 사샤를 마구 걷어찼다. 그 바람에 짜증이 난 사샤는 정말로 던져버릴까 잠깐 고민했지만 결국 발을 난간 바깥쪽으로 내민 채 걸터앉게 해주고는 말했다.

"어휴. 혹시 저 판때기가 부서지면 바로 뛰어내려. 안 그러면 내가 밀어버린다는 건 알아두고."

그런 다음 사샤는 난간 위로 훌쩍 올라갔다. 한 뼘쯤 되는 좁은 난간에서 곡예 하듯 한 발로 서서 몸을 흔들흔들 했다. 아밀은 겁이 나서 쳐다보지도 못한 채 간청했다.

"제발. 내려와. 무서워 죽겠어."

"뭘. 너야말로 난간을 잡고 바깥쪽으로 매달리면 어때? 몸도 숨겨지고 좋을 것 같은데."

사샤는 난간을 타고 발코니 모퉁이까지 다가가 몸을 슬쩍 내민 채 가장 가까운 창을 건너다보았다. 덧창 없이 뚫린 창 너머로 그림자가 어른거리다가 사라졌다. 다시 발소리가 들리더니 낮은 말소리도 함께 들려왔다. 정확한 내용은 들리지 않았지만 '사라딕'이라는 말을 알아들은 사샤는 미간을 찡그리고 있다가 아밀을 돌아봤다. 아밀이 돌아오라고 손을 흔들어대자 사샤도 손짓으로 대꾸했다. '거기서 기다리든가, 뛰어내리든가, 맘대로 하셔. 난 잠시만.'

사샤는 벽감을 붙들고 간단히 위층 발코니로 기어 올라갔다. 이어 처마를 잡고 매달려 문제의 창문 바로 위까지 갔다. 거기에도 창문이 있었다. 그곳에서 아래를 내려다보며 높이를 가늠하다가, 뒤로 돌아서서 창틀에 무릎까지만 걸친 채 거꾸로 매달렸다. 뒤꿈치와 종아리만으로 몸을 버티며 두 손은 벽감을 짚은 사샤를 본 아밀은 눈이 튀어나올 지경이 되었다. 어쨌든 사샤의 머리는 창문 바로 위쪽까지 왔다. 꽤 자란 머리카락이 조금만 더 길었더라면 창문 너머로 늘어질 뻔했다. 과연 안쪽에서 목소리가 들려왔다.

"다 둘러봤지?"

"폐쇄된 데가 몇 군데 있던데. 이 옆의 발코니도 그렇고."

"어쨌든 다 들어갈 만큼 넓으니까 됐어. 이놈들이라고 수백 명이 들어갈 빈 집이 아무데나 있진 않겠지."

다시 대륙 말씨를 들은 사샤의 미간에 힘이 들어갔다. 아까 놓친 자들이 여기 다 모여 있는 걸까? 그런데 수백 명이라고?

"버려둔 지 십 년은 된 거 같은데. 오죽하면 쥐도 없겠어. 이런 걸 빌려주면서 생색은 오죽이나 내던지. 말이 나왔으니 말인데 이쪽 인간들은 생색이 아주 몸에 붙었더라? 뭔 소린지 잘 알아들을 수도 없는데 징그럽다는 것만은 알겠더라고."

"오무인지 뭔지 타령은 끝도 없고 말이야."

웃음소리가 이어지더니 곧 발소리가 멀어졌다. 사샤는 다시 자세를 바로 하고는 골똘히 생각에 잠겼다. 그러다가 아밀 쪽을 보니 파랗게 질린 아밀이 얼른 돌아오라며 마구 손을 휘두르고 있었다. 사샤는 벌떡 일어나 왔던 것처럼 쉽게 제자리로 돌아가더니 다짜고짜 물었다.

“너 다른 마법도 쓸 줄 알아? 그러니까, 벽 통과 같은 거 돼?”

“갑자기 무슨 소리야? 난…….”

“긴 설명을 할 시간이 없으니까 되는지 안 되는지만 말해봐. 벽 통과 돼?”

“아, 아니. 그런 건…….”

“안 된다 그거지? 그럼 다른 사람이 날 못 보게 할 수 있어?”

“투명화? 그, 그것도…….”

“그것도 안 돼? 에이 참, 그럼 또 뭐가 있나. 내가 빨리 움직이게 하는 건 어때?”

“그런 건 들어 본 적도…….”

사샤는 한숨을 내쉬며 두 손가락으로 머리를 두드렸다.

“네가 할 줄 아는 걸 말해보는 쪽이 더 빠르겠다. 그러니까 내가 하려는 게 뭐냐면, 저기 들어가서 저 안에 있는 [illegible] 얼굴을 [illegible] 려고.”

사샤가 발코니 안쪽을 손가락질하자 아밀은 울 듯한 표정이 됐다.

“그런 거 하지 마…….”

“해야 돼. 왜냐고? 아, 그걸 너한테 어떻게 설명하냐. 하여튼 꼭 보고 와야 돼. 네가 안 도와줘도 난 그냥 들어갈 거야. 그러기 전에 널 아래로 내던져줄 시간은 낼 수 있으니까 걱정 말고.”

사샤가 몸을 돌려 판자를 뜯어내려 하자 아밀이 급히 팔을 붙들며 속삭였다.

"그만둬. 그런 식으로 뜯다가 소리가 나면 안에서……."

"아, 그래? 그럼 저쪽 창으로 넘어갈까?"

아밀은 양쪽 눈가를 번갈아 찡그리며 망설였다. 그러나 결국 사샤에게 졌다. 아밀은 사샤에게 가까이 오라고 손짓해 앞에 세워두고 자신은 사샤의 등 뒤에 쪼그리고 앉았다. 주머니에서 뭔가를 꺼내 바닥에 내려놓은 다음 그 주위에 뭔가를 그리고, 손을 얹은 뒤 정신을 집중했다. 뭘 하는가 싶어 사샤가 뒤를 돌아보려 하자 아밀이 날카롭게 주의를 주었다.

"움직이면 안 돼!"

사샤는 움찔해서 가만히 선 채 기다렸다. 등 뒤에서 아밀이 나직이 중얼거리는 소리와 바닥을 톡톡 치는 소리가 번갈아 들려왔다. 시간은 꽤 오래 걸렸다. 이윽고 바람이 좁은 구멍으로 빠져나가는 것 같은 소리를 마지막으로 아밀이 말했다.

"됐어."

"뭐가 된 건데?"

사샤는 얼른 돌아보며 자기 몸을 이리저리 움직여 봤지만 아무것도 달라진 것 같지 않았다. 아밀은 자못 엄숙해진 태도로 사샤의 발치를 뚫어져라 보고 있을 뿐이었다. 별 수 없이 사샤가 펄쩍 뛰어보기도 하고 손날로 난간을 쳐보기도 하다가 지칠 즈음, 아밀이 잠에서 깨어난 것처럼 머리를 흔들더니 한숨을 내쉬었다.

"여긴 달빛이 밝아서. 저기, 난간 그림자에 손을 넣어봐."

사샤는 시키는 대로 해보고 흠칫 놀랐다. 처음엔 어두워서인가 했다. 하지만 아니었다. 손이 눈앞에서 사라졌다. 그림자에서 손을 빼자 손은 다시 본래의 모습으로 돌아왔다.

"이건 뭐야? 손이 나타났다 사라졌다 하는 마법?"

"아니. 그림자 속에 숨는 마법."

사샤의 눈이 동그래졌다. 그는 얼른 두리번대며 그림자 진 곳을 찾았다. 조각상을 발견하고 기어 올라가더니 곧 환호하는 소리가 들려왔다.

"우와! 진짜야! 그림자 속에 들어가니까 안 보여!"

"조용히 좀 말해. 소리는 안 없어진단 말이야."

펄쩍 뛰어내려온 사샤가 히죽히죽 웃었다.

"고마워. 너 생각보다 대단한 마법사구나. 이 정도면 얼마든지 안전하게 들어갔다가 나오고말고. 근데 너 자신한테도 걸지 그래? 편리할 거 같은데."

"난 너처럼 재빠르지 않아서 금세 들켜."

"그래도 없는 것보단 낫잖아? 너도 마법 걸고 같이 들어가자. 어때?"

아밀이 한 발 물러나며 웃을 듯 말 듯한 표정을 지었다.

"그게 그렇게 간단한 문제가 아니야. 일단 너무 비싸. 난 그렇게 대단한 마법사가 아니어서 지금 너한테 그걸 걸려고 딱 두 개 남은 봉헌 보석을 썼어. 나중에 무슨 일이 생길지 모르는데 하나라도 남겨야지. 난 너처럼 그림자에 숨는 것만으로 사람들의 눈을 피할 재주도 없고. 나한텐 낭비야."

봉헌 보석이란 봉헌 제사를 통해 마력을 불어넣은 물건이었다. 대상은 보석일 수도 있고 다른 물건일 수도 있었다. 다시 말해 그다지 훌륭한 마법사가 아니어도 이러한 봉헌물을 이용해 자신의 실력을 뛰어넘는 주문을 잠시 쓸 수 있었다.

사샤는 마법사와 오래 다녔지만 키릴은 봉헌물 같은 것이 필요한 마법사가 아니었기에 그게 무엇인지도 몰랐다. 얼마나 귀하고 값진지, 얼마나 만들기 힘든지도 몰랐다.

"그래? 그런 비싼 걸 나한테 써주다니 고맙네. 고기빵 값치고는 비싼데. 근데 그거 새로 만들 순 없는 거야?"

"누군가는 하겠지만 난 못 해. 난 그냥 학생인걸. 저번에 말한 이상한 공간에 들어가게 된 것도 이걸 집으려다가 그렇게 된 거야. 일곱 개 있었는데 이젠 하나 남았어. 나한텐 내 수명을 재는 것 같은 존재야."

사샤는 신이 난 나머지 아밀이 하는 말이 무슨 뜻인지 깊이 생각해보지 않았다. 그는 어느 창문으로 들어갈지 눈으로 찾다가 퍼뜩 생각이 나서 물었다.

"그런데 이거 얼마나 가는 거야?"

"몰라. 내 실력만으로는 네가 창문을 넘어가기도 전에 풀리겠지만, 이 봉헌 보석의 힘이 어떤지는 나도 모르거든. 말했듯이 내가 만든 게 아니라서."

"그래? 그래도 오늘 밤엔 괜찮겠지?"

"응."

"좋았어. 그럼 간다."

사샤는 순식간에 창문으로 건너가 사라졌다. 아밀은 사샤가 사라진 쪽을 바라보고 있다가 중얼거렸다.

"너를 만난 게 내 마지막 희망인 걸."

처음에 사샤는 되도록 그림자에서 그림자로 건너뛰며 걸으려 했다. 그러다가 달빛이 비치지 않는 복도 안쪽으로 걸으면 된다는 점을 깨달았다. 얼마간 가자 계단이 나타났다. 아래쪽을 내려다보니 중간 중간 벽에 걸린 램프만 피하면 될 듯했다. 계단을 내려가기 시작하자 사샤의 모습은 그림자 속으로 깨끗이 녹아들었다. 동시에 아래에서 누군가가 올라오기 시작했다.

상대는 세 명이었다. 부딪치거나 하면 낭패였으므로 사샤는 계단참 모퉁이에 붙어 섰다. 그들이 가까이 왔을 때 얼굴을 보려 했지만 두 명은 모르는 사람이었고 한 명은 하필 제일 먼 쪽인 데다 얼굴이 그늘져 잘 보이지 않았다. 키가 후리후리하고 머리가 짧은, 몸 전체가 가려지는 헐렁한 겉옷을 입은 자였다. 마치 대륙의 마법사들이 입는 로브처럼.

그자가 말하는 소리가 들렸다.

"그렇게는 안 될 거요. 그런 식으로는 절대로 이길 수 없소. 당신들은 마법에 대해 아무것도 모르는군."

"검은 영의 술수는 그대들의 몫이니 우리는 알 것이 없수니다. 사라딕께서는 그런 술수보다 칼을 더 좋아하시우니다."

"그거야말로 내가 알 바가 아니오. 사라딕이 무엇을 좋아하시든 말든, 그분의 군대가 살아남으려면 칼만으로는 안 될 거란 말이오."

세 사람은 사샤 앞을 지나쳤지만 아무도 사샤의 모습을 보지 못했다. 그게 너무 신나는 일이어서 사샤는 약간이나마 품고 있던 불안감을 깨끗이 털어버리고 이어지는 대화가 궁금하니 그들의 뒤를 따라가기로 했다. 이곳에서 마법에 대해 이야기를 나눌 사람이라면 역시 대륙 출신이 아니겠는가?

세 사람은 사샤가 숨어들어왔던 층을 지나쳐 위로 올라갔다. 발소리를 감추기 위해 거리를 두고 따라가다 보니 이어지는 대화는 거의 들리지 않았다. 중간 중간 병사들이 서 있었지만 별 무리 없이 시선을 피해냈다.

그렇게 올라간 끝에 두 사람은 어느 문 앞에서 떠나고 로브를 입은 자 혼자만 남았다. 그자가 문을 두드리자 곧 답이 들려왔다.

"들어와."

그자가 들어간 뒤 문을 닫기 직전, 사샤는 재빠르게 안으로 미끄러져 들어가는 데 성공했다. 문이 묵직하고 경첩이 뻑뻑해서 잘 닫히지 않았기에 가능했던 일이었다.

큰 장롱 그늘 속에 재빨리 쪼그리고 앉았을 때 창가 의자에 앉아 있던 사람이 몸을 돌렸다. 초조한 듯 신경질적으로 두 손을 쥐었다 폈다

하더니 가까이 오라고 손짓했다. 로브를 입은 남자가 다가가며 입을 열었다.

"예상대로 별 도움이 안 될 것 같습니다. 이곳에는 마법을 아는 자가 아무도 없습니다."

"기대도 안 했어. 멍청한 광신자 놈들이 무슨 도움이 되겠어."

쇳소리 섞인 목소리를 듣자마자 저릿한 감각이 사샤의 등골을 타고 내려갔다. 그자였다. 네이판키아들을 학살하고 아르마티스 마을을 포위했던, 심지어 지하 미궁까지 따라왔던 그자, 한쪽 손에만 장갑을 낀 자. 카로단 마이프허.

그자가 어째서 여기 있는지 모르겠지만 심지어 혼자가 아니었다. 최소 수백 명이라지 않는가? 사샤가 눈을 크게 뜨고 노려보는 가운데 로브를 입은 자, 즉 빌리반드 라고트가 말했다.

"시간이 많지 않습니다. 그의 상태가 점점 나빠지고 있습니다."

"대체 왜 그러는데? 뭐가 문제야? 더워서 살기가 싫어졌대? 옛날 일이라도 생각난 거야?"

"아니오. 기억은 그대로입니다."

"그럼 왜 자꾸 비실비실 죽어가는 거야?"

"아마도, 너무 많은 생명이 짓누르기 때문이겠지요."

카로단이 입을 다물었다가 다시 물었다.

"뭘 좀 먹긴 해?"

"여전히 아무것도 못 먹습니다."

"제기랄. 그놈이 죽어버리면 어떻게 된댔지? 우리 모두 같이 자빠져 죽어버리나?"

빌리반드가 대답하지 않자 카로단이 벌떡 일어나 두 팔을 휘둘러보았다. 주먹을 쥐고 테이블을 몇 번 쳐보더니 고개를 흔들었다.

"여전히 믿기 힘든 얘기란 말이야. 이렇게 멀쩡한 내가 갑자기 픽 쓰러져 죽는단 말이지."

"확인된 건 아닙니다. 저도 이런 형태의 주문은 처음 걸어봤으니까요."

"여하튼 멀쩡할 리는 없다는 거잖아. 솔직히 말해 봐. 그놈이 죽고 나면 내가 죽을 확률이 얼마나 돼? 열 중 아홉은 죽나? 아니면 백 중 구십구 명은 죽나? 모른다고 했지만 추측이란 게 있을 거 아니야. 자네 자신에게도 적용되는 문제니까. 여기서 당장 목을 매도 별로 차이는 없는 정도야?"

빌리반드가 잠시 사이를 두고 대답했다.

"그렇게까지 솔직하고 싶지는 않군요."

카로단은 입을 다물었다. 초조한 듯 입맛을 다시는 소리만이 들렸다. 사샤는 이들이 나누는 이야기의 뜻은 잘 몰랐지만 하여튼 죽게 됐다는 이야기 같아 유쾌해졌다. 두 종족을 학살하고 마을을 파괴한 걸 생각하면 이놈들은 한시라도 빨리 죽어 없어지는 편이 좋았다.

그런 기분 때문에 무심코 움직였던 것일까. 빌리반드가 사샤가 있는 쪽을 돌아봤다. 사샤는 바짝 긴장했지만, 카로단이 말하기 시작하자 빌리반드는 곧 다시 그쪽을 보았다.

"그래. 탑에 가면 해결돼. 이제는 죽지 않기 위해서라도 가야 하는군. 잔스노플 놈들을 때려 부수고 있으면 사라딕인가 하는 놈이 열쇠를 가지고 온다 그거잖아. 어려울 건 하나도 없어. 부족한 건 시간뿐이군."

"사라딕이라는 자의 요구를 모두 들어주어도 약속을 지키리라는 보장은 없어 보입니다. 이자들이 약속을 어기는 데는 온갖 이유가 존재하는 모양이니까요."

"알 거 없어. 그까짓 마법도 모르는 자들이 우리의 상대가 되겠나? 우린 그 마법사만 신경 쓰면 돼. 하긴 그놈도 이미 은퇴해버린 것 같지만 이번 기회에 확인해 보자고. 그러고 보니 아예 우리 쪽에서 잔스노플인지 뭔지로 쳐들어가면 어때? 진용을 다 갖춰 올 때까지 예의바르게 기다릴 필요가 뭐가 있어?"

빌리반드가 낮은 한숨을 내쉰 뒤 말했다.

"그러기엔 거리가 너무 멉니다."

"그래서 이대로 기다리자고? 우리가 언제 죽을지도 모르는데?"

"현실적으로 가장 빠른 방법입니다. 그들은 이미 출발했을 테니까요. 사라딕도 마찬가지고요."

카로단은 여전히 초조한 표정이었다. 승리를 예상하면서도 불안감을 떨치지 못하고 무엇이라도 확인하려 했다.

"사라딕은 어디까지 왔다고 했지?"

"그건 모르겠습니다만, 남쪽으로 며칠 떨어진 테야르라는 마을에서 뭔가 해볼 계획이라고 했습니다. 여길 파괴하는 것은 부담스럽겠지요."

"거리가 어느 정도는 되는군. 그래, 몇 천 군대가 어쩌고 하는 건 좀 허세가 섞였겠지만 그래도 체면이 있다면 어느 정도는 될 거야. 절반은 되겠지? 그만하면 인간 장벽으로는 충분하잖아? 아르마티스 부락에서 대치했던 때보다는 낫겠지? 당신 생각은 어때? 천 명만 되어도 마법으로 순식간에 쓸어버리는 건 어렵잖아?"

"모릅니다."

빌리반드의 대답이 너무 간결하자 카로단은 역정을 냈다.

"그게 대답이야? 누가 책임지래? 당신도 마법사면서 그 정도 감도 못 잡아? 게다가 같은 학교라면서? 대충 수준이란 게 있잖아. 일반적인 예상 말이야."

"우리가 상대하려는 자는 일반적인 마법사가 아닙니다."

카로단의 목울대가 꿈틀거렸다. 잠시 침묵이 흘렀다. 당장이라도 벌컥 소리를 지를 것 같았지만 그는 그러지 않았다. 대신 말했다.

"어제도 무슨 일이 있었지? 이제 정신 좀 차렸나?"

"지금부터 가볼 참입니다."

카로단이 킬킬거렸다. 자조적인 웃음이었다.

"그래. 가서 어린애처럼 곱게 달래줘. 쓸데없는 얘긴 하지 말고. 아무것도 몰라야 더 오래 살아. 그건 틀림없어. 뭔가가 궁금한 인간은 쉽게 죽지도 않거든."

빌리반드는 인사만 하고 돌아섰다. 이어 문을 열었다가 다시 카로단을 돌아봤다. 사샤는 기회를 놓치지 않고 빠져나가 벽 구석에 생긴 가느다란 그림자 속에 몸을 숨겼다. 빌리반드가 말하는 소리가 들렸다.

"미리 말씀드리지만, 인간을 장벽으로 삼는 것에 저는 더 이상 찬성하지 않습니다. 결국 전장은 여기가 될 겁니다."

"웃기지 마. 그자는 마법을 잃었어. 만에 하나 되찾았다면 이런 데서 하는 대결은 절대로 사양하겠어. 난 아직 할 일이 많거든."

문이 닫혔다. 밖으로 나온 빌리반드는 다시 위로 올라갔다. 사샤는 사이를 두고 천천히 몸을 움직였다. 머리 위에서 문이 닫히는 소리가 들렸다. 꽤 육중한 문인 듯했다.

뒤따라 한 층 올라간 사샤는 주위를 둘러봤다. 그가 선 곳은 저택의 꼭대기였다. 본래는 더 높이 지으려 했는지 사방에 만들다 만 벽이 솟아 있었다. 서늘한 바람이 밀어닥치자 조금 추워졌다. 그러나 그보다 옷자락이 펄럭이는 것이 문제였다. 사샤는 궁리하다가 웃옷을 벗어 허리에 감았다.

한쪽에 마치 탑 같기도 하고 작은 집 같기도 한 곳이 보였다. 다른 문이 없는 걸 보면 빌리반드는 저곳으로 들어간 듯했다. 사샤는 다시 그림자밟기를 시작했다.

탑 모서리에 이르러 보니 뒤편은 반들반들한 벽이어서 거머잡을 것이 없었다. 사샤는 위를 올려다봤다. 먼저 신발을 벗고, 처마를 붙들고 매달렸다가, 벽을 차며 한 바퀴 돌아 지붕 위로 올라갔다. 가파른 지붕 사면을 맨발로 세 발짝 만에 넘어가 아래를 내려다봤다. 저택 모서리에

면한 벽에 창이 하나 있었다. 사샤는 지붕의 경사면에 착 붙어 엎드린 채 조금씩 앞으로 나아가 안쪽을 들여다봤다.

꽤 넓은 방 안에 촛불 한 자루뿐이라 내부를 알아보기가 어려웠다. 촛불이 켜진 책상에 다가앉은 누군가의 윤곽이 빌리반드인 것 같았다. 귀를 잘 기울여 보니 누군가가 자고 있는 듯, 낮은 숨소리가 흘러나왔다. 그러다가 소리가 뚝 멎었다. 이불을 젖히는 소리와 함께 뭔가가 절그렁대는 소리가 들렸다.

"잘 잤나?"

빌리반드가 펜을 놓더니 책상을 등지고 돌아앉았다. 그가 바라보는 쪽에 침대가 있는 듯했다. 침대에서 누군가가 일어나 앉는 동안 다시 절그렁대는 소리가 들렸다. 빌리반드가 촛불을 들더니 램프에 불을 옮겨 붙였다. 그제야 침대에 앉은 사람의 발에 족쇄가 채워진 것이 보였다.

"아니……."

대답하는 목소리가 목이 마른 듯 갈라졌다. 빌리반드가 물 한 잔을 따라 침대로 다가갔다. 물을 건네받은 자는 마시려 했으나 거의 절반은 흘렸다. 머리가 길어 보여 여자일 줄 알았는데 잔을 도로 건네며 말하는 목소리를 들으니 그렇지 않았다.

"고마워."

"좀 더 마시겠나?"

"아니. 됐어. 충분해."

저렇게 침착하게 대답하는 사람이 누굴까?

빌리반드가 잔을 책상에 얹어놓고 돌아와 의자를 끌어다 놓고 남자 앞에 앉았다. 램프가 가까이 놓이자 남자의 모습이 좀 더 정확히 보였다. 손목에도 수갑에 채워진 것이 먼저 눈에 띄었다. 몸 곳곳에는 붕대가 감겨 있었다. 젊었고, 긴 금발머리를 목 언저리에서 묶고 있었다. 불그레한 램프 때문에 황금 양털처럼 빛나는 머리를 본 사샤는 당황해서 미간을 찡그리며 아랫입술을 내밀었다. 설마, 그때 그 채찍을 들고 있던?

"머리 아픈 건 어때?"

"머릿속에 잔돌이 잔뜩 든 느낌이랄까."

"족쇄는 미안하네. 지난밤에 좀 문제가 있어서."

남자가 발을 움직여보더니 쓴웃음을 지었다.

"이건 꽤 무겁군. 혹시 누가 다쳤나?"

"두 명 정도. 하나는 팔이 부러졌지."

"사과를 전해달라고 해봤자 전해질 리도 없고, 전해진들 받아들여줄 리도 없고, 그냥 나 혼자 미안하게 생각하는 도리밖에 없겠지."

듣고 있자니 또 하나 어처구니없는 깨달음이 왔다. 남자의 말투며 억양은 완벽한 상류층의 것이었다. 아르나브르 부랑아들이 길에서 얻어듣기만 해도 그날 재수 옴 붙었다고 하는, 고상하신 귀족 방언 말이다. 예전에는 입을 열지도 않았으니 몰랐던 사실이었다. 그 점을 깨닫고 보니 외모에서도 귀족 냄새가 물씬했다.

빌리반드가 말했다.

"오늘은 평소보다 정신이 맑아 보이는군. 이따가 날이 밝으면 뭔가 좀 들어보면 어떤가."

"아니. 음식은 소용없어. 역겹지. 구토를 부를 뿐이야."

"하지만 자네 몸에는 여전히 그게 필요해."

"그런들 무슨 소용인가? 어차피 썩어갈 텐데. 거름더미 위에 조금의 오물인들 더하고 싶지 않아."

"그러면 자네는 기억을 되찾기도 전에 죽겠지."

"찾아서 뭘 하나? 오래 전에 내게 기쁨이 있었고 영광이 있었다 한들 무슨 소용이 있겠나? 모두 다 잃고 이런 꼴이 된 내게. 자살하고 싶은 기분만 더해줄 뿐이지."

남자는 수갑을 찬 손으로 이마를 문지르고 관자놀이를 눌렀다. 빌리반드가 조용히 물었다.

"정말로 전혀 기억나지 않나?"

잠시 침묵이 흐르더니 남자가 대답했다.

"솔직히 말해 전혀 기억나지 않는 건 아니야. 가끔 조각들이 수면 위로 떠오르지. 하지만 그런 게 무슨 도움이 되겠나? 그냥 제정신을 찾은 걸로 충분해. 완전한 제정신이 아닌 건 아쉽지만."

"자네가 누구인지 궁금하지 않단 말인가? 정말로?"

남자가 발밑을 내려다보더니 웃음을 터뜨렸다.

"지금보다는 나은 사람이었겠지. 아닌가? 그리고 다리에서 봤던 그 친구도 마찬가지겠지? 그는 나를 알아보고 넋을 놓은 것 같더군. 우린 서로 목을 졸랐지만 서로를 위해 차라리 고마운 일이었어. 둘 다 죽어버리면 그런 우스꽝스러운 재회 따윈, 다시는 안 해도 될 테니까. 뭔가가 떠오를 때마다 사실 화가 나거든. 구더기들 속에 몸을 반쯤 담근 채, 난롯가에 둘러 앉아 웃고 떠들던 기억 따위 떠올려 봤자……."

남자가 발작적인 기침을 하기 시작했다. 쉽사리 멈추지 않을 기세였다. 빌리반드가 일어나 큰 병을 가져왔다. 남자는 그 안에다가 뭔가를 한참 동안 게워냈다. 이윽고 기침이 가라앉자 남자는 다시 키득키득 웃었다.

"어차피 난 죽어가고 있어. 아니면 이미 죽었든가. 어젯밤 꿈에는 어떤 여자애가 나타났는데 내 동생인 것 같더군. 맞나? 나한테 동생이 있었나? 어쨌든 그 애가 나한테 미안하다고 하더군. 난 미안할 짓을 하지 말라고 했어. 그 애는 이미 해버려서 어쩔 수 없다고 하더라고. 난 너한테 내 동의 따윈 필요 없지 않았느냐, 그러려면 용서도 바라지 말라고 소리쳤지. 그러자 등 뒤에서 누가 날 붙잡았어. 내가 동생을 때릴 것 같았던 모양이지? 난 왜 그렇게 화가 났던 걸까? 이젠 기억조차 나지 않는데. 그 애는 어떻게 됐지? 혹시 내가 그 애를 죽였나? 꿈속에서는 꼭 그럴 것만 같았는데?"

"아니."

남자가 어깨를 떨었다. 웃는 듯 우는 듯 묘한 소리가 흘러나왔다. 숨소리가 거칠었다.

"그랬군. 결국 아무것도 못했나 보군. 지금보다 나은 사람이었을 거라는 말은 철회해야겠어. 다리에서 그 친구가 목을 조를 때 그냥 가만히 있어야 했는데. 이름조차 생각나지 않지만, 빚을 진 느낌이 들었거든. 그 친구한테. 친구가 맞겠지? 혹시 형제였나? 얼굴을 봐선 아닐 것 같지만, 그런데 마치 형제 같은…… 그런 느낌이 들었어."

"알고 싶나? 그와 네가 어떤 사이였는지?"

남자는 바로 대답하지 않았다. 기침도, 거친 숨도 가라앉았다. 이윽고 그가 나직이 말했다.

"아니. 모르는 편이 낫겠어."

"그래."

빌리반드가 일어나더니 한쪽 구석에서 상자를 가져와 열고 새 붕대를 꺼냈다. 남자는 빌리반드가 하는 대로 얌전히, 실은 넋을 놓고 앉아 있었다. 낡은 붕대를 풀자 상처인지 피딱지인지 모를 시커먼 자국이 앙상한 몸 곳곳에 흩어져 있었다. 빌리반드는 물수건을 집어 나무 탁자를 닦듯 그것들을 닦아냈다. 남자는 잠자코 있었다. 고통스러워하는 기색도 없었다.

"며칠 있으면 싸움이 벌어질 거야. 그때까지는 버티어주게. 그 뒤로는 자네 선택에 맡기지. 옛 일이 궁금하다면 말해줄 테고, 죽고 싶다면 그러도록 도와주겠네. 조금만 기다려줘."

남자는 아무 대꾸도 하지 않았다. 빌리반드의 목소리가 속삭이듯 낮아졌다.

"미안하네. 모든 것에. 진심으로."

새 붕대를 감고 검게 얼룩진 붕대를 모아 든 빌리반드가 밖으로 나갔다. 잠시 후, 혼자 남은 남자가 일어나 족쇄에 묶인 발을 질질 끌며 빌리반드가 앉아 있던 책상 앞으로 갔다. 책상 뚜껑을 열어보고, 책 틈새를 뒤지며 무언가를 찾는 것 같더니 곧 침대로 돌아가 누웠다.

남자를 보느라 사샤는 등 뒤에서 인기척이 난 것도 느끼지 못했다. 그러다가 문득 깨닫고는 바짝 긴장해 몸을 지붕과 밀착시켰다. 막 멎었던 발소리가 다시 나더니 계단 쪽으로 멀어졌다. 사샤는 귀를 기울였지만 바람 소리 때문인지 계단을 내려가는 소리는 들리지 않았다. 그래서 일단 기다렸다.

상대가 가만히 서 있으리라고 보기에는 꽤 긴 시간이 흐르고 나자 사샤는 느리게 몸을 일으켰다. 그리고 지붕에서 미끄러져 내려왔다. 벽 그림자를 따라 빙 돌아 계단 쪽으로 다가갔다. 막 내려가려는 참인데 갑자기 목소리가 들렸다.

"기다려."

누구한테 하는 소리인가? 사샤가 움찔하는데 계단 밑에서 밝은 빛이 뻗어 나왔다. 사샤는 앞서 들은 소리는 완전히 잊고 펄쩍 뛰어 반대쪽으로 달려갔다. 빛이 사샤를 덮쳤다. 그 직후 사샤는 만들다 만 벽 아래쪽 그늘로 숨어들어갔다.

계단 쪽을 보니 빌리반드가 천천히 걸어오고 있었다. 그가 사샤가 선 그늘을 바라보았을 때 사샤는 거의 포기할 뻔했다. 하지만 빌리반드는 곧 다른 곳으로 시선을 돌리며 말했다.

"이걸로 풀리지 않았다니 놀랍군."

빌리반드가 멀찍이 떨어진 그늘 쪽으로 가자 사샤는 천천히 걸음 수를 세다가 숨을 한 번 크게 들이쉬고는 계단 쪽으로 달려갔다. 기척을 들은 빌리반드가 돌아봤을 때는 이미 두 바퀴나 돌아 내려갔다. 그때 아래쪽에서 다른 기척이 들려와 그는 더 내려가려던 계획을 포기하고 계단참 그늘로 미끄러져 들어갔다.

빌리반드는 서둘러 달려오는 대신 손가락을 한 번 튕겨 계단참의 램프에 불꽃을 불어넣었다. 이어 아래에도, 그 다음 램프에도 불이 켜졌다. 통로 전체가 환해졌다.

빌리반드가 램프를 뽑아들고 계단을 내려오기 시작하자 사샤가 숨은 계단참 구석의 그림자는 점점 옅어졌다. 사샤는 그대로 뛰어 내려갈까 고민했지만 아래쪽 복도를 지나가는 병사들의 목소리가 뚜렷해졌고, 더 이상 숨을 그림자도 없었다. 그림자 없이 달려 내려가기에는 남은 계단이 너무 길었다. 병사들에게 잡히는 편이 나을까, 아니면 이 마법사가 나을까?

어느 쪽이든 마찬가지일지 모른다. 사샤 앞을 가로막은 빌리반드가 손을 뻗어왔다. 앞을 더듬다가 사샤의 손을 덥석 쥐었다. 마치 유령의 손을 쥔 꼴이었지만 빌리반드는 놀라지도 않고 말했다.

"넌 아이로군."

사샤는 무슨 말을 하면 좋을까 잠깐 궁리하다가 대꾸했다.

"너희가 아주 많이 죽였던, 그런 아이지."

빌리반드의 눈썹이 꿈틀했다. 그가 램프를 높이 들자 그림자는 사라졌다. 빌리반드는 모습이 드러난 사샤를 조용히 바라보고 있다가 말했다.

"우린 구면이군."

이렇게 마주쳐서 놀란 기색은 없었다. 여기가 아니더라도 어디서든 곧 만나리라고 생각해 온 태도였다. 빌리반드가 지나칠 정도로 침착해서 사샤는 상대를 어떻게 대해야 할지 조금 헷갈렸다. 그러다가 곧 태도 따위가 무슨 소용인가 싶었다. 어차피 저자가 관심 갖는 사람은 사샤가 아닐 테고, 새삼 비굴하게 군들 숨어들어왔다가 잡혔다는 사실이 달라질 것도 없고, 키릴의 행방에 대해 사샤가 해줄 말도 없었다.

"응. 다시 만나긴 싫었지만. 우리한테만 운이 따르란 법은 없지."

빌리반드가 사샤의 뺨에 손을 대고 무어라 주문을 외웠다. 잠시 후 손을 뗀 그가 말했다.

"주문은 그거 하나뿐이군. 그가 걸어 주었나?"

"키릴은 너희도 알다시피……."

사샤는 하려던 말을 멈추고 입을 비죽거렸다. 저쪽도 다 알고 있는 모양이지만 그렇더라도 키릴이 힘을 되찾지 못했다고 주지시켜 줄 필요는 없을 것 같았다.

"그렇게 친절하지 않다고."

마법사인 빌리반드는 사샤와 접촉하는 것만으로 아밀이 걸어 준 주문을 알아낼 수 있는 모양이었다. 키릴이 아니라면 누가 걸어 준 주문이냐고 물을 것 같았지만 빌리반드는 그런 것에 관심이 없었다.

"그림자 속에 숨는 주문으로 사막을 건널 수는 없지. 결국 너희는 인도를 받았고, 우리는 알아서 해내야 했다는 뜻이군. 운명이란 확실히 사람을 차별하지. 처음부터 그랬어. 아니, 이런 말을 한다면 키릴로차가 화를 내려나?"

빌리반드의 한쪽 입가가 올라갔다. 사샤는 상대가 무슨 소릴 하는지 몰랐지만 이 마법사가 말한 이름 때문에 조금 놀랐다. 키릴로차? 한 번도 들어본 적은 없지만 이쪽이 본명인 것 같지 않은가.

그러고 보니 조금 전에 카로단의 입에서 '같은 학교'라는 말을 들었던 생각이 났다. 정말로 둘은 아는 사이란 말인가?

"우리한테 딱히 좋은 일은 없었어. 지금 내 꼴을 보면 알겠지만. 그리고 키릴이 어디 있는지 물어봐도 소용없어. 나도 몰라."

"그렇더라도 찾을 생각이겠지."

"글쎄, 그러면 좋겠지만 어디서 찾아야 할지도 모르겠어. 도움이 못 돼 미안하네?"

"아니. 상관없어. 그보다는 조금 전에 흥미로운 장면을 봤을 것 같은데. 그에 관해 잠시 얘기 좀 할까?"

"뭘 말이야?"

아무것도 모르는 것처럼 눈을 동그랗게 떠 보였지만 소용없었다. 빌리반드는 사샤의 손을 휘감아 쥔 채 계단을 도로 올라가 카로단의 방이 있던 그 층으로 갔다. 몇 번인가 떨쳐보려 했지만 손은 붙어버리기라도 한 듯 끄덕도 하지 않았다.

카로단의 방 앞을 지나쳐 복도 맞은편 끝까지 걷는 동안 빌리반드가 말했다.

"키릴로차와는 어떻게 알게 됐지?"

"그냥 지나가다가?"

"자기 얘길 해준 적 있나? 어린 시절이라든가."

"아까 말했잖아. 말하기를 싫어한다고."

이런 질문은 왜 하는지 몰랐다. 사샤는 슬슬 미심쩍어졌다.

"친구들 얘기도 한 적이 없나?"

문득 이진즈 숲에서 이베카에게 맹세할 때 들었던 이름이 떠올랐다. 하지만 굳이 말해줄 필요는 없을 것 같았다.

"작작 웃겨. 그렇게 굴어도 친구가 남아 있을 것 같으면 돌멩이도 조금만 노력하면 사교계의 여왕이 되겠다?"

갑자기 빌리반드가 웃음을 터뜨렸다. 쿡쿡거리는 웃음이 그치고 나서 고개를 든 빌리반드는 어쩐지 젊어 보이는 표정을 하고 있었다.

"그래. 그럴지도 모르지. 예전에도 요령 있는 편은 아니었어. 차이가 있다면 그때는 온 세상이 그 녀석을 돕지 못해 안달이었고, 그날 이후로는 반대가 되었달까."

무슨 소릴 하든 조용히 들어야 할 입장이긴 했지만 결국 사샤는 인상을 썼다.

“당신, 키릴하고 아는 사이야? 그리고 하고 싶은 말이 뭐야? 키릴이 이렇게 됐다고 비웃는 거야? 보아하니 예전에 키릴이 잘 나갈 때 운만 좋은 놈이라고 욕했나보지?”

“그렇지는 않았어. 그러기에는 너무 압도적으로 빛났으니까. 궁금하긴 했어. 저런 사람의 인생 후반은 어떤 것으로 이뤄져 있을까.”

복도 끄트머리의 방으로 들어간 빌리반드는 램프를 켜지도 않고 창가로 갔다. 사샤는 수상한 기분이 들어 창 너머를 흘끔거렸다. 빌리반드가 말했다.

“더 궁금해 할 필요는 없겠지. 재회는 정해졌으니. 누구도 원치 않는 재회지만 키릴로차도, 마이프허 경도, 포기하지 않을 테니 어쩔 수 없는 일이지. 나 따위가 무엇을 원하든 원하지 않든. 우린 본의 아니게 많은 피를 흘릴 수밖에 없어.”

‘본의 아니게’ 라는 말이 거슬린 사샤가 빌리반드를 쏘아봤다.

“남의 얘기하듯 하시네? 아르마티스 마을에서 족장님이랑 그 많은 사람들을 아무렇지도 않게 죽여 놓고서? 그때도 본의는 아니었다 그건가? 본의만 아니면 어이쿠 미안합니다, 하고 넘어가면 되는 거야?”

“그때도 본의가 아니었지.”

빌리반드는 사샤의 분노에 맞대응하지 않았다. 조금까지와 다를 바 없는 얼굴로 대답하더니 말을 이었다.

“다만 넌 알아서는 안 되는 것을 봤어. 어떤 사람은 그런 문제를 간단하게 해결하는 방법을 아는 모양이지만, 난 그런 방법을 싫어해. 그러니 얼마간 이곳에 머물러줬으면 좋겠군."

빌리반드의 손에서 실타래 같은 것이 뻗어 나와 사샤의 팔에 달라붙었다. 사샤는 당황해서 팔을 비틀어 빼려 했지만 소용없었다.

"내가 보긴 뭘……."

빌리반드가 한 발짝 물러섰다. 실타래는 거미집처럼 사샤의 몸을 휘감아 그의 몸을 벽에 붙였다. 발버둥 쳐 봤지만 고작 벽을 몇 번 걷어찼을 뿐이었다. 소리치는 것이 옳을까? 잠깐 망설이는 사이에 실타래는 사샤의 입가조차 휘감아버렸다. 이어 뭔가가 번쩍, 하더니 사샤의 눈이 감기며 몸이 늘어졌다.

깜빡 잠이 들었던 듯했다. 주변은 여전히 어둑했지만 창에서 희미한 빛이 들어왔다. 곧 해가 뜨거나 지려는 것처럼. 정신을 차려보려 애써도 자꾸만 혼곤한 잠이 밀려들었다. 동시에 답답하고 끈끈하고 더웠다. 입술을 뒤덮은 희고 불쾌한 실 꾸러미도 그대로여서 욕도 퍼부을 수가 없었다.

몸을 움직일 수 없다면 머리를 맑게 할 방법은 생각하는 것뿐이었다. 사샤는 간단한 것부터 차근차근 생각했다. 지금은 몇 시일까. 새벽이라면 이런 꼴이 된 지 두어 시간쯤 흐른 것이고 황혼녘이라면 하루가 간 것이다. 하지만 하루를 굶었다고 보기에는 배가 그리 고프지 않았다. 아무래도 새벽녘이 아닐까?

누구든 자신을 구하러 올까? 그럴 사람은 없었다. 지금 당장이 아니라 해도 언젠가 누가 올 것인가? 동료들이? 그들이 어디 있기에?

추측할 실마리는 있었다. 빌리반드는 두 사람이 이미 출발해서 이리로 오고 있다고 했다. 그들은 누구인가? 한 명은 사라딕이다. 또 하나는 잔스노플에서 오는 누군가이다. 그는 마법사였고, 카로단은 그를 겁내고 있었다. 그렇다면 그 사람은 틀림없이 키릴이다.

마지막으로 헤어질 때 마법조차 잃고 수상쩍은 자들의 손에 떨어졌던 키릴이 어떻게 잔스노플이라는 곳까지 갔는지는 모를 일이었지만, 사실이라면 대단히 성공적으로 살아남은 셈이었다. 그런 처세술이 있을 줄은 몰랐는데. 다음에 만나면 칭찬이라도 해줘야 하나. 어쨌든 얼마간 기다리면 키릴이 이곳으로 온다. 그런 다음에는 분명…….

갑자기 비주를 두고 왔다는 점을 떠올린 사샤는 얼굴을 찌푸렸다. 비주를 두고 혼자 도망 나와 이렇다 할 성과도 올리지 못했는데 기껏 구조나 받아야 할 처지란 말인가.

그런데 생각을 할수록 미심쩍었다. 알 듯 알 듯 하면서 쉽사리 또렷해지지 않는 것이 있었다. 사샤가 얻은 정보 안에 뭔가가 있었다. 중요한 무언가가.

거기까지 생각했을 때 부르는 소리가 들렸다.

"카샤, 카샤."

사샤는 고개를 돌릴 수가 없어서 열심히 눈을 굴려 창가에 선 그림자를 보았다. 그림자만으로 식별이 되지는 않았지만 그를 카샤라고 부를 사람은 한 명뿐이었다. 아밀이다. 그런데 아밀이 정말로 그를 찾으러 왔단 말인가? 그가 여기 있는 줄 어찌 알고서?

게다가 어떻게 여기까지 왔지?

"카샤. 정신이 드니?"

달그락대는 소리가 한참 들리더니 덜컥, 하며 창이 열렸다. 창턱을 넘어 안으로 들어온 아밀은 깊이 숨을 몰아쉬었다. 사샤는 어처구니가 없었다. 아밀이 있던 곳에서 여기까지 오자면 지붕을 타넘거나 벽에 매달려 이동하는 수밖에 없었다. 겁쟁이 아밀이 둘 다 해낼 리가 없는데 어떻게 된 거지?

아밀은 여전히 다리가 후들거렸지만 사샤에게 다가와 감긴 실을 풀어보려 했다. 아밀이 빈약한 힘으로 여기저기 잡아당기고 있자 답답해진 사샤가 눈짓으로 등 뒤를 가리켰다. 돌아본 아밀은 테이블을 발견하고 달려가 이 서랍 저 서랍 열어보았다. 마침 심지 자르는 가위가 하나 나왔다.

아밀은 뛸 듯이 기뻐하며 달려와 그걸로 실을 잘라 보았지만 여전히 한 가닥도 잘리지 않았다. 마법으로 만든 것이기 때문일까? 잠시 고민하던 그녀는 눈을 감았다가 뜨며 말했다.

"내 안의 날카로움으로 가로막는 것을 자르리라."

그러자 가위에서 짧게나마 불길이 일어났다. 아밀은 재빨리 가위질을 했지만 날이 너무 작아서 쥐가 갉아내는 수준이었다. 겨우 몇 가닥 자르고 나니 도로 불이 사그라졌다. 잘라낸 곳이 있으니 혹시 풀리려나 싶어 이곳저곳 당겨봤지만 실 뭉치는 여전히 끄떡도 하지 않았다.

"어쩌지? 어떻게 하면 좋을까?"

초조해진 아밀이 울먹거리자 사샤가 목구멍만으로 소리를 냈다. 입을 막은 것부터 잘라보라는 뜻이었지만 아밀이 알아듣기까지는 한참 시간이 걸렸다.

"아아."

간신히 알아들은 아밀이 의자를 끌어다 놓고 올라섰다. 한 번 더 주문을 걸고 사샤의 입가를 가린 실을 잘랐다. 겨우 입이 자유로워진 사샤가 먼저 한숨을 깊이 내쉰 다음 물었다.

"야, 너 어떻게 여기까지 왔어?"

"생각보다는 가까웠어. 조금만 기어 올라오면 됐어."

"네가? 벽을 타고 올라왔다고? 나 참. 내가 여기 있는 줄은 어떻게 알았어?"

"난 네가 어디 있든 알 수가 있잖아."

하긴 생각해보니 그랬다. 낮에도 아밀은 어느새 사샤 앞에 나타났었다. 사샤는 놀랍기도 했지만 내심 감탄해서 말했다.

"너도 마음만 먹으면 다 할 수가 있구나. 굉장한데."

그러자 아밀이 고개를 저으며 속삭였다.

"아니야. 무서워서 그런 거야. 나, 혼자 기다리는 동안 정말 무서웠어. 네가 혹시라도 죽어버렸을까 봐. 지금도 무서워. 널 만나고서 처음으로 희망을 품었는데. 다시는 혼자 남고 싶지 않아."

아밀은 다시 주문을 걸어 실들을 잘랐다. 주문은 고작 다섯에서 열을 셀 정도면 사라졌고, 그럴 때마다 아밀은 다시 주문을 걸었다. 열 번을 넘어가자 이마에 땀이 송골송골 맺혔다. 어떨 때는 주문이 잘못 걸렸는지 한 가닥도 자르기 전에 사라지곤 했다.

한참 걸린 끝에 겨우 사샤의 한쪽 팔이 자유로워졌다. 사샤는 있는 힘을 다해 나머지 실을 뜯어내고 발을 빼냈다. 그런 다음 아밀의 가위를 낚아챈 뒤 손을 움켜쥐며 말했다.

"이야, 네가 내 구원자네. 이 은혜 잊지 않을게."

아밀은 술이라도 취한 것처럼 비틀비틀 했지만 겨우 웃어 보였다.

"은혜는 무슨……. 그런데 어쩌다 그런 꼴을 당했어?"

"열등감에 시달리는 마법사 놈한테 걸려서. 다음번에 만나면 톡톡히 값을 쳐 받을 테다."

치기 어린 선언처럼 들려도 사샤는 나름대로 자신이 한 말을 지키며 살아왔다. 겁쟁이 소녀의 심지가위에 구원을 받다니, 무척 고맙지만 그런 꼴로 만든 자는 가만히 두지 않을 작정이었다. 그 나름의 방식으로.

사샤는 생각하느라 콧잔등을 찡그렸다가 곧 싱긋 웃었다.

"일단 여기부터 빠져나가자. 이제 너도 벽 잘 타지?"

날이 부옇게 밝아올 무렵, 사샤와 아밀은 고요한 거리를 걷고 있었다. 사샤는 생각에 잠겨 있어 아밀이 불러도 잘 대답하지 않았다. 비척거리며 연달아 하품을 하던 아밀이 결국 멈춰 서더니 말했다.

"나 너무 졸려."

사샤는 대답하지 않고 몇 걸음 더 걷다가 멈춰 섰다. 그러더니 아밀을 돌아봤다.

"너, 나한테 걸어준 마법 말이야. 아직 안 풀린 것 같은데 얼마나 갈까?"

"나야 모르지 뭐."

"혹시 며칠쯤 더 갈 가능성도 있을까?"

"지금까지 안 풀린 걸 보면 그럴 수도 있겠지만……."

아밀은 머뭇거렸지만 사샤가 기대에 찬 눈빛을 보내자 결국 말을 이었다.

"아주 낙관적으로 생각하면 한 달이나…… 실은 몇 달쯤 갈 수도 있어."

"뭐야? 그러다가 영영 안 풀리는 거 아니야?"

"솔직히 그럴 가능성도 없는 건 아니야. 하여튼 난 잘 몰라. 내가 건 게 아니라 봉헌 보석의 힘이라고 했잖아. 누가 만든 건지도 모르는데 어떤 힘이 있는지 어떻게 알겠어."

사샤는 입을 꾹 다물며 생각하더니 주머니에 손을 넣었다가 뺐다. 잡동사니 몇 가지가 걸려 나왔다. 사샤는 다른 손으로 아밀의 손목을 잡더니 말했다.

"우리 할 일 생겼어. 잘 되면 널 반드시 고향에 데려다줄게. 물론 키릴은 싫어하겠지만 어쨌든 난 네 덕분에 살았으니까. 따라와. 이제부터 아주 바빠."

그로부터 몇 시간 뒤 시장이 열리는 시각, 사샤는 높다란 담장 위에 혼자 비스듬히 앉아 아래를 굽어보고 있었다. 지나가는 사람이 점점 많아졌다. 몇몇은 올라앉은 사샤를 흘끔거리기도 했다. 사샤는 신경 쓰지 않고 시장 구석구석을 주시했다. 그가 찾는 것은 구경거리였다. 난전이 열리는 날, 정오가 되기 전에는 분명히 구경거리가 생겨난다. 그러면 사람이 모인다. 그런 곳에는 사샤가 필요로 하는 존재들이 반드시 한몫 끼게 되어 있다.

부랑아들.

11

심판 카드

그 작은 역할, 그것을 얼마나 하기 싫다고 생각했던가.
그건 또 얼마나 오만한 생각이었던가.
아스트리한은, 아버지는, 그 작디작은 일을 위해
고귀함을 잃어버린 자들이 주는 치욕조차 견뎌낼 텐데.
또한 그들은 대가 없이 스스로 고귀함을 한 겹씩 벗어 내던진 결과
흙발의 나신이 되었는데.

미로의 인도자

며칠 뒤, 잔스노플 지배자의 성으로 초청을 받은 지지에는 전혀 놀라지 않았다. 충분히 그럴 만했다고 생각했다. 어제 오후, 지지에의 점을 보려는 사람은 작은 광장 하나를 메우다시피 해 사람들의 통행을 심하게 방해했다. 근방 상점들의 영업은 반쯤 마비되다시피 했다. 만약 다음날도 시장에 나타났다가는 좌판을 차리기 전에 몰매부터 맞을 지경이었다. 그나마 첫날 영업을 시작하기 전에 주위 상인들의 점을 먼저 봐주었기에 지금껏 참아준 듯했다.

그런 상황에서 시의 적절하게 하자리인가 하즈르인가 하는 자가 성으로 불러들여준 것이다. 지지에는 그날 아침에 문을 연 상점들을 돌아다니며 꽃 한 송이씩과 행운의 말을 던져주고 그곳을 떠났다. 혹시 돌아올 때를 대비해서. 꽃은 어제 어떤 꽃장수가 그녀의 점괘에 기뻐하며 남은 꽃을 한꺼번에 안겨준 것이었고 행운의 말은 골말과 대륙의 격언을 대충 섞어 만들었다.

성으로 들어선 지지에는 규모에 꽤 놀랐지만 조금 지나자 싫증이 났다. 비슷비슷한 건물을 열두 개째 통과할 무렵에는 입속으로 되뇌고 있었다. 이렇게 멀리까지 부르려면 가마라도 보내줄 것이지, 이 개념 없는 작자가.

열세 개째를 통과하고도 개념 없는 작자는 모습을 드러내지 않았다. 그녀를 안내한 자는 꽤 지체 높은 관리인 듯했는데 열네 번째 집에 이르러 안으로 들어가라고 몸짓하며 말했다.

"이곳에서 기다리시우시오."

그러더니 가버렸다. 무엇을 기다리라든가, 언제까지 기다리라든가, 그런 설명도 없었다. 할 수 없이 지지에는 집 앞의 네모진 연못가에 앉아 다리를 흔들거리며 햇볕을 쬐었다.

오랜만에 고요했다. 주위에는 아무도 없었다. 말을 할 필요도, 들을 필요도 없었다. 지분거릴 사람도, 비위를 맞춰야 할 사람도 없었다. 그저 조용했다. 그게 달갑지만은 않았다. 오히려 불안했다. 아무것도 없자 무엇으로든 채워야 할 것 같은 기분이었다.

이런 말 저런 말 궁리해보기도 하고, 이런저런 손놀림을 해 보기도 하고, 웃었다가 찡그렸다가 해보고, 그러다가 다 귀찮아져 연못 속 수련을 멍하니 바라보고 있자 저절로 생각이 꼬리를 물며 지난 일들이 떠올랐다. 지지에는 진저리를 치며 고개를 흔들었다. 그래서 그녀가 가만히 있는 것을 싫어하는 것이다.

일부러 수련 잎을 셌다. 잔돌도 주워 열심히 튕겨 보냈다. 헤어진 일행이 떠오르자 카드를 꺼내 점을 쳐 보았다. 대충 잘 있다는 답이 나오자 고개를 흔들며 카드를 치워버렸다. 그러면서 생각했다. 내 주제에 남들 걱정은. 나보다는 훨씬 잘들 있을게 뻔하지. 모두 나보다 잘났는데. 아참, 짐만 되는 전직 마법사는 빼고.

키릴을 생각하자 어쩐지 머릿속이 어지러워졌다. 지지에는 햇빛을 견디기 힘든 것처럼 얼굴을 찡그리고 있다가 벌떡 일어나 주위를 돌아다니기 시작했다.

작은 연못과 집 주변은 담으로 둘러쳐졌고 나무가 우거져 그 너머는 보이지 않았다. 낮에 왔는데 어느새 해가 저물어가는 중이었다. 초대를 받은 입장이라 웬만하면 예의를 지키려 했지만 슬슬 너무하다는 생각이 들었다. 죄를 지어서 온 것도 아니고, 언제까지나 기다릴 의무 같은 건 없잖아?

그때까지 지지에는 잔스노플의 지배자가 어느 정도의 권위와 힘을 가진 존재인지 잘 몰랐다. 물론 떠나온 대륙의 어느 왕궁이라 할지라도 초대받은 시인이나 악사 나부랭이가 제멋대로 떠날 자유가 있는 건 아니었다. 하지만 지지에는 왕궁에 초대받아 본 적도 없었고, 캄란으로 건너와 요령 좋게 살아남으면서 지나치게 대담해졌다. 무엇보다 조금 전에 떠올린 기억이 마음속의 용수철을 튕기는 바람에 이대로 기다리지는 않겠다고 마음먹었다. 자기의 발을 잡아 주저앉히려는 인간은 누구든 용서가 안 됐다.

먼저 나무를 이용해 담장 위로 기어 올라갔다. 하지만 나뭇가지 틈에 몸을 숨긴 채 주변을 둘러보고는 이번에야말로 깜짝 놀랐다. 성의 규모가 얼마나 광활한지 사방 어느 쪽을 봐도 끝이 보이지 않았다. 낮에 걸어오며 불평한 정도는 만찬 전에 콩알만 한 잔에 나오는 포도주 한 모금이나 다를 바 없었다. 만약 탈출하고 싶다 해도 어디로 가야 좋을지 갈피를 잡기가 어려울 정도였다.

지지에는 당혹스럽게 주위를 둘러보다가 불현듯 자신이 딛고 선 담장에 주목했다. 담장은 이 집만 둘러싸고 있는 것이 아니라 어디로든 계속해서 연결되고 있었다.

사샤라면 이 위로만 걸어서 어디론가 빠져나갈지도 모른다. 지지에는 사샤처럼 날래지 않았지만 저 아래 걸어 다니는 사람들을 피하기에는 꽤 괜찮은 방법일지도 모른다고 판단했다. 어느 쪽으로 갈까?

마침 멀리서 희미한 음악 소리가 들려왔다. 그녀는 한 번 피식 웃고 나서 소리가 나는 쪽으로 걷기 시작했다. 몇 걸음 걷다가 신발을 벗어 주머니에 쑤셔 넣었다. 소리를 내지 않으려면 맨발이 훨씬 나았다.

연주는 들리다가 멈추고, 다시 들리곤 했지만 지지에는 그리 신경 쓰지 않았다. 몇 번인가 지나가는 사람들을 피해 멀뚱멀뚱 서 있다가 다시 걷고, 가끔은 나무 뒤에 몸을 숨겼다. 이대로 계속 갈 수 있다고는 생각하지 않았다. 길을 알 만한 곳이 나오면 내려갈 생각이었다. 사람들에게 발견되면? 길을 잃었다고 하면 될 것이다. 음악을 들으려고 그랬다고 해도 되리라. 그 외에도 할 말은 많았다. 이자들은 무슨 생각인지 지지에를 그 집에 데려다놓은 후 먹을 것은커녕 물도 주지 않았고, 하다못해 볼일을 볼 곳도 가르쳐주지 않았으니까.

어느 문에서 사람들이 여럿 나타나는 것을 보고 쪼그리고 앉아 있는데, 가까운 곳에서 다시 음악소리가 들렸다. 그러자 사람들이 수군거리더니 곧 그 자리를 떠났다. 지지에는 그들이 완전히 갔는지 확인한 다음에 움직이려고 조금 더 머물렀다. 그러는 동안 차츰 연주에 귀를 기울이게 되었다.

조금 더, 조금 더 앉아 있다가 지지에는 일어났다. 어디로든 가려 했는데 묘하게 연주가 들리는 쪽으로 가까이 가고 있는 자신을 발견했다. 현을 퉁기는 소리였지만 정확히 무슨 악기인지는 몰랐다. 그런데도 마음이 끌렸다. 씁쓸하지만 무겁지 않은, 자기 연민에 사로잡히지 않아 개운한 음색이었다. 지금 지지에의 기분을 연주로 표현하라면 꼭 저렇게 할 듯했다.

얼마 후 연주는 뚝 멎었다. 곡을 마무리하지도 않은 터라 더욱 아쉬웠다. 혹시 다시 시작 되려나 하고 기다리는데 맞은편 정원에서 누군가가 걸어왔다. 가까워지자 지지에는 깜짝 놀랐다. 아는 얼굴이었다.

"아, 저……."

말을 걸려다가 생각해 보니 그럴 처지가 아니었다. 지지에는 하려던 말을 꿀꺽 삼키고 담장 위에 오도카니 앉아 그 사람을 뚫어져라 바라봤다. 그는 곧 다른 쪽 문으로 빠져나가버렸다. 어떻게 할까 생각하고 있는데 등 뒤에서 목소리가 들렸다.

"거기서 뭘 하지?"

지지에는 소스라치게 놀라 담장에서 떨어질 뻔하다가 겨우 중심을 잡았다. 정확히는 정신을 차리고 보니 상대의 손이 그녀의 무릎을 붙들고 있었다. 그는 얼른 손을 놓고 물러났지만 지지에의 얼굴을 보더니 눈을 둥그렇게 떴다.

"그나저나 정말로…… 여기서 뭘 하시오?"

그쪽에서도 지지에를 알아본 모양이었다. 알 자비의 시장에서 마주쳤던 사내였다. 그때 반쯤 헛소리를 늘어놓으며 이 남자의 점을 보아주었는데 금화를 세 닢이나 받는 바람에 도저히 잊어버릴 수가 없는 얼굴이었다. 지금은 여행 중이 아니어서인지 헐렁한 튜닉 비슷한 남색 옷에 모자도 쓰지 않았고, 턱수염도 사라지고 없었다. 가파른 눈썹뼈 아래 깊은 파란 눈만이 그대로였다.

"그게, 저, 음악을 듣고 있었죠."

지지에가 생각해도 어처구니없는 답변이긴 했다. 상대방은 이게 무슨 소린가 하는 표정을 지었다가 곧 헛웃음을 터뜨렸다.

"그런 데 앉아서 말이오? 그나저나 여긴 어떻게 들어왔소?"

"아, 저, 그게 말이죠. 난 하즈……."

갑자기 말하려고 하니 하필 이름이 생각이 나지 않았다. 지지에는 재빨리 얼버무렸다.

"그분의 초청을 받았어요. 제가 좀, 그러니까 잔스노플에서도 유명해져서. 그때 저와 헤어질 때 잔스노플에 가보라는 말씀을 주셨잖아요? 그래서 어떤 데인지 궁금해서 와봤는데, 꽤나 환영을 받아서 말이죠. 그분께서 소문을 듣고 흥미를 품게 되어 저를 부르신 거예요. 제 이야기를 무척 기대하고 계시다고 해서, 그런 말을 들으니까 조금 긴장되어서, 산책이라도 하는 편이."

말을 대충 이어가다가 멈춘 것은 상대의 표정이 거슬려서였다. 남자는 웃음이 터지려는 것을 겨우 참고 있었다. 결국 지지에는 인상을 썼다.

"물론 담장 위를 산책하는 건 법도에 어긋날 수도 있겠죠. 저도 알아요. 이제 돌아갈 거예요. 하지만 미리 말해두겠는데, 제가 온 곳에서는 담장 위에 산책로가 있어요. 알겠어요?"

위병들이 성벽 위를 걷는 건 산책하기 위해서가 아닐 테지만 어쨌든 그것도 길은 길이었다. 하지만 그런 말을 한 직후 지지에는 주머니에서 신발을 꺼내어 두 발에 꿰어야 했다. 남자는 지지에가 신발을 다 신도록 기다리며 헛기침을 몇 번 하더니 침착한 얼굴로 돌아와 말했다.

"그대가 담장 위로 걷거나 아래로 걷거나 내가 상관할 일은 아니오. 그런데 접견 시간은 받은 거요?"

"아, 물론이죠. 조금 있으면 뵈러 갈 거예요. 그래서 서둘러야 할 것 같네요. 하나마나 이런 꼴이긴 하지만 단장도 해야 하겠고."

지지에는 담장에서 뛰어내려 손을 탁탁 털고는 대충 절하는 시늉을 했다.

"그럼 이만."

기세 좋게 인사를 하고 돌아섰지만 사실 어느 쪽으로 가야 본래의 숙소로 돌아가는지 몰랐다. 지지에는 당당히 아무 쪽으로나 걷기 시작했다. 이 남자는 이 드넓은 성에서 무슨 일인가를 하는 모양이지만 다행히 경비 임무를 맡지는 않은 모양이었다. 그녀를 붙잡지 않는 것을 보면.

그런데 한동안 걷다 보니 남자가 어디선가 다시 나타나 뒤를 따라왔다. 문 하나를 통과하고 나서 지지에는 큰마음 먹고 돌아보며 선수를 쳤다.

"왜 따라와요?"

남자가 고개를 흔들었다.

"그대를 따라가는 게 아니오."

"아, 저와 우연히 방향이 같으시다? 하긴 그럴 수도 있겠죠?"

지지에는 계속해서 걸었고 남자도 계속 따라왔다. 주변에는 그들 외에 지나가는 사람도 없었다. 다행스러운 일이긴 했지만 그렇다 보니 남자의 존재가 더 신경이 쓰였다. 길도 모르면서 계속 태연하게 걷는 데도 한도가 있었다.

아무렇게나 접어든 길에서 지지에는 막다른 길에 부딪쳤다. 얼른 돌아서서 조금 전에 봤던 문 앞까지 종종걸음 쳐 돌아와 보니 남자가 그 앞에서 기다리고 있었다. 지지에는 이번에도 선수를 치기로 했다.

"여기서 뭘 해요?"

"아, 그냥 잠시 기다렸소."

"왜요? 쫓아가던 나비라도 잃어버리셨나요?"

그런 다음 생긋 웃어 보이고는 먼저 문을 빠져나갔다. 하지만 결국 거기서 멈춰서야 했다. 이번에는 길이 없어서가 아니었다. 눈앞에 넓은 뜰이 펼쳐져 있었다. 뜰이라기보다 광장이라고 불러야 할 정도였다. 맞은편 건물도 까마득히 멀어서 아무리 길을 아는 체 하고 싶어도 이걸 가로질렀다가 되돌아오는 건 그리 좋은 생각 같지 않았다.

지지에가 우물쭈물하고 있자 남자가 곁에 와 섰다. 그가 말했다.

"이 안은 보기보다 훨씬 복잡하오. 하즈라샤의 접견실까지 가려면 길을 알고 가더라도 한 시간은 걸릴 거라오. 하지만 그대는 길을 모르는 것 같고, 따라서 접견 종료 시간에 맞추어 가지는 못할 것 같소."

나란히 서 보니 남자는 무척 훤칠해서 턱뿐 아니라 시선까지 쳐들어야 마주볼 수 있었다. 지지에는 아랫입술을 내밀며 말했다.

"아, 그래요? 길을 잘 아시면 좀 알려주지 그러셨나요?"

남자가 두 손을 펴 보였다.

"그대가 길을 안다고 하기에."

"내가 언제 그랬어요? 그냥 왜 따라오느냐고 했죠."

순 생떼였지만 남자는 그냥 담담하게 고개를 끄덕였다.

"듣고 보니 그렇군. 어쨌든 그대는 어디론가 돌아가긴 해야 할 거요. 여긴 손님이 머무는 곳이 아니니까. 하지만 내게 길을 묻는 것 말고 다른 방법은 없어 보이는군."

"가르쳐 달라고 빌어보라는 얘기라면 사양하겠어요. 여기가 사막도 아니고 헤매다가 굶어죽기야 하겠어요?"

그러자 남자가 쓴웃음을 지었다.

"음. 그대가 이곳을 아직 잘 모르는 것 같소. 이곳의 구조는 누군가가 평생 헤맬 수도 있게 되어 있소. 몇 백 년에 걸쳐 만들어진 미로지. 못 믿겠다면 한번 시험해보라고 하고 싶지만 너무 가혹한 것 같아 차마 그러지는 못하겠소."

지지에는 어처구니없는 소리로 치부하려 했지만 문득 아까 담장 위에서 본 풍경이 떠올랐다. 그때 사면을 다 봤는데도 이런 광장은 발견하지 못했었다. 꽤 오긴 했지만 거리상 보이지 않았을 리가 없는데, 왜였을까?

"왜 이렇게 복잡하게 만든 건가요?"

남자가 어깨를 움츠려 보였다.

"음, 하즈라샤를 죽이고 싶어 하는 사람이 아주 많아서?"

여러 모로 미심쩍긴 했지만 깊이 생각한다고 얻을 것도 없는 터라 지지에는 곧 고개를 끄덕였다.

"좋아요. 그럼 길 좀 알려주세요."

그러자 남자의 얼굴에 장난기가 어렸다.

"내 지식의 가치가 최고조에 이른 지금 공짜는 아깝군. 뭘로 값을 치르겠소?"

지지에는 눈을 동그랗게 떴다가 픽 웃었다.

"하긴 세상에 공짜는 없죠. 저랑 세계관이 비슷하시네요. 하지만 전 인생관에 따라 늘 빈털터리여야 하니까 돈은 곤란하고, 어차피 저보다 부자이실 거고, 점이라도 봐드리면 어때요?"

"좋소."

주위에는 앉을 만한 데가 없었다. 남자는 문틀 아래 섬돌에 걸터앉더니 지지에를 쳐다봤다. 지지에는 조금 당황했지만 곧 싱긋 웃으며 대꾸했다.

"이런 데라고 안 될 건 없죠. 그런데 누가 오면 비켜줘야 하지 않을까 모르겠네요."

"그럴 일은 없소. 아무도 안 지나갈 테니까."

"그래요? 다행이네요."

남자가 왜 그렇게 확신하는지는 몰랐지만 지나가는 사람에게 발견되는 건 지지에도 원치 않는 바였다. 그래서 둘은 문을 반쯤 가로막은 채 마주 앉았다. 지지에는 카드를 꺼내 보란 듯 솜씨를 부려 섞었다. 그런 다음 양 손에 펴 들며 말했다.

"펼쳐 놓을 자리가 없으니까, 간단히 뽑는 점으로 하겠어요. 자, 질문은 뭐죠?"

"음, 글쎄. 질문이 있어야 하는군. 저번에는 그냥 이야기해 주었던 것 같은데."

"그야……."

그야 물론 사람을 끌려고 아무 소리나 늘어놓으며 시작했기 때문이었지만, 지지에는 아무렇지도 않게 미소를 지어 보였다.

"그때는 나딕을 보자마자 뭔가 뚜렷한 인상이 떠올라서 말하지 않고는 못 배기겠더라고요. 우리 같은 예언자들은 가끔 그런 날이 있죠. 하지만 오늘은 그렇지가 않으니까 평소 궁금하셨던 것을 물어보시면 답해드리는 걸로 하지요."

남자는 잠시 생각하는 기색이었다. 평소 궁금한 것이 별로 없었던 모양이었다. 이윽고 남자가 말했다.

"음, 내가 아는 어떤 골치 아픈 작자가 있는데, 그자가 머릿속에 계획이란 걸 갖고 있는지 궁금하오."

괴상한 질문이었지만 지지에는 눈만 가늘게 떠 보였다. 까짓 거, 무슨 소리든 늘어놓는 것이 뭐 어렵겠는가.

"그럼 세 장을 뽑으세요."

남자가 뽑아든 첫 번째 카드에는 검이 네 개, 두 번째에는 지팡이가 일곱 개, 세 번째에는 지팡이가 여덟 개 그려져 있었다. 지지에는 세 장의 카드를 묘한 표정으로 들여다보다가 한숨을 내쉬더니 말했다.

"딱 잘라 말하기 어렵네요. 하나 더 뽑아보세요."

새로 뽑힌 카드는 전차(The Chariot)였다. 은발의 여전사가 전차를 몰고 있는 카드를 한참이나 들여다보던 지지에가 갑자기 킥킥 웃었다.

"아, 이건 너무하네요. 너무 빤하다. 솔직히 점쟁이가 이런 말 하면 안 되는데. 당신, 그 사람을 좋아하죠? 그래서 이렇게 만고에 쓸데없는 걱정을 하는 거죠?"

남자는 뭔 소린가 하는 표정을 짓더니 바로 코웃음을 쳤다.

"지난번부터 애정 문제에 집착하는데 그게 그대의 관심 분야요? 내가 보기에는 그대야말로 연애를 해야 할 것 같소. 내가 말한 사람은 남자요. 어쨌든 그대의 점에 따르자면 걱정할 필요는 없다는 얘기군."

지지에도 마주 코웃음을 쳤다.

"없다마다요. 보아하니 걱정할 꼬투리조차 없는 사람인데. 내가 넘겨짚는다고 불쾌해 하시는데요, 그 사람이 누군지는 모르지만 엄청나게 강단 있는 사람이라고요. 남이 이래라 저래라 해서 통할 인간이 아니에요. 쉬어야 할 것 같으면 쉬고, 이제 해야겠다 싶으면 무슨 일이든 해치워버리는 그런 사람이에요. 살살 구슬려 달랠 수도 없고, 거짓말도 안 통하고, 그런 인간을 아몬드인가 보다 하고 으적 씹었다가는 이가 바로 나가지. 이렇게 자기만 잘난 인간은 자기를 숨기지도 않는 법이라서 곁에서 보면 바로 알 수 있는데, 지금 걱정 같은 걸 하고 있잖아요? 이런 인간한테 걱정이 무슨 소용이래? 그러니 좋아해서 그러나보다 생각할 밖에요. 이래도 내 추측이 근거가 없어요?"

발끈해서 그런지 말이 청산유수로 쏟아졌다. 남자는 그런 지지에를 흥미롭게 바라보고 있다가 말했다.

"그대의 해석은 꽤 재미있지만 어쨌든 난 남색의 취향은 없소. 하지만 그대가 왜 그렇게 말했는지는 알겠군. 그런데 그대가 그려낸 사람의 인상은 대단히 구체적이오. 마치 그대가 아는 사람처럼. 혹시 아는 사람 중에 그런 사람이 있지는 않소?"

지지에는 깊이 생각해보지도 않고 손사래를 쳤다.

"그럴 리가 없죠. 잔스노플은 처음이라고요."

"처음 왔다고 해서 우리 둘 다 아는 사람이 한 명쯤 없으란 법도 없겠지. 자, 일어나시오. 이제 가 봅시다. 해가 질 때가 되어 가는군. 그대의 숙소는 어디요?"

남자가 일어서자 지지에도 따라 일어나며 옷을 털었다. 하지만 숙소가 어디라고 설명할 방법이 없었다.

"그게, 집인데, 담장으로 빙 둘러져 있고, 연못이 있고, 수련이 자라고 있었어요. 아참, 옆에는 잔 돌멩이가……."

남자가 고개를 저었다.

"그런 식으로는 절대로 못 찾소. 그 비슷한 곳이 이 안에 백 군데도 넘게 있소. 혹시 나올 때 문 옆에서 무슨 표지를 보지 못했소?"

"표지요?"

"일종의 무늬랄까. 이런 거요."

남자가 그들이 앉아 있던 문 옆을 가리켰다. 과연 그곳에 두 개의 무늬가 있었다. 하나는 떠오르는 해를 그린 듯한 모양, 다른 하나는 물결을 표현한 듯한 모양이었다. 그걸 뚫어져라 보고 있자니 과연 뭔가 봤던 것 같기도 했다. 하지만 정확히 기억이 나지 않았다. 어차피 문으로 나오지도 않았고. 지지에가 자신 없는 목소리로 중얼거렸다.

"음, 뭐였더라. 꽃무늬 같았는데. 데이지? 그 비슷한 모양이었어요."

"난 데이지가 어떤 꽃인지 모르오. 그려 보겠소?"

이쪽 땅에는 데이지가 없는 모양이었다. 아니면 남자들이 흔히 그렇듯 먹지 못하는 꽃 이름 따위는 모르거나. 지지에는 마당의 모래 위에 손가락으로 이런저런 모양을 그려 보였다. 남자는 이맛살을 찌푸리며 들여다보고 있다가 말했다.

"어려운 수수께끼군. 이 무늬들은 작은 차이로도 뜻이 달라지오. 하지만 그대가 정확하게 기억하지 못하니 어느 쪽으로 가야 할지 모르겠군. 그대가 그린 것과 엇비슷한 무늬는 서른 개도 넘게 있소. 그리고 이 성 곳곳에 아주 잘 흩어져 있지."

남자는 이 성 안의 무늬들을 기억해 길을 찾는 모양이었다. 이렇게 넓은 성에 대체 몇 개나 되는 무늬가 있을지도 모르는데 그걸 다 외우고 다녀야 한단 말인가? 아니면 무슨 규칙이 있는 걸까?

남자가 길을 찾아줄 것 같지 않자 지지에는 팔짱을 끼며 코를 씰룩거렸다.

"어쨌든 모르시겠다는 거네요. 그럼 어떻게 할까나. 길을 찾긴 틀린 것 같고. 아참, 그렇지. 복채라도 받아야 되겠는데."

남자는 지지에를 빤히 바라보다가 그만 웃음을 터뜨리고 말았다. 하지만 지지에는 우스울 거 하나도 없다는 것처럼 턱을 쳐들고 남자를 쳐다보고 있었다. 남자가 고개를 끄덕거렸다.

"그래, 알았소."

남자는 주머니를 뒤졌으나 그때와 달리 이번에는 아무것도 나오지 않았다.

"이런. 집이다 보니 아무것도 없군. 어떻게 하면 좋을까. 잠시 따라와 주겠소?"

남자는 앞장서서 어디론가 걸어갔다. 지지에는 뒤따라가면서 '집이다 보니' 라는 말을 되뇌어 보았다. 이 남자는 여기 산단 말인가? 하긴 그렇게 집이 많은데 다 비어 있을 리는 없겠지.

생각하다보니 조금 전 남자가 한 말도 새삼 곱씹어졌다. 자신은 카드를 해석한다고 생각하며 말했지만 어쩐지 말이 술술 나온 것도 사실이었다. 저도 모르게 누군가를 연상하고 있었던가?

그렇게 따라가다 보니 갑자기 근사한 정원이 펼쳐져서 지지에는 움찔했다. 남자는 아무렇지도 않게 정원 틈으로 난 오솔길로 들어섰다. 지지에도 따라갈 도리밖에 없었다.

그런데 얼마간 걷다 보니 이곳은 정원이 아니었다. 사실상 숲이었다. 사방에 솟은 굵은 나무며 이끼 낀 바위를 보면 만들어진 지 수백 년은 된 듯했다. 하지만 여긴 성 한가운데인데?

오솔길은 구불구불했다. 남자는 서너 걸음쯤 앞서갔다. 오솔길 옆으로 시냇물이 흘렀는데 더 깊이 들어가자 층층이 나눠진 연못으로 이어졌다. 한 층 내려갈 때마다 물 색깔이 달라졌다. 갓 핀 연록, 짙은 파랑, 우윳빛 섞인 청록. 어느 연못에서는 희미한 안개가 뿜어져 나왔다. 그 위로 낙엽이 흐르다가 작은 폭포로 미끄러지곤 했다. 연못이 새벽 하늘빛을 띠었을 즈음 지지에는 흠칫 놀랐다. 여기가 어디인지 깜빡 잊을 정도로 숲이 깊어졌다. 그리고 길도 없어졌다.

언제부터 이렇게 됐을까? 여전히 성 안인 건 맞을까? 풍경 때문에 잠시 넋을 놓고 있었던 건 사실이었다. 하지만 남자는 여전히 조금 앞선 곳에서 가고 있었다.

정신을 차리려고 머리를 굴리자 이번엔 불안해졌다. 누구인지도 모르는 남자를 따라 지나가는 사람 한 명 없는 곳으로 오다니. 이게 다 돈을 받겠다는 생각이 지나쳐서 벌어진 일이다. 지지에는 속으로 자신을 욕하면서 소리쳤다.

"이것 봐요. 어디까지 가는 거예요?"

"거의 다 왔소."

"여기 좀 이상해요. 이런 데서 죽어 파묻혔다가는 아무도 못 찾을 것 같네요."

남자가 걸음을 멈추는 것 같더니 곧 다시 걸으며 말했다.

"아직 그럴 때는 안 됐지 않소?"

"하지만 굶어 죽을지도 모르죠."

"미안하오. 나도 오랜만이라 숲이 이렇게 커졌을 줄은 몰랐소."

숲이 커졌다는 건 또 무슨 소리인가 싶었다. 이만 가보겠다고 하고 돌아서고 싶었지만 돌아가는 길인들 잘 찾을지 의심스러웠다. 마음속으로 이런저런 궁리를 하며 따라가다 보니 남자가 멈춰 서서 두리번거리며 뭔가를 찾는 모습이 보였다. 지지에는 자연스럽게 등 뒤 허리춤에서 한 뼘짜리 단도를 찾아내어 소매 안쪽에 넣었다. 무슨 일이 일어날지 알 게 뭐겠는가? 그까짓 대화 몇 마디 나눈 정도로는 모르는 사람이

나 마찬가지다. 일대일이 되면 많은 사람들이 악해진다. 여자 대 남자라면 더더욱 그렇지.

여기저기 살펴보던 남자는 어느 나무 앞에 이르러 뿌리 밑으로 움푹한 곳에 손을 집어넣더니 뭔가를 끄집어냈다. 그가 지지에를 돌아보며 오라고 손짓했다. 지지에는 아무렇지도 않게 다가가며 여차하면 손목 안쪽에 붙여 쥔 단도를 휘두를 수 있게 준비했다. 하지만 남자가 들고 있는 건 흙투성이 자루였다. 그는 자루를 열고 정말로 금화를 꺼냈다.

"받으시오. 지난번에 세 닢이었던가?"

건네받고 보니 금화에서 흙냄새가 물씬했다. 지지에가 한쪽 눈을 찡그리며 남자를 쳐다봤다.

"이런 곳에 금고를 두다니 다람쥐도 아니고, 왜죠? 깨물어보지 못하게 하려는 수작인가요? 그런 데 질 내가 아니지."

지지에는 금화를 옷깃에 쓱쓱 문지르더니 한 귀퉁이를 깨물었다. 뒤이어 퉷퉷 하고 흙 조각을 뱉어냈다. 그래도 멈추지 않고 두 번째, 세 번째 금화도 똑같이 했다. 다 하고 나서 고개를 들자 물끄러미 들여다보고 있는 남자와 눈이 마주쳤다. 지지에는 '내가 뭘?' 하는 표정으로 금화를 주머니에 챙겨 넣으며 말했다.

"기분 나쁘셨다면 사과드릴게요. 뭐, 아시잖아요? 땅 밑에 묻힌 금화는 워낙 가짜가 많죠."

"그건 내가 어렸을 때 직접 숨겨둔 거요. 그땐 그 돈을 모아서 어디론가 모험을 떠날 작정이었지. 깨끗한 금화를 둔 곳이 멀다 보니 가까운

데가 생각나서 이렇게 됐소. 진짜라 다행이오. 나도 깨물어보진 않았거든. 그럼, 저녁 먹겠소?"

너무 아무렇지도 않게 말하는 바람에 지지에는 조금 당황하며 대꾸했다.

"갑자기 그런 말씀을 하니 당혹스럽네요. 글쎄요. 먹을 게 보이진 않는데. 사냥이라도 하자는 건가요?"

"그 정도로 넓진 않소. 따라오시오. 금방 나갈 수 있소."

남자의 말이 맞았다. 조금 더 걸으니 숲이 끝났다. 네모진 연못 사이로 대리석을 깐 길이 나타나고, 그 너머에 환하게 불이 켜진 건물이 보였다. 단층이지만 무척 큰 집이었다. 남자가 계단을 올라가자 지지에가 조금 떨어져서 따라가며 물었다.

"여긴 식당인가요?"

"아니지만 뭔가 먹을 건 있을 거요."

"실례지만 전 이제 가볼게요. 길은 가다가 다른 사람한테 물어봐도 될 거예요."

"그렇게 사양할 건 없소. 식재료가 없어서 데리고 가는 건 아니니까."

이게 무슨 소리야? 지지에는 걸음을 멈추고 미간을 찡그렸다. 이미 남자는 문을 열어둔 채 안으로 들어갔다. 밖에 선 채 머뭇거리다가 문 안쪽을 들여다보니 좌식 탁자 위에 푸른 도기 주전자와 잔 네 개가 놓인 것이 보였다. 그 뒤에 휘장이 쳐져 있었는데 남자는 그 뒤로 들어간 듯했다.

별 문양이 섬세하게 뒤덮인 램프 덮개 아래로 주홍빛 불빛이 흘러나왔다. 테이블 주위에는 연녹색 방석이 일곱 개 깔려 있었다. 좌우 벽에 두른 푸른 비단이 바람에 흔들리고 있었다. 더 자세히 보니 테이블에는 소금과 설탕을 넣는 그릇도 있었는데 진짜 황금이었다. 황금이야말로 지지에를 부르는 주문 같은 것이었으므로 그녀는 저도 모르게 안으로 들어갔다.

가까이에서 보니 그릇은 황금일 뿐만 아니라 정밀한 조각품이었다. 두 여인이 마주보고 있는 모습으로 한 여인은 앉아서 자그마한 병을 높이 들고 있고, 다른 여인은 갑주에 검을 짚고 서 있었다. 두 여인의 눈에는 녹색과 청색의 보석이, 작은 병과 검 자루에는 분홍색과 붉은 색의 보석이 박혀 있었다.

지지에가 황금 그릇을 쥐고 이리저리 뜯어보고 있을 때 남자가 돌아왔다. 손에는 나무 쟁반을 들고 있었다.

"마음에 드오?"

지지에는 얼른 그릇에서 손을 뗐다.

"근사하네요. 아스엘과 파비안느죠?"

남자가 탁자에 쟁반을 내려놓았다. 쟁반 위에는 말린 과일을 넣고 구운 양고기, 으깬 병아리콩, 무화과와 요거트, 올리브 절임, 이곳에서 곧잘 먹어 본 속이 빈 빵이 놓여 있었다. 남자가 먹자는 것처럼 손을 펴 보이자 지지에는 입술만으로 커다랗게 미소를 지어 보이며 먼저 드시라고 손짓했다. 남자가 어깨를 으쓱했다.

"맛이 없을지는 몰라도 독은 넣지 않았소. 하지만 그대가 의심하니 먼저 먹도록 하겠소."

남자는 빵을 쪼개어 으깬 병아리콩을 채워 넣더니 한 입 베물었다. 고소한 냄새가 퍼졌다. 지지에가 토라진 듯한 표정으로 바라보고 있다가 말했다.

"맛있겠네요."

"내 입맛에는. 하지만 요리사가 아닌지라 그대는 어떨지 모르겠소."

"직접 만드신 건가요?"

"보다시피 여기엔 나밖에 없지 않소?"

조금 이상하긴 했다. 지지에도 슬슬 이 남자가 평범한 관리가 아니라는 것은 짐작했다. 성 한구석에서 시종조차 없이 머무는 것을 보면 그리 지체 높은 자는 아닐지도 모르지만, 그렇게 보기에는 집이 너무 호화로웠다. 남자는 독이 없다는 것을 증명하기라도 하듯 음식을 하나하나 조금씩 맛보았다. 이윽고 지지에가 무화과를 집으려 하자 남자가 짓궂게 말했다.

"독이 퍼지려면 조금 걸릴지도 모르니 더 기다려 보시오."

"됐어요. 저한테도 나름 기준이 있거든요?"

음식은 캄란 시장에서 곧잘 먹던 것보다 담백했다. 그간 기름진 음식에 질려 있던 터라 반가운 맛이었다. 지지에가 빵과 양고기를 맛있게 먹는 동안 남자가 말했다.

"아까 말한 이름들 말인데, 사실 난 모르오. 그건 수십 년 전에 난파선에서 건져낸 것이라 우리 땅의 유물이 아니거든. 아스엘과 파비안느는 어떤 사람들이오?"

"아스엘은……."

지지에는 설명하려다가 퍼뜩 말을 멈췄다. 설명을 하면 자신이 캄란 출신이 아님을 스스로 밝히는 셈이었다. 하지만 무심코 이름을 말해버린 터라 모른다고 할 수도 없는 노릇이었다. 그냥 얼버무릴까? 우물쭈물하며 남자의 눈빛을 본 지지에는 문득 깨달았다. 저 사람은 전혀 놀라지 않는데?

"잠깐만요. 혹시, 알고 있었던 건가요?"

"무엇을?"

"그러니까…… 방금 나딕께선 놀라지 않았잖아요."

남자가 주전자를 집어 음료를 따르며 싱긋 웃었다.

"왜 놀라겠소. 우리 땅에는 그대처럼 얼굴이 흰 사람은 없소. 그리고 그대처럼 말하거나 행동하는 여인도 찾기 힘들겠지."

"제가 대체 뭘……."

말하려다 보니 그걸 따질 때가 아니었다.

"제가 온 곳에 대해서도 잘 알고 계신가요?"

"잘 알진 못하오. 가본 적이 없으니. 그대처럼 흰 사람이나 검은 사람이 살고, 오래 전에 갈라진 듯 비슷하면서도 다른 습관을 가졌으며, 오무를 모른다는 것은 알지."

지지에가 눈을 동그랗게 떴다.

“이곳으로 넘어온 사람이 우리…… 아니 내가 처음이 아니었나 보군요?”

“글쎄. 그건 모르겠지만 내가 만나본 건 그대들뿐이오.”

지지에가 먹던 것을 멈췄다. 남자는 잔을 입가에 대고 있다가 지지에의 얼굴을 보았다. 잠시 후 남자가 말했다.

“한참 전에 헤어진 지지에 카니크, 라는 동료가 있다고 키릴이 그러더군.”

지지에는 손에 쥐고 있던 무화과를 탁 소리를 내며 내려놓았다. 조금 전과는 사뭇 다른 표정이었다. 눈 밑이 살짝 떨렸다.

“제가 누구인지 빤히 알면서 모르는 체 놀리셨다는 말이군요. 아하, 그러니까 제가 여기로 온 것도 하즈…… 그래, 하즈라샤. 그 사람의 초대를 받아서가 아니라 키릴이 찾아달라고 해서였군요? 전 또 제 미천한 재주 때문인 줄 알고 한껏 기대했는데. 이것 참, 괜히 긴장했네요. 전혀 그럴 필요 없었는데. 아참, 키릴은 잘 지내나요?”

남자는 지지에의 기색을 눈치 챘지만, 굳이 달래지 않고 대답했다.

“하즈라샤의 손님으로 머물고 있소.”

“하긴. 나 같은 것한테도 이렇게 에스코트 할 사람이 나타나는 걸 보면 분명히 근사한 대접을 받고 있겠죠. 하즈라샤의 손님은 내가 아니고 키릴이었구나. 뭐, 좋아요. 어쨌든 상관없죠. 그런데 미리 말해주는 편이 더 점잖지 않았겠어요? 저를 떠봐서 얻을 거라도 있었던 건가요?”

"처음엔 나도 알지 못했소."

지지에는 자신이 저도 모르게 금지 구역에 들어갔으며, 다른 사람의 눈에 띄어 처벌받지 않도록 남자가 일부러 사람이 없는 쪽으로 인도했다는 것까지는 몰랐다. 지지에가 누구인지 안 후로는 반쯤 장난기도 있었겠지만 이미 그런 설명을 할 상황이 아니었다. 남자도 굳이 변명하지 않았다. 지지에가 말했다.

"하지만 곧 아셨겠죠? 한 가지만은 분명히 말해야겠네요. 키릴이 날 찾았던 거면 바로 데려갈 것이지 왜 여기서 저와 시시덕대며 시간을 보낸 거죠? 제가 그리 만만해 보였나요?"

"그런 건 아니오."

"왜요? 머나먼 이국에서 온 하얀 여자는 무슨 소릴 하면 잘 넘어오나 시험해 보신 것 같은데. 그런데 보시다시피 사납기만 하고 사랑스러운 구석은 전혀 없으니 시간 낭비는 그만하시는 편이 좋겠네요."

이렇게까지 말할 필요는 없을지도 몰랐다. 그런데도 참을 수가 없었다. 키릴이라는 이름을 듣는 순간 무작정 화가 치밀어 올랐다. 마치 키릴이 자신을 놀리기라도 한 것처럼. 그러라고 시킨 것처럼. 그럴 리가 없는데도.

키릴이 자신에게 더 이상 무슨 관심이 있겠는가? 자신은 키릴을 비롯한 일행 모두를 버리고 도망쳤다. 혼자만 살겠다고. 경고도 해주지 않았다. 실은 그녀 자신도 확신이 없어서였지만, 어쨌든 아무 말도 해주지 않고 혼자 도망쳐 여기까지 왔다. 다시 키릴을 만난들 무슨 이야기를 할까? 키릴이 자신에게 눈길인들 줄까? 뺨이나 맞지 않으면 다행이다. 하긴 그 정도의 관심조차 없겠지만.

그런데 이자는 왜 키릴에게서 지지에의 이름을 들었다고 할까?

그게 사실일까 궁금해지는 자신이 더 참을 수 없었다. 지지에가 결코 인정할 수 없는 본심이었지만, 그때 그녀가 일행을 버리고 떠난 건 키릴에게 끌리는 것이 무서워서였다. 어머니의 미궁에서 에르나비크에게 부탁해 키릴을 살려내고 나서부터 그녀는 더 겁에 질렸다. 사랑 같은 것에 빠지고 싶지 않아. 사랑에 빠진 멍청이가 되고 싶지 않아.

그래서 이렇게 깔끔하게 잘라냈다. 뭐가 더 필요하겠는가?

지지에는 자리에서 일어났다.

"하즈라샤라는 사람한테 전해주세요. 전 키릴하고 다시 만날 필요가 없는 사람이니 그냥 내보내달라고. 남길 말 같은 건 전혀 없어요. 이미 일행도 아니니까. 아참, 이 빌어먹을 미로에서 빠져나가려면 안내인은 한 명 보내주셔야겠네요."

"글쎄. 내가 전해주기는 힘들 것 같소만."

남자가 쓴웃음을 지었다. 그의 의뭉스러운 태도가 지지에를 더 화나게 했다. 홱 돌아 나가려고 하는데 한 가지가 걸렸다. 아까부터 그것만은 묻고 싶었는데 이런 상황에서 입 밖에 내기가 쉽지 않았다. 하지만 떠나려는 마당에 지금 묻지 않으면 영영 알 수 없을 것 같았다.

"그…… 나머지 사람들도 잘 있겠죠?"

일부러 돌아보지 않고 물었다. 남자의 목소리가 들렸다.

"아라비카 아라빈다는 이곳으로 와서 키릴과 만났소. 비주 아리나즈미와 사샤라는 소년은 안타깝게도 그렇지 못하오."

지지에는 저도 모르게 뒤를 돌아봤다.

"왜요?"

"어떤 미련하고 거만한 자가 내게 생떼를 부릴 욕심에 그 두 사람을 잡아 두었소. 다시 말해 나 때문이지."

그 말을 할 때만은 남자도 인간적으로 얼굴을 찡그렸다. 떠올리기만 해도 싫은 상대인 모양이었다.

"그럼 위험에 처한 건가요?"

"그렇소."

"그런데 키릴이나 아라비카가 가만히 있단 말인가요? 그럴 리가 없는데?"

"키릴과 아라비카는 며칠 전에 그들 두 사람을 구하기 위해 떠났소. 난 그들과 같이 가지 않은 대신 그대를 찾아냈지. 난 그대들 사이의 문제에 대해선 잘 모르오. 키릴도 말하지 않았고. 하지만 한 가지는 분명히 알겠소. 동쪽 땅에서 온 그대들은 모두 고집이 무척 세군. 그대들이 설득하기 힘든 존재란 건 이미 경험했으니 이번에는 나도 알아서 내가 옳다고 생각하는 일을 하도록 하겠소. 그대는 키릴이 돌아올 때까지 여기서 기다리도록 하시오."

지지에가 눈을 치켜떴지만 남자는 담담한 표정 그대로였다. 키릴을 기다리게 된다는 생각만으로도 지지에는 벌써부터 신 것이라도 먹은 것처럼 양 턱이 저릿했다. 그렇게 애써 도망쳤는데 다시 만나라고? 심지어 기다리라고?

"당신이 무슨 권리로 날 잡죠? 난 아무 죄도 짓지 않았는데?"

"그대에게 죄가 있든 없든 잡아두는 것은 전혀 어렵지 않소. 하지만 그대를 분노케 하고 싶지는 않으니 처음 설정대로 그대는 하즈라샤의 초대를 받은 손님인 것으로 하겠소. 아는지 모르겠지만 하즈라샤는 무척 바쁘기 때문에 손님들은 몇 날 며칠씩 기다리는 것이 예사요. 때로는 몇 달이 되기도 하지."

지지에의 금빛 눈이 가늘어졌다. 꾹 다문 입술이 꿈틀거렸다.

"날 분노케 하고 싶지 않다고요? 그러면서 내 발목을 묶어두겠다고요? 내가 어떤 사람인지 전혀 모르시네요. 하긴 오늘 처음 만났죠? 앞으로 어떻게 되나 한번 보시는 것도 좋겠네요."

남자는 음료를 한 잔 더 따라 마시더니 푸른 눈으로 지지에를 바라봤다.

"그대가 분노했다는 건 잘 알았소. 하지만 세상에는 최악이라고 생각한 상황 아래 더한 최악도 얼마든지 있소. 내가 굳이 일깨워주지 않아도 그대가 더 잘 알 거요. 알고도 남을 사람으로 보이니까. 그대가 이 성에 들어온 이상 한 가지만은 변하지 않소. 내가 머물라고 한 이상, 그대는 머물러야 하오."

점차 한 가지가 분명해졌다. 지지에는 숨소리를 고르며 남자를 쏘아봤다.

"당신이 하즈라샤로군요. 그렇죠?"

남자는 음식 접시를 차곡차곡 정리하고 있었다. 이 어마어마한 성의 주인이라고는 생각하기 어려운, 자연스러운 태도였다. 처음부터 그랬다. 시종 하나 없이 어떤 일이든 직접 했다.

그가 고개를 끄덕였다.

"그렇소. 그게 나요."

사막의 불

테야르는 세 개의 우물을 둘러싸고 생겨난 마을이었다. 그 중 하나는 오래 전에 말랐다고 했다. 남은 우물물의 양이 마을 사람의 수를 결정했다. 사막을 지나가는 여행자들을 상대로 식량과 잡화를 팔았지만 어쩌다가 큰 상단이라도 들렀다가는 수십 일씩 물이 모자라 고생하는 곳이기도 했다.

오늘 테야르 사람들은 두려움에 떨고 있었다. 적 때문이 아니었다. 그들을 지배하는 자가 어젯밤에 끌고 와 진을 친 천여 명의 군대 때문이었다. 그들이 왜 왔는지는 중요하지 않았다. 마을을 지켜주러 왔다 해도 관심 없었다. 필시 그들은 우물을 바닥까지 긁어 마셔버릴 것이다. 만일 며칠쯤 더 진을 친다면 되살리기도 힘들 정도로 말려버리리라. 적이 빨리 나타나주었으면 했다. 우물 중 하나라도 살리려면 정오가 되기 전에 나타나주는 것이 좋을 것 같았다.

마을 사람들의 간절한 희망을 대신해 남쪽 모래언덕에 오른 사냥꾼은 멀찍이서 수상한 움직임을 보았다. 사람들이었다. 고작 다섯 명이었다. 설마 저들이 군대가 기다리던 적일 리는 없었다. 오늘밤 테야르에서 쉬어갈까 하고 걸음을 재촉한, 소문에 어두운 여행자들이리라.

사냥꾼은 그들에게 경고를 해주는 편이 낫겠다고 생각해 언덕을 내려갔다.

"이보시오! 쉴 곳을 찾으시우니까? 오늘 마을에 방이 없수니다! 캄크를 칠 곳도 없수니다!"

큰 소리로 외쳤지만 상대는 멈추지 않고 다가왔다. 모습을 알아볼 정도로 가까워지자 사냥꾼은 다른 이상한 점을 눈치 챘다. 이들 다섯은 사막을 여행하는 자들이라고 보기에는 짐이 너무 단출했다. 탈것도 없었다. 그런데도 탈진한 기색도 없이 담담히 걸어오고 없었다. 테야르에서 가까운 남쪽 마을은 사흘거리나 떨어져 있었다. 그렇다면 결론은 하나뿐이었다. 도적을 만나 짐을 모두 털렸을 것이다.

그 중 눈가만 빼고 흰 천으로 둘둘 말다시피 한 사내가 유난히 눈에 띄었다. 풍채로 보건대 그자가 우두머리일 거라고 판단한 사냥꾼이 물었다.

"어디서 오시우니까? 도적을 만나스수니까? 오무께서 그놈들의 머리에 핀골 산의 창을 내리꽂을 것이우니다!"

"어, 뭔지 모르지만 고마워. 그런 얘길 들었으니 다음엔 꼭 만날게.

아니지. 이제 곧 만날 것 같아."

사냥꾼이 듣기엔 영 뜻 모를 소리였다. 사내는 쇠로 된 육중한 봉을 지팡이처럼 짚으며 다가와 씩 웃었다. 도적을 만나 죽다가 살아난 자로 보기엔 지나치게 쾌활했다. 그가 품에서 뭔가를 꺼내 내밀었다.

"자, 이거. 그 노인한테 갖다 줘."

얼떨결에 받고 보니 편지였다. 이자들은 파발꾼인가? 사냥꾼은 겉봉을 자세히 살펴보지도 않고 물었다.

"노인이라고만 하면 누구를 말하는지 어찌 알그수니까? 나딕의 이름이라도 알아야……."

"나도 이름을 몰라서 말이야. 사라딕이라던가, 그렇게 부르던가? 근데 그게 이름이야? 아니면 호칭이야? 뭐라고 불러야 기분 나빠하지 않는지 모르겠네?"

사냥꾼은 상대의 어투에 당황해 눈을 크게 떴다가 손에 쥔 편지 봉투를 보고는 아예 혼이 나갈 만큼 놀랐다. 평생 만져볼 일은 없어도 모양만은 정확히 알고 있는, 잔스노플 금화와 똑같은 얼굴이 봉랍에 찍혀 있었던 것이다. 사냥꾼이 허둥지둥 언덕 위로 달려 올라가자 흰 천으로 둘둘 만 자, 아라비카가 손을 흔들며 외쳤다.

"우린 여기서 기다릴게!"

그로부터 약 반시간 후, 회오리바람 같은 소란이 마을 안팎에 휘몰아쳤다. 먼저 무질서하게 몰려나온 보병들이 마을 입구 앞에 방벽을 쌓기 시작했다. 방벽이라고는 하지만 방금 잘라 온 나무 몇 그루를 가로놓고, 주민들의 집을 대충 부숴 갖고 온 듯한 잡동사니로 빈 곳을 메우는 중이었다. 한쪽에서는 밖에 매어 둔 낙타와 말들을 급히 마을 안으로 몰아가느라 채찍 소리가 요란했다.

기병들은 사나운 기세로 마을 주위를 빙빙 돌아다녔다. 미리 숨어든 자가 없는지 찾는 모양이었다. 여기저기 보초를 세워두긴 했지만 성벽도 없는 마을이라 빈틈은 얼마든지 많았다.

잠시 후, 호사스러운 장식을 한 전투마가 호위대를 거느리고 나와 모래언덕에서 얼마간 떨어진 곳까지 갔다. 호위대가 먼저 언덕 위로 올라가 아래를 내려다보더니 뒤를 돌아보며 외쳤다.

"정말로 다섯 명이우니다!"

그 모양을 올려다보고 있던 아라비카가 외쳤다.

"다섯 명이라 놀랐어? 하긴 내가 봐도 좀 많긴 한데, 우리도 역할 분담이 필요해서 말이야."

호위병들은 아라비카의 말을 알아들었는지 아닌지, 뭔가를 찾는 것처럼 유심히 두리번대다가 언덕을 내려가 버렸다. 잠시 후 백여 명의 병사들이 언덕 위로 올라와 길게 진을 치고 화살을 메겨 아래를 겨누었다. 아라비카가 두 손을 저으며 웃었다.

"아니, 왜들 이러세요. 저희가 뭘 어쨌다고. 편지를 전하러 온 것뿐인데."

이윽고 병사들 사이에서 전투마를 탄 자가 모습을 드러내자 아라비카는 절을 하는 시늉을 하고 나서 외쳤다.

“편지는 즐겁게 읽으셨나요? 그걸 쓸 때 하즈라샤께서 사라딕을 웃기고 말겠다는 의지가 충만하시던데.”

멀어서 사라딕의 얼굴은 잘 보이지 않았다. 그러나 화가 난 것은 분명해 보였다. 그가 반지를 잔뜩 낀 손을 들어 아래를 가리키며 일갈했다.

“정녕 너희뿐이드이? 하즈라샤가 나를 썩은 아글라 열매로 보는그나. 내 너희를 매달아 열흘간 바짝 말린 연후에 그 위에 답을 써 보내리라.”

화살을 메긴 병사들이 반원으로 진을 굽히며 아라비카 일행을 포위했다. 뒤쪽은 기병들이 둘러쌌다. 아라비카는 어깨를 천천히 풀더니 몸에 감쌌던 흰 천을 풀어 내버렸다. 검은 피부가 드러나자 병사들이 놀라 술렁거렸다. 제라딤이 그랬듯 캄란 사람에게 검은 피부란 오무의 신성함을 의미했다. 살아오며 이렇게 검은 사람은 한 번도 본 일이 없었다.

아라비카가 지팡이를 두 손으로 쥐자 뒤에 서 있던 네 명이 조금 떨어져 섰다. 그 중 한 명이 외쳤다.

“시작하우니다!”

그곳에서 백여 걸음쯤 떨어진 곳, 사구 위에 앉아 턱을 괴고 있던 키릴에게도 그 소리가 들렸다. 그는 천천히 일어나 소리가 들려온 쪽을 내다봤다.

“헛! 하압!”

아라비카가 지팡이를 휘두르며 체조 비슷한 것을 하기 시작하자 뒤의 세 명도 똑같이 따라했다. 나머지 하나는 등에서 작은 북을 꺼내더니 박자에 맞춰 두드려댔다. 무기를 든 사람은 아무도 없었다.

"하압! 헙! 오오오오…… 합!"

북소리가 신나게 둥둥거리는 가운데 아라비카와 삼인조의 동작은 오래 연습해온 것처럼 척척 맞았다. 대체 무슨 의도로 이러는지 이해하지 못한 병사들은 어리둥절해져서 눈을 껌뻑거렸다. 사실 이런 장소, 이런 상황, 이런 구경꾼이라는 점만 제외하면 꽤 볼 만한 구경거리였다. 하지만 결국 그런 장소, 그런 상황, 그런 구경꾼이었기 때문에 박수갈채가 나오진 않았다.

사라딕은 저들이 더위 때문에 돌았나 생각하면서도 괴상하기 때문에 오히려 이른바 '사악한 술수'가 도사리고 있지 않나 싶어 머뭇거렸다. 늙은 족장이 진스카와 키릴을 놓칠 때 벌어졌던 일은 고스란히 사라딕에게 전해졌다. 생존자가 많았기 때문에 거짓말이었을 가능성도 없었다.

이런저런 이유로 모두가 눈을 부릅뜨고 아라비카와 삼인조를 지켜보는 가운데 멀리서 보던 키릴의 인내심이 제일 먼저 바닥났다. 키릴은 허리를 굽혀 모래 위에 선 하나를 긋고, 손가락으로 가리켰다.

얕은 선이었다. 약한 바람만으로도, 누가 한 발짝만 디뎌도 모래가 흘러 지워질 듯했다. 그러나 키릴의 손가락이 가리키는 궤적을 따라 점차 길어졌다. 마을을 향해 뻗어가고, 마을 입구 앞의 방벽을 따라가고,

말이 매여 있던 곳을 지나 반대편 지평선으로 이어졌다.

키릴이 멈추었다가 손을 뒤집자, 방벽 아래로 지나가던 선이 둘로 갈라졌다. 한쪽 끝은 마을 입구로 들어가 집과 집 사이로 미끄러져 갔다. 다른 쪽은 마을을 한 바퀴 감싸고 돌아갔다.

마침내 북소리가 멎었다. 아라비카와 삼인조는 땀을 뻘뻘 흘리며 절을 했다. 관객은 그들을 보기보다는 주위에 수상한 일이 벌어지지 않나 두리번대고 있었다.

"아, 유감이네요. 연습 많이 했는데. 사실 약간 틀리긴 했죠. 그래도 이만하면 박수가 나올 줄 알았거든요. 어쨌든 준비는 끝났습니다. 이제 어, 그 뭐냐, 숨겨진 힘은 내 손에 들어왔습니다."

제라딤은 예전에 아라비카가 심심해서 '숨겨진 힘' 운운했을 때 정말로 긴장했다고 말한 바 있었다. 이쪽 땅에서 검은 피부만이 갖는 이점이었다. 아라비카는 말을 맺으며 지팡이를 힘차게 내밀었다. 코앞에 있는 누군가를 찌르는 것처럼.

효과는 상상 이상이었다. 언덕에 서서 내려다보던 병사들 중 절반이 적어도 한 발짝 이상 물러섰던 것이다. 사라딕은 빨리 물러나려고 고삐를 다그치는 바람에 말이 커다랗게 울며 앞발을 들어올렸다.

아무 일도 일어나지 않는 것 같자 그들은 언덕 앞으로 돌아왔다. 사라딕은 창피한 나머지 분통이 터져 소리쳤다.

"활을 쏘라!"

그때, 땅이 울리기 시작했다. 대열은 아까보다 더 엉망이 되었다. 몇몇은 시위를 놓았지만 놀란 나머지 자세가 흐트러져 대부분 빗나갔다. 코앞까지 온 화살 몇 자루를 지팡이로 쳐내며 아라비카가 소리쳤다.

"땅이 뒤집힐 것이다! 뒤집혔다가 갈라질 것이다! 갈라졌다가 부서질 것이다! 부서졌다가 그 다음엔…… 하여튼 다 끝장날 것이다! 각오하라!"

그런데 거기까지 외치자마자 울림이 멈추었다. 병사들이 내려다보자 아라비카는 눈을 크게 떴다가 몇 번 깜빡거리더니 외쳤다.

"그래서 각오는 됐어? 되면 말해. 계속하게."

물론 됐다는 대답은 없었다. 아라비카는 주위를 둘러보고 어깨를 풀며 딴청을 피웠다. 그러다가 다시 울림이 시작되자 또 소리쳤다.

"이젠 더 못 기다리겠다!"

이번에는 울림이 제법 커지더니 서 있기 힘들 정도로 땅이 뒤흔들렸다. 아라비카는 지팡이를 이리저리 휘두르며 힘차게 찔러댔다. 그러나 노력한 보람도 없이 진동은 또 멈췄다. 아라비카는 갑자기 주먹을 부르쥐며 하늘을 올려다봤다.

"아아……. 내 마음속의 선량한 부분이……."

그쯤 되자 뒤에서 지켜보고 있던 삼인조와 고수도 웃음을 참기 힘들어 얼굴이 일그러졌다. 억지로 바닥에서 동전이라도 찾는 체하고 있는데 한 번 더 진동이 찾아왔다. 그러자 아라비카가 다시 외쳤다.

"그래! 이대로 약해질 순 없지! 결심했다!"

이번 진동은 약한 편이어서 병사들은 이러다가 또 멈추겠지 하는 기색으로 대열을 정비했다. 진동이 멈추기만 하면 화살 소나기가 쏟아질 분위기였다. 사라딕이 탄 말도 다시 모습을 드러냈다. 그런데 이번 진동은 멈추지 않았다. 오히려 점점 사납게 뒤흔들리더니 아무도 서 있지 못하게 됐을 즈음, 마을 앞의 땅이 쩍 소리를 내며 갈라졌다.

"저, 저건 뭐야?"

"따, 따, 땅이 갈라지우니다!"

갈라진 틈은 순식간에 더 크게 벌어졌다. 모래가 흘러 떨어지고 바위 바닥이 드러나더니 곧 그것도 연쇄적으로 무너져 들어갔다. 마치 거대한 괴물의 아가리처럼 주위의 땅을 뜯어 삼키는 중이었다. 이대로라면 마을도, 이쪽 언덕에 주둔한 사라딕의 군대도 삼켜지는 것은 시간 문제였다.

"달아나라!"

누가 먼저랄 것도 없이 군대는 삼면으로 흩어졌다. 상당수는 언덕에서 뛰어내려와 아라비카가 있는 곳까지 왔지만 본 척도 하지 않고 지나쳐 갔다. 아라비카가 손을 흔들며 말했다.

"그래도 수고했다는 말 한마디 정도는 해도 좋잖아."

그러자 뒤에 서 있던 고수가 말했다.

"저들이 예언자께서 이리 했노라고 믿지 않는 것 같수니다."

"아, 그래서 수고했다고 안 하는 거야? 이거 섭섭한데. 꽤 공들인 안무였는데."

고수는 허탈한 표정을 지었다.

"글쎄, 저들이 그냥 가 주는 편이 더 좋지 않수니까?"

기껏 세운 방벽도, 언덕도, 마을 입구도, 차례로 조각나 갈라진 틈으로 굴러들어갔다. 아라비카와 삼인조 및 고수도 이제는 병사들과 다를 바 없이 달아나야 했다. 아라비카가 겅중겅중 뛰면서 소리쳤다.

"어이! 이거 너무 세서 세계가 멸망하겠다!"

실제로 세계는 아닐지 몰라도 마을은 망할 뻔했다. 갈라진 틈은 마을을 3분의 1 가까이 집어삼켰다. 집게손가락 밑에서 시작된 균열이 협곡으로 변하는 것을 지켜보고 있던 키릴은 어디선가 들려오는 아라비카의 외침을 듣고서야 손가락을 허공으로 올렸다. 그러자 균열도, 갈라짐도 뚝 멎었다.

키릴이 일어서자 협곡 너머에서 아라비카가 손을 흔들어댔다.

"이봐, 선지자! 저 마을은 어쩌라고? 게다가 우린 또 어떻게 만나? 다리를 놓자면 반 년 쯤은 걸리겠는데?"

그러자 키릴이 손을 까딱이며 무어라 대답했는데 아라비카에게까지는 들리지 않았다. 그러나 결과는 금세 나타났다. 새롭게 땅이 울리기 시작하자 모두가 긴장했다. 이어 낯선 소리가 점점 가까워지자 아라비카를 따라온 자들이 말했다.

"이건…… 물소리가 아니우니까?"

그들의 말이 맞았다. 아라비카가 겁 없이 협곡 가장자리로 다가가 내려다보자 암초를 만난 밀물처럼 튀어 오르는 격류가 보였다. 협곡의 예리한 단면이 땅 밑 깊은 곳 어딘가를 흐르던 물길에 닿은 듯했다. 물은 점차 협곡 위로 차올라왔다. 수위가 오르는 속도가 너무 빨라서 아라비카는 뒤로 물러나며 중얼거렸다.

"사막에 홍수 나는 소리 하네, 라고 전에 누가 말했던 것 같은데."

솟아오른 물은 키릴이 처음에 그어 놓은 마을 안쪽의 균열까지 흘러 들어갔다. 잠시 후, 우물에서 물이 터져 나왔다. 말라버린 세 번째 우물까지 모조리 물기둥을 뿜어내자 숨어 있던 마을 사람들이 뛰어나왔다. 평소 같았으면 춤이라도 출 일이었겠지만 조금 전의 공포를 떨치지 못한 그들은 멍한 표정으로 비처럼 쏟아지는 물을 맞고 있었다.

키릴은 언덕을 내려가면서 아라비카 쪽을 보더니 다시 한 번 손짓을 했다. 삼인조 중 하나가 말했다.

"헤엄쳐 건너오라고 하시는 것 같수니다만……."

실제로 그럴 수밖에 없었다. 아라비카를 비롯한 다섯 명이 물로 뛰어들어 건너고 보니 협곡 한쪽에 어느새 계단이 만들어져 있었다. 아라비카가 물을 뚝뚝 흘리며 씩 웃었다.

"꼼꼼하긴."

계단을 밟고 협곡 위, 즉 반쯤 부서진 집들 틈으로 올라와 보니 달라진 풍경이 장관이었다. 마을은 사면이 물 흐르는 협곡으로 둘러싸여 사막 한 가운데라고는 도저히 믿기 힘든 곳으로 변했다. 그 와중에 마을에 남아 있던 병사들은 어떻게든 달아나겠다고 협곡으로 뛰어내려 죽을힘을 다해 첨벙거리고 있었다. 하지만 물이 생각보다 깊은 데다 맞은편 사면 대부분은 일부러 깎아낸 듯한 절벽이어서 기어 올라갈 곳이 전혀 보이지 않았다.

일부러 깎아낸 당사자는 마을 가운뎃길에 개미라도 관찰하듯 쪼그리고 앉아 있었다. 그가 들여다보는 것은 가느다란 균열이었다. 아라비카는 마을 사람들을 진정시키도록 일행을 보내고는 키릴 곁으로 갔다.

"씁, 자네 말이야. 솔직히 어마어마하게 멋지긴 한데, 내 감상은 말이야, 미리 예고 좀 했으면 좋겠고, 그리고 아슬아슬해. 엊그제 막 회복된 주제에 이렇게까지 엄청난 짓을 해도 되는 거야? 좀 살살 아껴 쓰는 게 좋지 않을까?"

"아껴 쓴다고 남아 있고 그런 건 없어."

"주머니 속의 금화와는 다르다 그건가? 근데 이러다가 도로 예전처럼 무능해지는 건 아니겠지? 생각만 해도 오싹한데."

키릴이 '악담을 해라' 하는 눈빛으로 쏘아보자 아라비카는 얼른 딴전을 피웠다.

"헤엄쳐서 도망치는 놈들이 많은데? 쫓아가서 잡아와야 되려나?"

키릴은 어깨만 가볍게 들썩여 보이더니 다시 개미 관찰하는 자세로 돌아갔다. 아라비카도 결국 같이 쪼그리고 앉았다.

"그런데 아깐 왜 그렇게 땅을 흔들었다 말았다 한 거야? 머리 쓰느라 죽는 줄 알았네."

"강도 조절 좀 하느라고."

"조절한 결과가 이거야? 내가 임기응변이 있었으니 망정이지, 정말 힘들었다. 그나저나 어땠어? 내 주문 동작이? 대마법사 같았지?"

"누가 그런 식으로 마법을 써?"

아라비카는 낄낄 웃었다.

"그야 자네는 마법을 즉시 발동시키니까 그렇지. 남들은 다 무슨 짓인가 하면서 마법을 쓴다고. 손짓을 하든, 발짓을 하든, 세레나데를 부르든. 여기 사람들은 마법을 본 적이 없으니까 이런 화려한 게 틀림없이 먹힐 줄 알았지. 다들 놀라 자빠지는 걸 봤어야 했는데. 어딘가에는 나처럼 하는 작자도 분명히 있을 걸?"

키릴은 은근히 짜증이 나서 쏘아붙였다.

"없거든?"

그 무렵 마을 사람들은 절벽 가장자리로 가서 아래를 내려다보며 저들끼리 언쟁을 벌였다. 몇몇은 쭈뼛거리며 아라비카의 일행들과 대화를 나눴다. 고수가 아라비카에게 다가와 물었다.

"물에 빠진 자들이 구해 달라 외치는데 어찌 하면 좋수니까?"

"도망친 게 아니고?"

아라비카가 일어나 절벽 가장자리에 가보니 키릴이 악랄하게 경사면을 다듬어놓은 결과 한 명도 맞은편 절벽으로 올라가지 못하고 급류 속에서 허우적대고 있었다. 아라비카는 혀를 찼지만 결국 사람들에게 밧줄을 가져오도록 해 그들을 한 명씩 끌어올려 주었다. 센 물살에 휘말려 탈진한 그들은 더 이상 도망칠 생각도 하지 못하고 마을 가운데 주저앉아 늘어졌다.

이윽고 키릴이 일어나 그들 앞으로 왔다. 마을 사람들이 그 뒤로 주섬주섬 둘러섰다. 병사들은 키릴을 흘끔 봤지만 흰 로브를 걸친 창백한 사내 한 명이 땅을 가르고 물을 일으켰다고는 생각하지 못하는지 별다른 반응이 없었다.

키릴이 말했다.

"방금 생겨난 협곡이라 빠져 죽지도 않을 것 같던가?"

무슨 소린지 이해하지 못한 그들은 아무 대꾸도 하지 않고 눈치만 보았다. 키릴이 말을 이었다.

"조금 전에 내가 물을 빼버렸으면 너희는 협곡 밑바닥에 떨어졌을 거야. 운이 좋아 살아남았다 해도 죽을 때까지 나오지 못했을 테지. 난 나올 길을 만들지 않았으니까."

키릴 치고는 꽤 친절한 설명이라 듣고 있던 아라비카가 고개를 갸웃거렸다. 하지만 당사자들은 설명이 아니라 협박으로 받아들이고 점차 자세를 바로잡다가 결국 모두 꿇어앉아 머리를 조아렸다.

"자비를 베푸시우시오!"

"저희는 시키는 대로 따른 죄밖에 없수니다!"

그들은 키릴을 무어라 불러야 할지 몰라 나딕이라고 했다가 알마딕이라고 했다가 뒤죽박죽이었다. 그러다가 마을 사람 하나가 아라비카의 일행에게 얻어듣고 '선지자' 라고 알려주자 '선지자이시여' 하고 호소하기 시작했다.

키릴은 그들을 죽 훑어보다가 한 명을 지적했다. 마을에 남은 병사들을 지휘했을 법한 자였다.

"사라딕에게 전해. 계속 고집을 부린다면 나도 더 이상 이런 자비를 베풀 수 없다고."

'이런 자비' 라고 말할 때 키릴의 시선을 보건대 오늘 마을 주위를 협곡으로 만들어버린 정도가 자비라는 뜻인 듯했다. 지적당한 자는 기가 질린 표정으로 고개를 끄덕거렸다. 키릴은 가리킨 손가락을 그대로 움직여 그자를 허공에 내던졌다.

"으아악!"

모두가 눈을 커다랗게 뜨며 그 광경을 쳐다봤다. 비명을 지르며 날아간 그자는 협곡을 건너가 모래 위에 처박히기 직전, 갑자기 느려지며 안전하게 내려앉았다. 벌떡 일어난 그자는 뒤도 돌아보지 않고 남쪽으로 달음박질쳐 사라졌다.

남은 병사들의 시선이 다시 돌아와 키릴에게 못 박혔다. 키릴은 그들을 냉담하게 둘러봤다. 사라딕의 병사들은 물론이고 마을 사람들까지 슬슬 긴장해서 고개가 저절로 수그러지고 있을 무렵 키릴이 말했다.

"그래서 이제는 남는 방이 있나?"

움츠러들었던 마을 사람들의 고개가 다시 위로 올라오더니 눈빛을 주고받았다. 그들은 그때까지만 해도 사라딕의 군대가 왜 갑자기 마을에 들이닥쳤는지도 몰랐고, 어디선가 나타난 '선지자' 께서 왜 재해를 일으켜 그들을 내쫓았는지도 몰랐다. 그렇다보니 그들이 이 사태를 해석할 만한 힌트는 하나뿐이었다. 설마, 아까 방이 없다고 해서?

맨 처음 키릴 일행에게 다가갔던 사냥꾼이 다가와 고개를 꾸벅거리며 말했다.

"바, 방이 있수니다. 선지자이시여, 얼마든지 있수니다."

"하나 줘."

"그, 그러겠수니다."

키릴은 사냥꾼을 따라 방을 구하러 가버렸다. 남은 병사들을 어떻게 처결하라고 명하지도 않았기 때문에 사람들은 어리둥절해 하다가 아라비카를 쳐다봤다. 아라비카가 양 손을 들어 보이며 씨익 웃었다.

"알다시피 선지자께서는 작은 일에 일일이 관여치 않으시거든. 여러분이 평소 원수였다면 치고받고 해보시고, 아니라면 사이좋게 저녁 초대라도, 어때?"

병사들은 무장하고 있지도 않았고 마을 사람들보다 수도 적었기에 불가능한 제안은 아니었지만 사람들의 표정은 바뀌지 않았다. 하긴 무슨 소리를 하든 마을 사람들에게 이 사태를 납득시킬 방법은 없었다. 아라비카는 쉽사리 포기하고 말을 이었다.

"그리고 나도 방이 필요한데. 아참, 난 예언자라고 해. 선지자하고는 조금 다르지만, 사실상 크게 다르지도 않은…… 뭐 그럭저럭 비슷한 존재지."

예언자께 드릴 방도 물론 있었다. 도망친 병사들이 본의 아니게 아주 많은 방을 비워주었던 것이다. 그리고 여행자들에게 제공할 우물물도 넘치도록 있었다.

한밤중에 아라비카는 수상한 냄새를 맡고 잠에서 깨어났다. 나무 타는 냄새였다. 벽난로가 꺼지려나보다 생각하며 뒤척이던 그는 갑자기 벌떡 일어났다. 여긴 벽난로가 없었다. 땔나무도 없었다. 있는 나무라고는 그들이 잠든 집, 그 자체뿐이었다.

덧창을 밀치기도 전에 열기가 느껴졌다. 사방에서 불길이 날름거렸다. 뭔가가 떨어지고 깨지는 듯한 소리도 멀리서 들려왔다. 누군가가 집에 불을 질렀다고 판단한 아라비카는 지팡이만 집어 들고 나무 문짝을 걷어찼다.

두 번 만에 간단히 떨어져 나간 문짝 너머는 연기가 자욱했다. 하지만 덧창이 없는 창이 많아 숨이 막힐 정도는 아니었다. 키릴이 있는 방으로 들어가 보니 다행히 창을 열어 놓고 잔 듯했다. 흔들어 깨우려 했지만 연기에 취하기라도 한 듯 쉽사리 깨어나지 않아 그냥 번쩍 들쳐업고 나와 다른 방문들을 열었다.

"다들 일어나! 뜨끈뜨끈하니 잠이 잘 오나?"

일행들이 허겁지겁 일어나는 것을 확인한 아라비카는 집 밖으로 나가려 했다. 그런데 등 뒤에서 키릴이 무어라 웅얼거리는 소리가 들렸다.

"정신이 들었나? 불이 났거든? 내가 지른 건 아닌데, 자네도 물론 아니지?"

키릴이 뭐라 다시 말하는 듯했지만 일단 나간 다음에 들어도 될 듯했다. 나무로 뼈대만 세워놓고 흙을 이겨 만든 집이라 불이 느리게 번진 것이 다행이었다. 막 입구로 가서 문을 걷어차려 하는데 갑자기 두 발이 바닥에 붙어버린 듯 굳어졌다. 아라비카는 뻣뻣한 몸놀림으로 키릴을 바닥에 내려놓았다. 물론 본의가 아니었다. 바닥에서 비척거리며 일어난 키릴이 잠이 덜 깬 얼굴로 찡그린 눈가를 비비며 말했다.

"내가 이렇게까지 해야겠어?"

주문이 풀려 몸이 자유로워진 아라비카도 인상을 썼다.

"그럼 이 안에서 해가 두 번 지기 전에 모래를 퍼먹는 달팽이 꼴이 될 작정이야?"

"그 개소리도 간만이군."

키릴이 선 자리를 중심으로 차가운 기운이 퍼져나갔다. 딛고 선 바닥과 벽, 천장까지 사방 두 걸음이 하얗게 얼어버렸다. 키릴은 벽에 붙은 성에를 손가락으로 그어 혀에 대어보더니 다시 아라비카를 흘끗 봤다.

"그런데 듣다보니 그거, 골말하고 비슷한데."

키릴이 창가로 걸어가자 한기가 발밑을 따라오며 주변을 얼렸다. 아라비카는 키릴이 한 지적이 의외로 일리가 있어서 당황한 표정이었다.

밖을 내다보니 왜 키릴이 나가지 않으려 했는지 알 만했다. 밖도 불바다였다. 온 마을이 그 지경이었다. 어제 키릴이 만들어낸 협곡으로 둘러싸여 마을이 고립되어버렸으니 불을 지르면 귀찮은 자들을 간단히 몰살시킬 수 있다고 누군가가 근사한 생각을 해낸 모양이었다. 저들이 다스리던 백성들도 포함해서.

하늘을 올려다보니 불붙은 양털뭉치 따위가 계속해서 어둠을 가르며 날아드는 중이었다. 석궁을 쏘는 건지 밖에서 투석기라도 가져다가 던지는 건지 모를 노릇이었다. 아라비카는 그런 와중에도 발이 시려 한 쪽 발씩 들었다 놨다 하며 말했다.

"불을 때려면 좀 잘 때지 추워 죽겠네. 그나저나 이놈들은 어지간히 우리와 마주치기 싫은 모양인데 어떻게 해주면 좋을까?"

사라딕이 비주와 사샤를 여기까지 데려왔을 리 만무했으므로 여기서 저들을 끝장내 버릴 수는 없었다. 키릴이 말했다.

"오기 싫다면 가줘야겠지."

"어라? 대단히 자네답지 않은 말인데."

"내게 필요한 사람들을 쥐고 있으니 가는 수고 정도는 이쪽에서 해줄 수 밖에."

그때 뭔가가 지붕을 부수고 들어와 발밑에 떨어졌다. 깨진 항아리에서 기름이 새어나오는 것을 본 키릴이 즉각 그쪽을 얼려버리고는 아라비카의 팔을 잡고 허공으로 떠올랐다. 부서진 지붕 틈을 통해 밖으로 나오고도 계속 위로 올라가자 아라비카가 눈을 커다랗게 뜨며 말했다.

"이거…… 그럴듯한 연습용 과녁이 되는 거 아니야?"

"안 보여."

심지어 투명화 중이었다. 몇 가지 마법을 동시에 쓰는 건지, 놀랍다 못해 어처구니가 없었다. 다른 곳에서 마법을 볼 만큼 보아 온 아라비카도 이런 마법사는 처음이었다. 돌이켜 보면 아라비카를 만나고서 얼마 안 가 키릴이 마법을 잃었기 때문에 키릴이 쓰는 마법이 어떤 것인지 실감하지 못했던 것도 사실이었다.

이런 인간이 한때는 그렇게 무능한 짐 덩어리였다니. 세상에 균형이 있다면 이런 엄청난 마법은 곧 사라져야 맞는 게 아닌가 싶고, 그랬다가는 얼마나 불편해질지 상상이 안 가고, 그런 생각을 하는 사이 키릴과 아라비카는 상당히 높은 곳까지 올라갔다. 대략 키의 열 배 정도에 이르자 스치는 바람의 세기가 달랐다. 대담해지려 했지만 아라비카도 솔직히 다리가 후들거렸다.

키릴은 담담히 아래를 내려다보았다. 높은 곳에서 보니 불을 피해 도망친 마을 사람들은 상당수 협곡으로 뛰어내린 듯했다. 그런데 그들도 수영을 못했다. 애당초 사막에 살면서 수영을 잘 할 이유가 많지 않긴 했지만 그러면 처음부터 뛰어내리지 말아야 할 텐데, 어제의 병사들도 그렇고 여기 사람들이 보기에 물이란 은혜롭기만 할 뿐, 빠져 죽을 것 같은 느낌은 별로 들지 않는 모양이었다.

협곡의 형태를 조절해 섬을 몇 개 만들자 겨우 허우적대던 사람들이 쉴 곳이 생겼다. 물살을 잘못 건드려 소용돌이가 생기지 않도록 주의하느라 나름 까다로운 작업이었다. 아무도 알아줄 사람은 없었지만. 키릴도 누가 알아줬으면 하지 않았다. 이런 쓸데없는 친절은 남들이 몰라줄 때가 더 편했다.

더 먼 곳으로 시선을 돌렸다. 그대로 협곡을 건너가 내려다보니 대략 천여 명은 되어 보이는 군대가 투석기 두 대를 갖추고 기름 혼합물이 든 항아리와 불붙은 양털 뭉치 따위를 쏘아 보내고 있었다. 슬슬 물량

이 떨어진 듯 움직임이 뜸해졌지만 마을은 이미 완전히 불타오르고 있었다. 불이 꺼지고 나면 건너갈 생각인지 긴 사다리도 여러 개 엮어놓은 것이 보였다.

그쯤 되자 아라비카가 솔직한 심정을 토로했다.

"웬만하면 이런 말 하긴 싫지만, 이제 그만 내려주면 안 될까? 심장에 안 좋은 높이라서. 난 수영도 잘 해서 아무데나 괜찮거든?"

그 즉시 키릴은 아라비카를 내려보내 주었는데 거의 휙 내동댕이쳤다가 아슬아슬하게 살려준 느낌이었다. 간신히 바닥에 내려선 아라비카는 방금 키릴이 물에 빠진 사람들을 신경 썼다는 것을 아는 척해서 그랬다는 것을 눈치챘다. 하지만 화를 내는 대신 웃고 말았다. 키릴의 딱딱한 껍질 안쪽에는 사람 같은 면이 꽤 많이 남아 있었다.

키릴은 절벽 끄트머리에 천천히 내려섰다. 병사들이 투석기를 겨냥한 바로 그 방향이었다. 그리고 투명화를 걷었다.

병사들은 모두 그쪽을 뚫어져라 보고 있었지만 벌겋게 타오르는 불빛을 등진 키릴의 모습은 검은 그림자 같아 얼른 눈에 들어오지 않았다. 하지만 걸어오기 시작하자 누구든 볼 수밖에 없었다. 누군가가 펄럭이는 옷자락을 발견하고 놀라 손가락질했다.

"저기, 저기……."

그들 대부분은 키릴을 처음 보았다. 하지만 많은 자들이 이 낯선 자가 그들이 투석기까지 동원해 가며 죽이려 하는 존재임을 예감했다. 어떻게 협곡을 건너왔을까? 어째서 저곳에서 나타났단 말인가? 이쪽은 군대이고 저쪽은 단신인데 왜 두려워하지 않을까?

그들 앞까지 온 키릴이 말했다.

"사라딕과 이야기하고 싶으니 이 자리로 나오라고 전해. 너희가 창칼로 대화하려 한다면, 상응하는 대답을 주지."

병사들은 두려움을 느끼긴 했으나 저들을 지배하는 영주에 대한 두려움이 더 강했다. 어제 협곡이 생겨난 것을 보긴 했지만, 대부분은 한 사람이 협곡을 만들 수 있다고 상상하지 못했다. 그래서 그건 하필 때 맞춰 벌어진 지각 변동일 뿐이었다.

누군가가 사라딕에게 상황을 알리러 달려가고, 나머지는 포위진을 짜며 다가왔다. 창칼과 활이 키릴을 둘러쌌다. 잠시 후 등 뒤에서 말발굽 소리와 함께 고성이 들려왔다.

"저자의 목을 쳐 내 앞으로 가져오라!"

명령이 떨어지자 수십 개의 활이 시위를 놓았다. 날아가던 화살들은 키릴의 앞, 약 세 걸음 앞에서 모두 멈추었다. 그러더니 하나하나 부러지기 시작했다. 한두 번 꺾이는 정도가 아니라 조각조각, 마치 손아귀로 으스러뜨린 것처럼 산산이 부서져 바닥에 떨어졌다.

키릴은 손가락 하나 움직이지 않은 채 그 자리에 서 있었다. 눈가가 경멸하듯 가늘어졌을 뿐이었다. 그러나 그 광경을 보던 병사들은 하나같이 움츠러든 어깨를 펴지 못했다. 산산조각나다 못해 가루가 된 화살에서 사나운 감정을 느낀 탓이었다. 단순한 파괴가 아닌, 전조처럼.

뒤에서 다시 사라딕의 고함이 들려왔다.

"무얼 하느이! 나아가 쳐라!"

성화에 못 이겨 첫 줄의 십 수 명이 뛰어나갔다. 키릴이 손바닥을 펴더니 이리 오라는 것처럼 손끝을 까딱했다. 그러자 달려들던 그들 모두가 손끝으로 튕긴 돌멩이처럼 날아올라 키릴 뒤의 계곡으로 곤두박질쳤다. 비명이 가라앉기도 전에 열이 허물어지며 병사들이 허둥지둥 뒤로 물러나려 했다. 하지만 키릴은 두 번째 줄도 똑같이, 세 번째도 마찬가지로 계곡 속에 내던졌다.

"으아아악!"

"사, 살려주시우시오!"

"자, 자비를 베푸시우시오!"

키릴의 눈동자가 더욱 가늘어졌다. 그가 몇 걸음 다가가자 남은 병사들이 뒤로 가려고 서로 밀치다가 엉켜 넘어졌다. 그 와중에 사라딕의 목소리가 다시 들려왔지만 귀를 기울이는 자는 없었다. 키릴이 말했다.

"난 어제도, 조금 전에도 자비를 베풀었지만 너희가 거절했어."

다시 한 걸음 다가가자 병사들이 더 버티지 못하고 달아나기 시작했다. 키릴은 오른손을 어깨 너머로 올렸다가 하늘 위를 가리켰다. 그러자 키릴의 등 뒤, 계곡 너머의 마을에서 이글거리던 불길이 서서히 자라 하늘로 솟구치기 시작했다. 뒤를 흘끔대던 병사들은 놀라 눈이 튀어나올 지경이었다. 불길은 점점 더 커졌다. 마치 불로 된 거인이 무릎을 꿇고 있다가 일어서는 듯한 광경이었다.

"저, 저기, 부, 불이……."

사방팔방으로 달아나는 그들 뒤로 뜨거운 기운이 밀려들었다. 쾅! 뒤를 돌아본 자는 계곡 너머에 솟은 불길이 폭발하는 화산처럼 불덩이를 내뿜는 것을 두 눈에 담았고, 바로 재가 되어 부스러졌다. 잠깐 사이에 사라딕의 진지 전체가 활활 타올랐다. 천막이 불타고 말이 울부짖고 사람들은 이성을 잃고 달아났다. 쾅! 떨어져 부서진 불덩이는 지하에서 수만 년 간 타오른 불처럼 이글거렸다.

키릴은 불바다 속을 걸어갔다. 흰 사막 곳곳에 유성처럼 꽂혀 불타는 불덩이와 검은 재, 신음하는 자들 사이로 지나갔다. 동료들에게 짓밟혀 다리가 부러진 자가 등으로 기어 달아나다 말고 살려달라고 애걸했다. 키릴이 대꾸했다.

"이건 본래 너희가 만든 불이었지. 만들 때는 그 속에 들어가면 어떤 느낌일지 생각해보지 않았나?"

말을 타고 달려든 자가 있었다. 키릴이 겉보기에 빈손이니 기습으로 제압할 수 있다고 믿은 듯했다. 키릴은 손날로 허공을 긋는 것만으로 그자가 쥔 칼을 날려 보내고, 배에 길게 베인 상처를 내고, 말 잔등에 날카로운 금을 남겼다. 말이 고통스러워 날뛰자 그자는 바닥에 처박혔다. 키릴은 다가가 그자를 굽어보다가 목을 움켜쥐고 일으켰다. 이어 허공으로 들어올렸다. 그자는 벗어나려 몸부림치면서도 자신의 육중한 몸이 이처럼 해쓱한 사내의 손에 붙잡혀 있다는 것을 믿지 못하는 표정이었다.

"사라딕은 어디 있나?"

단신으로 덤벼들 정도면 측근의 충성스러운 자일 것이다. 예상대로 그자는 고개를 저었다. 키릴은 그자를 도로 바닥에 내던졌다. 그런 다음 팔뚝을 움켜쥐고 시체 끌듯 질질 끌며 다시 걷기 시작했다. 힘든 기색은 전혀 없었다. 피를 흘리며 끌려오던 그자는 몇 번이나 벗어나려 했으나 소용이 없자 물었다.

"너, 너는 마법사인가? 금지된 술수는 오무께서 반드시 불벼락으로 다스리신다."

"그래? 지금은 불벼락을 보고 있다고 생각하지 않나?"

그러자 끌려오던 남자가 발끈했다.

"감히! 사악한 술수를 쓰는 자가 오무의 권능을 능멸하다니! 네 재주가 종그로의 뱀일지라도 오무께서는 반드시 죄인에게 대가를 치르게 하신다! 누구도 핀골 산의 창을 피하지는 못하리라!"

너무 힘차게 말한 나머지 배에서 피가 솟아나며 남자가 쿨럭거렸다. 키릴의 입가에 냉소가 걸렸다.

"그래서 너희의 신이 나를 여기로 보낸 모양이군."

"뭐라고?"

"너희의 죄를 봐."

키릴이 한 손을 휘두르자 주위 반경 수십 걸음이 백 개의 램프를 켠 듯 환해졌다. 그러자 피와 재와 불, 그 속에 수백 명의 병사들이 고통스럽게 뒹굴고 있는 모습이 생생하게 보였다. 똑바로 선 자는 아무도 없었다. 모두 쓰러졌거나 바닥을 기고 있었다. 끔찍하게 일그러진 표정들이 흩날리는 불티 속에 잠겨 있었다.

그자가 헐떡이며 말했다.

“이, 이건 네가 저지른 짓이 아닌가?”

“너희가 조금 전에 마을에 저지른 짓과 완전히 똑같지.”

“그건…….”

잠시 말문이 막혔던 그자가 다시 말했다.

“하즈라샤의 죄에서 시작된 것이다. 하즈라샤는…… 사라딕께서 목숨처럼 사랑하시던 두 아드님의 목숨을 거두었다. 그, 그러고도 아직껏 죄를 갚지 아니했다. 사라딕께서는…… 오랫동안 복수의 칼을 갈아 왔거늘 하즈라샤의 종에게 어찌 자비를 베풀리. 지금 피를 흘리더라도 반드시 조복(調伏)케 하고야 말리라.”

키릴은 그 말을 끝까지 들어준 다음 끌고 오던 자를 번쩍 일으켜 세웠다.

“너희는 제 원한을 갚고자 남을 끌어들이기를 무척 좋아하는군. 그렇다면 나도 사양치 않아도 되겠지.”

키릴이 그 남자의 이마에 손을 얹자 머리 전체가 빛나기 시작했다. 잠시 후 광채는 빨려 들어가듯 사라졌다. 키릴은 그자의 몸을 돌려세워 가볍게 밀었다. 그러자 그자가 걸어가며 외치기 시작했다.

“사라딕이시여! 사라딕이시여! 어디 계시우니까?”

키릴은 천천히 그자를 따라갔다. 그자는 먼발치에 쳐진 천막들 쪽으로 달려가더니 안으로 들어갔다가 나왔다. 이어 천막 주변에 매인 말들을 살펴보더니 작은 피리를 꺼내 불었다. 그러자 어딘가에서 화려한 비단을 두른 말이 달려왔다. 그자는 말고삐를 잡고 말을 달래더니 말을 뒤따라 어디론가 달려갔다. 배에서 피가 줄줄 흐르는데도 전혀 깨닫지 못하는 모습이었다.

마침내 말이 한 장소에 멈추자 그자가 달려가 한 병사를 들여다보며 외쳤다.

"사라딕이시여!"

바닥에 쓰러진 병사는 몸을 떨며 그자를 밀어내려 했다. 그때였다. 그자가 갑자기 이상한 표정으로 몸을 부르르 떨더니 눈을 깜빡이다가 주위를 둘러봤다.

"이건…… 어째서……."

그러다가 뒤를 돌아본 그자가 부들부들 떨며 소리쳤다.

"어, 어서 말에 오르시우시오! 이곳을 떠나야 하우니다! 사악한 술수가……."

앞서는 생각과 달리 그자는 문득 자신의 배를 내려다보고 어쩔 줄 몰라 하며 손을 떨었다. 누워 있던 자는 그자의 손을 뿌리치고 벌떡 일어나더니 주위를 두리번거렸다.

"당신이 사라딕인가?"

키릴의 목소리가 들려오자 문제의 병사, 사라딕은 귀신이 부르기라도 한 것처럼 펄쩍 뛰었다. 키릴은 천천히 다가가 사라딕을 내려다보았다. 어느새 평범한 병사들의 옷을 걸치고 장신구도 모조리 빼어 내버린 채였다. 다만 생각보다 나이가 많지 않아 보이는 것이 의외였다.

이곳까지 키릴을 인도한 남자가 키릴을 보고 욕을 내뱉었다.

"악마의 술수를 쓰는 자여, 오무의 발이 짓이길진저……."

키릴이 일어나라는 것처럼 가볍게 손짓하자, 사라딕이 일어섰다. 검지를 펴서 한 번 휘젓자 양 팔이 좌우로 올라갔다. 손가락을 다시 위로 까딱이자 사라딕의 몸이 떠오르더니 보이지 않는 장대에 매달린 모양이 되었다. 조금 전까지 거만하게 소리치던 자는 제 옷도 아닌 헐렁한 병사의 옷을 걸친 채 약 세 걸음 위의 허공에 떠서 고개를 떨어뜨렸다.

키릴이 사라딕이 허리에 찬 칼에 시선을 주자 칼이 저절로 뽑혀나왔다. 날아오른 칼은 사라딕의 목을 막 긋기 직전에 멈추었다. 사라딕이 고개를 젖히며 숨을 멈추었다. 목젖이 칼날과 닿을 듯 말 듯, 아슬아슬하게 한 번 움직였다.

"너, 너는 누구느이?"

그제야 대화를 해 볼 생각이 드는 모양이었다. 그 무렵 동이 트면서 지평선이 뿜어낸 빛이 두 사람의 얼굴을 절반만 비추었다. 해가 뜰 무렵 불어오는 바람에 흩날린 머리카락이 창백한 뺨에 그물 같은 그림자를 드리웠다.

"여기까지 온 이상 우리가 나눌 이야기는 별로 없어. 당장 두 사람을 내놓느냐, 내가 좀 더 번거로운 일을 하고 나서 내놓느냐가 남았을 뿐이지."

"나를 풀어준다면 여자와 아이를 네 손에 붙이리라. 그들은 사라드에 있다. 함께 간다면 그들을 넘길 것을 약속하그다."

"하즈라샤가 네가 하는 약속은 어떤 것도 믿지 말라고 하더군."

하즈라샤라는 이름을 듣자 사라딕의 얼굴이 일그러졌다. 맥없던 눈빛에도 증오가 이글거렸다.

"아타르크 진스카! 약속을 모르는 것은 그자이다. 사라딕의 아들을 살해한 자의 딸을 거짓말로 감추고, 거짓말이 드러나자 다시 셋째아들을 살해하였노라. 그러고도 그 죄를 갚을 필요가 없다고 주장한다. 누가 약속을 모르는가? 오무께서는 아들의 복수를 하려 하는 아버지에게는 어떤 죄도 없다고 하스노라."

"네가 말하는 복수를 위해 어떤 거짓말을 해도 죄가 없다면, 앞으로도 계속해서 약속을 어기겠군. 난 너희의 말다툼 때문에 낭비할 시간이 없어."

키릴이 한 손을 내밀자 어슴푸레한 황야 너머에서 밧줄이 뱀처럼 미끄러져 와 키릴의 손아귀로 들어왔다. 반대쪽 끝은 사라딕의 몸을 휘감았다. 키릴은 밧줄을 쥔 채 걷기 시작했다.

잠시 후 안개 속에서 누군가가 말을 끌고 나타났다. 아라비카가 마가람 대장을 찾아 데려온 모양이었다. 마가람 대장은 사라딕의 꼬락서니를 보고 당황한 기색이었다. 아라비카가 말했다.

"그새 다 끝났네? 그런데 그런 꼴로 걸어서 가기에는 좀 멀걸?"

이번에는 키릴도 사양치 않고 말에 올랐다. 함께 왔던 네 명을 비롯해 백여 명의 군대가 저만치 기다리고 있었다. 그들은 키릴에게 아무것도 묻지 않았다. 물이 서서히 말라가는 협곡을 목격한 것만으로 그들은 선지자에게 어떤 것도 물을 수 없었다.

눈 내리는 밤의 작별

계절을 앞선 눈발이 해질녘부터 떨어지더니 밤이 되어도 그치지 않았다. 일츠 브릴모는 막 궁에서 돌아왔다. 마차에서 내린 그는 바로 집으로 들어가지 않고 눈을 맞으며 뜰을 거닐었다. 그와 같은 사람도 결정을 내리기 전에 잠깐 주저할 때가 있었다.

수도의 브릴모 저택은 뜰이 그리 넓지 않아 그는 금세 문 앞까지 왔다. 밖으로 나가는 대신 장미 무늬가 새겨진 문을 바라보고 있는데 달칵, 소리가 나며 문에 난 손바닥만 한 창이 열렸다.

"잠깐 얘기 좀 할래?"

클라리몽드였다. 이 자리에 그가 서 있을 줄 미리 알기라도 한 듯했다. 조금 전 마차가 들어가는 것을 보았을지도 모른다. 하지만 왜 저택에 들어오지 않고 기다렸을까? 이유는 몰랐지만 일츠는 선선히 대답했다.

"산책도 좋겠지."

문지기에게 문을 열게 하자 비둘기색 외투를 걸친 클라리몽드가 모자를 쓰고 서 있었다. 둘은 나란히 시내 쪽으로 걸었다. 눈발이 짙어지고 있어 거리를 오가는 사람이 드물었다. 북부에 위치한 아르나브르에서도 이 무렵 눈이 온 해는 좀처럼 없었다.

얘기 좀 하자는 말과 달리 클라리몽드는 별로 말이 없었다. 모자 위로 눈이 하얗게 쌓인 것을 본 일츠가 말했다.

"크림 한 겹 얹은 것 같네."

"케이크라도 먹을래?"

상점들은 대부분 문을 닫았다. 케이크를 팔 만한 카페도 마찬가지였다. 둘은 시내 안쪽으로 난 골목으로 접어들었다.

일츠가 드라니라바티 학생 시절에 친구들과 드나들곤 하던 발모르 거리의 요리점은 이 무렵 문을 닫았고, 빈자리는 근처 포목상점의 창고로 변해 있었다. 마침 창고 문을 열고 일꾼들이 뭔가를 부지런히 실어내고 있었다. 일츠는 그쪽을 잠시 바라보다가 시선을 돌렸다. 친구들과 약속 장소로 삼곤 하던 분수대도 천천히 지나쳤다. 동그란 펠트 모자를 쓴 학생 몇이 오늘도 어슬렁거리고 있었다.

클라리몽드는 골목을 몇 군데 지나치더니 중간계급의 남자들이 드나들곤 하는 바로 들어갔다. 자주 와본 것처럼 자연스러운 걸음이었다. 구석진 창가에 앉아 모자를 벗고, 여급을 불러 은화 몇 닢을 꺼내주며 심부름을 부탁했다. 여급은 클라리몽드를 잘 아는 모양으로 고개를 끄벅이며 얼른 제 모자를 집어쓰고 가게 밖으로 뛰어나갔다. 일츠가 테이블 아래의 발걸이에 발을 걸치며 말했다.

"여기 곧잘 오는 모양이네."

"맛있는 셰리가 있어. 한 잔 할래?"

"아니. 지금은 됐어. 집에 가서 할 일도 있고."

날씨 때문에 손님은 거의 없었다. 그래서 그들을 알아볼 만한 사람도 없었다. 창을 바라보고 놓인 테이블에 앉은 두 사람은 밤늦은 시각에 몰래 데이트를 하는 젊은이들 같았다. 클라리몽드가 빙그레 웃었다.

"그래. 그거 안됐네."

일츠는 초콜릿을, 클라리몽드는 브랜디를 넣은 홍차를 주문했다. 막 음료가 나왔을 때 문간에서 딸랑, 소리가 나서 둘 다 그쪽을 돌아보았다. 심부름을 간 여급 대신 견직 튜닉을 입은 학생들이 들어왔다. 그들은 이러쿵저러쿵 떠들더니 안쪽으로 들어가 자리를 잡았다.

클라리몽드가 그들의 뒷모습을 보다가 시선을 거두며 말했다.

"저거, 교복이지?"

"드라니라바티라는 학교야."

"너도 거기 나오지 않았어?"

"응."

세월이 흐른 지금도 두 사람은 꼭 학창시절처럼 대화했다. 경칭 같은 것은 없었다.

"저런 거 입고 다녔겠네."

"좀 거추장스러웠지."

지금의 일츠는 허리가 드러나는 짧은 검정 튜닉에 역시 검정 바지 차림이었다. 사람들은 일츠가 주로 그런 옷을 입는 데다 결혼도 하지 않자 아버지처럼 사제의 길을 간다고 여겼다. 하지만 일츠는 종단에서 서품을 받기는커녕 입문조차 한 적이 없었다. 그리고 많은 사람들이 잘못 생각하는 것과 달리 아스테리온의 사제나 무녀들은 결혼에 제약이 없었다.

"지금 모습도 비슷한 걸."

"저건 비단이야. 이건 서지(serge)고."

클라리몽드가 웃었다.

"그래. 넌 그런 것도 잘 알지."

다시 딸랑, 소리가 나며 여급이 돌아왔다. 여급은 주방으로 들어갔다가 곧 접시에 자그마한 크림파이를 받쳐 들고 돌아왔다. 흰 크림 위에 잘게 자른 레몬이 얹혀 있었다. 이미 닫은 케이크 가게의 문을 두드려 클라리몽드의 주문임을 말하고 사 왔을 것이다. 클라리몽드는 여급에게 수고비로 은화 몇 닢을 건네주었다. 일츠가 파이를 내려다보다가 말했다.

"입맛이 여전하네."

"내게는 아르나브르의 맛이랄까."

튜닉을 입은 학생들이 쑥덕대며 이쪽을 쳐다보았다. 파이를 어디서 사 왔을까 궁금해 하는 모양이었다. 여급을 불러서 묻는 기색이었지만 고개를 젓는 모습도 보였다. 이미 영업을 끝낸 가게가 아무에게나 문을 열어주는 것은 아니었다.

클라리몽드는 천천히 파이를 잘라 먹고 차를 마셨다. 다 마신 후에는 한 잔 더, 브랜디를 진하게 넣어 달라고 부탁했다. 일츠는 클라리몽드의 주량에 대해서는 걱정하지 않았지만 느낌이 조금 이상하다 싶어 물었다.

"무슨 일 있어?"

"왜?"

"굳이 밤에 찾아온 것도 그렇고."

"네가 안 마신다고 해서 나도 조금만 마시려고."

이야기가 조금씩 어긋나는 느낌이었지만 굳이 신경 쓸 정도는 아니었다. 둘은 말없이 눈발 날리는 창밖만 바라보았다. 그때 뒤에서 누군가가 말을 걸어 왔다.

"저, 실례합니다만."

돌아보니 견직 튜닉의 소년들 중 하나였다. 여기까지 온 꽤 넉살 좋은 녀석이 만면에 미소를 머금으며 말했다.

"그 크림파이를 어디서 사셨는지 궁금해서요. 알려주시면 감사하겠습니다. 조금 있으면 여자애가 올 거라서 꼭 필요하네요. 방해되었다면 사과드립니다."

일츠는 클라리몽드가 소년을 무시할 줄 알았다. 그런데 의외로 클라리몽드는 손을 살짝 펴며 여급을 불렀다. 여급이 조금 당혹스러운 표정으로 달려왔다.

"같은 걸로, 하나 더 부탁해요."

그러더니 손가방을 열어 은화를 건넸다. 소년이 당황하며 말했다.

"아, 저, 파이 값은 제가 내겠습니다."

"괜찮아요."

여급이 나가자 소년은 몇 번이나 감사하다고 인사한 다음 머뭇머뭇 제자리로 돌아갔다. 앞으로 그들은 눈 내리는 밤, 바에서 만난 굉장한 미인이 파이를 사 준 일을 몇 년 동안 이야기하게 될 것이다. 일츠는 식은 초콜릿을 마저 마신 후 말했다.

"오늘 평소답지 않은데."

"눈이 오니까 기분이 좀 그런가봐."

잠시 후 여급이 돌아오고, 소년들이 기다리던 여자애도 왔다. 열일곱 살쯤 되었을까 싶은, 갈색 고수머리에 분홍빛 모직 드레스를 입고 하얀 목도리를 두른 소녀였다. 소녀가 입구에서 도도하게 턱을 당긴 다음 가게 안쪽으로 들어가는 모습을 클라리몽드는 오랫동안 지켜보고 있었다. 안쪽에서 소녀를 환영하는 목소리가 커지더니 한동안 가라앉지 않았다.

클라리몽드가 중얼거렸다.

"저 아가씨, 안을 닮았네."

"글쎄. 못 봤는데."

"안도 저 나이 언저리에 참 예뻤는데."

클라리몽드가 일츠 앞에서 안 이야기를 꺼낸 것은 거의 처음이다시피 했다. 일츠는 식은 찻잔 손잡이를 톡톡 치다가 결국 말을 꺼냈다.

"하지 마."

"응?"

클라리몽드가 눈을 조금 크게 떠 보였다. 일츠가 말을 이었다.

"하지 말라고. 뭔지 모르지만."

"무슨 소린지 모르겠어."

"평소 안 하던 일을 하려는 것 같은데, 하지 말라고."

클라리몽드의 눈매가 먼 곳을 보듯 가늘어졌다. 눈앞에 일츠가 있지만 더 멀리 있는 뭔가를 보는 듯했다. 그러면서 반문했다.

"왜?"

"위험하니까."

클라리몽드가 소리 내어 웃더니 말했다.

"왜 그래? 내가 손목이라도 그을 것 같아?"

"그러지 말란 법은 없겠지."

"날 잘 아는 줄 알았는데 의외네. 그런 멍청한 말을 하고."

클라리몽드는 여전히 웃음기 어린 얼굴로 차를 한 모금 마시더니 말했다.

"난 그런 부류가 아냐. 알면서 그래."

일츠는 말없이 있다가 여급을 불러 홍차를 한 잔 주문했다. 자신도 브랜디를 넣어 달라고 부탁했다. 클라리몽드가 고개를 갸웃했다.

"집에 가서 할 일 있다면서."

일츠가 고개를 끄덕이며 턱을 괴었다.

"아까 할 말이 있다고 하지 않았어? 아직 못 들었는데."

"응. 고향의 아버지께서 돌아가셨다는 기별이 왔어."

일츠는 아, 하고는 잠시 말이 없었다. 차가 나오고서야 말했다.

"안됐네. 집에 가볼 거야?"

"그래야 할 것 같아."

"겨울이라 스조렌 가는 길이 험할 텐데."

"어쩔 수 없지."

"내 마차를 빌려줄게. 더 안전할 거야."

"괜찮아. 평소 타던 게 더 편해. 어쨌든 그래서 신년 연회에는 참석하지 못할 것 같아. 미리 말해두려고."

"연회가 문제가 아니지. 조심해서 다녀와."

일츠는 이어 잠시 생각하더니 말했다.

"우리 가문에서도 조문을 보낼까 하는데. 아스테리온 무녀를 파견할 수도 있고."

"그럴 필요 없어. 내가 가는 거면 충분해. 무녀는 그곳에도 있고. 무엇보다 사람들이 내가 어딜 갔는지 되도록 몰랐으면 해. 롬디오도 마찬가지고. 무의미한 위로에 일일이 답례하고 싶지 않아. 그러니까 아무것도 하지 말아 줘."

일츠가 쓴웃음을 지었다.

"아프다고 둘러대도 역시 위문 꽃다발이 밀려들 텐데."

"그럼 어디 따뜻한 곳으로 휴양을 갔다고 해줘."

"알았어. 그러지."

클라리몽드는 레몬 크림파이를 다 먹었다. 차도 다 마셨다. 모자를 집어 들고 매만지다가 말했다.

"요즘 일이 복잡한 것 같던데. 도와줄 수가 없겠네. 잘 풀리길 바랄게."

일츠가 빙그레 웃었다. 이곳에 들어온 이래 처음 짓는 웃음이었다.

"그래. 네가 돌아왔을 즈음에는 나도 여기 없을지 모르겠다."

"낫소로 가?"

"뭐 비슷해."

클라리몽드가 일어났다. 일츠도 따라 일어나 외투를 걸쳤다. 찻값도 클라리몽드가 계산했다. 그때 견직 튜닉의 소년 중 하나가 뛰어오다시피 하더니 클라리몽드에게 뭔가를 내밀었다. 아까 왔던 소년과는 또 다른 얼굴이었다.

"저, 이거, 나중에 보세요."

그러더니 얼굴이 새빨개져서 도망쳤다. 클라리몽드가 받은 것은 편지였는데 그 위에 꽤 공들인 솜씨로 장미꽃이 그려져 있었다. 방금 그리긴 했지만 재주 있는 그림이었다. 소년이 돌아가자 그들 자리 쪽에서 낄낄대며 지분거리는 소리가 들려왔다.

문을 열어주고, 뒤따라 밖으로 나온 일츠가 클라리몽드의 손을 건너다보며 말했다.

"이젠 아이들한테도 연애편지를 받는군."

"내가 좀 그렇잖아."

"그랬지. 어쩌면 넌 계속 그럴지도 모르겠다."

"맞았어. 난 할머니가 되어도 그럴 거야."

얼마간 나란히 걷다가 클라리몽드가 멈춰 섰다. 둘의 집으로 가는 길이 갈라지는 곳이었다.

"시간 내줘서 고마워. 그럼 갈게."

일츠는 가볍게 고개를 숙여 보였다. 클라리몽드는 근래에 보기 드물게 환한 표정이었다. 술기운 때문일지도 모르지만. 그녀는 몇 걸음 가더니 다시 돌아보며 말했다.

"안녕."

흰 장갑을 낀 손이 가볍게 흔들렸다. 비둘기색 외투가 눈발 속으로 사라져갔다. 눈은 밤새도록 내릴 듯했다.

집으로 돌아온 일츠는 밤늦게까지 편지를 여러 통 쓰고 나서 잠들었다. 아침이 되었을 때는 그답지 않게 약간 늦잠을 잤다. 심부름꾼이 왔다는 이야기를 듣고서야 일어나 가운만 걸친 채 거실로 갔다.

심부름꾼은 검까지 찬 기사였다. 밤새 달려온 듯 온 몸이 눈에 젖어 있었다. 그런데도 이마에서는 땀을 흘리고 있었다. 긴장 때문이었다.

그가 머리를 조아리며 말했다.

"죄송합니다. 실패했습니다. 방해자들이 나타났습니다. 마법사들이 었습니다. 아무래도 칼드가 보낸 것 같습니다."

일츠의 표정이 변했다.

"그래서, 칼드가 데려갔단 말이오?"

"아, 아닙니다. 그들도 놓쳤습니다. 갑자기 사라져버렸습니다. 마법의 힘인 것 같은데 그쪽 마법사들도 우왕좌왕 했습니다. 어찌된 일인지 모르겠습니다. 저희 쪽에 마법사가 없어서……."

기사는 정체 모를 제 3자가 개입한 것 같다고 여기고 있었다. 그자가 누구 편인지는 상상도 가지 않았다. 기사의 설명을 다 들은 일츠가 반문했다.

"막달레나 님은?"

"막달레나 님은 돌아가셨습니다. 다 저희의 불찰입니다."

그 대답을 들은 일츠가 갑자기 홱 돌아서서 등 뒤의 벽난로를 바라봤다. 기사는 일츠 브릴모가 노성을 지르는 것을 한 번도 본 적이 없었지만 이번만은 각오했다. 일츠가 이 문제를 얼마나 중요하게 여기는지 잘 알기 때문이었다. 그러나 잠시 후, 일츠는 돌아서서 가라앉은 목소리로 말했다.

"마법사를 보낼 테니 다시 조사하시오. 이번 일에 여러분 모두의 목이 걸려 있다는 걸 분명히 알았으면 좋겠군요. 끝까지 추적하도록, 그리고 비밀 엄수하도록 하시오."

담담하게 말해도 일츠는 자신이 한 말을 분명히 지켰다. 어긋나는 것을 용서하지 않았다. 그걸 아는 자들은 소리를 지르며 협박을 하지 않아도 충분히 알아들었다.

"네, 알고 있습니다."

"나가보시오."

기사가 나가자 일츠는 의자에 앉아 생각에 잠겼다. 결국 생각만으로는 결론이 날 리 없는 문제였다. 조바심이 난다 한들 그가 쫓아가서 해결될 일도 아니었다. 그는 예정대로 낫소로 가야 했다. 다행스러운 것은 클라리몽드가 스조렌으로 떠나기로 한 것이었다. 오늘쯤은 떠나리라. 일츠는 일어나 궁으로 갈 채비를 했다. 시간이 없었다. 모든 것을 앞당겨야 했다.

천천히, 주의 깊게

이조르칸트의 겨울은 일찍 닥치는 편이었다. 계절상 아직은 가을이었지만 낫소 고원에 자리잡고 있어 이 무렵 이른 눈이 내리기도 했다.

아침부터 하늘이 흐렸기에 마법사들은 불안감을 느끼며 마음의 궁전의 창밖을 내다봤다. 5층부터 50층까지 이어진 온갖 높이의 창에서. 평소라면 날씨 따위에 신경 쓸 그들이 아니었으나 대회합이 끝난 뒤 취기가 덜 가신 채로 눈 덮인 비탈길에서 미끄러져 허리를 삐끗하고 싶은 마음은 누구에게도 없었다.

예년대로라면 그런 걱정이 없었을 것이다. 매년 열리는 회합도, 7년에 한 번 열리는 대회합도 평소에는 여름을 택했다. 제일 늦게 열렸던 날짜도 환영주 아룬드였을 것이다. 그 해에는 낫소와 노른슨 사이에 전쟁이 벌어졌었다. 마법사들의 중재로 가까스로 전쟁이 마무리된 뒤에야 이조르칸트로 가는 길이 안전해졌다. 그 해 회합에는 노른슨에서 사과의 뜻으로 보내 온 치즈 덩어리가 마음의 궁전 밖에 작은 탑처럼 쌓여 있었다.

올해에도 전쟁이 있었다. 하지만 실과 오브니의 '피투성이 목양 전쟁' 은 환영주 아룬드에 벌어졌으므로 전쟁 때문에 연례 회합도 아닌 대회합이 늦어졌다고 보기에는 조금 무리가 있었다. 평소처럼 파비안느 아룬드 무렵에 치렀다면 아무 문제가 없었을 것이다. 하지만 대회합일을 알리는 통지가 적어도 석 달 전에는 도는 것이 보통인데 올 봄에는 아무 소식이 없었다. 그리고 전쟁이 끝난 뒤에야 뒤늦게, 점성술 아룬드에 대회합이 열린다는 소식이 날아들었다.

아무도 따져 묻지 않으니 대회합은 표면적으로 전쟁 때문에 늦어진 것으로 되어 있었다. 하지만 일생 동안 수십 번 이상의 대회합을 겪어본 엘프 마법사들은 이 문제가 아스트라한의 불참과 관계되어 있음을 짐작했다. 아스트라한에게 무언가 중요한 볼일이 생겼고, 그 일을 끝내고 돌아오기 위해 대회합 날짜가 늦춰졌을 것이다.

그러나 이렇게 늦췄는데도 아스트라한은 아직 돌아오지 못했다. 그렇게까지 중요한 일이란 무엇일까? 스노이켈을 통해 무슨 전언을 남기기야 했겠지만 의장 없이 대회합이 진행될 수 있을까?

그건 오늘 알게 될 것이다. 대회합의 첫 회의는 오전 11시에 시작될 예정이었다. 의장 대리인 델로인은 며칠 전부터 잔뜩 긴장하고 있다고 알려졌다. 처음으로 대회의를 주재해야 하기 때문만은 아니었다. 첫 회의의 첫 안건이 '나라간의 전쟁에서 이조르칸트의 역할' 인 까닭에 사실상 지난 전쟁에서 델로인이 한 일을 평가하자는 것이나 다름없었다. 이번 전쟁의 당사국인 실과 오브니 출신의 마법사들은 물론, 무국적 지향의 강경한 마법사들 또한 할 말을 잔뜩 벼르고 있다는 소문이었다.

10시 경, 아침식사를 마치거나 거른 순서대로 나타난 마법사들이 이스나에의 홀을 속속 채워갔다. 마음의 궁전에서 가장 큰 이 계단형의 홀에는 약 9백 명이 들어올 수 있었다. 좌석은 7백 일흔일곱 개가 전부여서 나머지 백 스물세 명은 아무 데나 적당히 앉아야 하는 것이 특징이었다.

젊은 마법사들은 좌석이 비어 있어도 좌석 맨 뒤편의 빈 공간에 모이곤 했다. 대담한 자들은 계단참을 차지했다. 테타니온 회원인 이름난 마법사들은 첫 회의를 거르는 버릇이 있었는데 오늘은 할 말이 있어서였는지 거의 다 정해진 자리를 차지하고 있었다.

9백 명이 꽉 차게 들어와도 아직 들어오지 못한 자들이 밖에 3백 명 정도는 남아 있었다. 그들은 다른 방에서 열리는 소규모 세미나에 들어가거나 그도 아니면 하루 종일 열려 있는 식당에 앉아 먹고 마시고 자기 자랑을 하거나 남의 흉을 보며 하루를 보냈다. 며칠 동안 그런 식으로 식당에서만 머무는 자도 있었지만 아무도 뭐라 하지 않았다. 마법사 회의는 중요한 문제를 논의하거나 의결하기도 하지만 기본적으로 축제의 성격이 강한 까닭이었다. 그리고 어떤 중대한 문제일지라도 천여 명이 일일이 의견을 내는 것은 불가능했다.

일찌감치 홀에 들어와 앉아 할 말을 가다듬고 있는 사람도 있었다. 블레이즈는 일부러 홀 중심의 자리를 택했다. 그 자리에서 발언하면 누구에게든 잘 들렸다. 그에게는 목표가 있었다. 얼마 전에 끝난 전쟁에 이조르칸트가 최초로 개입했고, 이번 대 회합에는 이조르칸트의 중재에 감사의 인사를 한다는 명목으로 양국의 사신이 찾아올 예정이었다.

블레이즈는 바야흐로 마법사들이 대륙의 역사에 중대한 역할을 할 기회가 왔다고 생각했다. 쉽사리 오지 않는 기회였다. 그간 대륙은 왕들과 귀족들의 입맛대로 움직여 왔다. 물론 이조르칸트의 마법사들에게 그걸 바꿀 힘이 없지는 않았다. 다만 아스트라한을 비롯한 고위 마법사들이 그런 일에 관심이 없었던 것이다. 고위 마법사의 대다수는 엘프였다. 블레이즈를 비롯한 비교적 '젊은' 인간 마법사들이 보기에는 답답하기 이를 데 없는 자들이었다.

그런데 엘프 마법사인 델로인이 실과 오브니의 전쟁을 중재하는 이변이 일어났다. 왜 심경의 변화를 일으켰을까? 두 나라의 전쟁이 이조르칸트가 속한 낫소의 평화에 직접적 위협이 되었기 때문이 아닐까? 그렇다면 이번이 기회였다. 너무 오래 살아서 그런지 뭘 봐도 시큰둥한 엘프들을 움직일 수 있다면 앞으로 할 수 있는 일은 무한했다. 이조르칸트가 제대로 나선다면 대륙 정복인들 왜 못하겠는가?

거기까지 이야기하지 않더라도 마법사들의 정치적 개입을 강화하자는 의견에 동조자를 찾기는 어렵지 않았다. 따라서 오늘 대회합에서 이야기가 어떻게 흘러가느냐가 중요한 변수가 될 듯했다. 테타니온에 의

안이 상정되기만 해도 첫 단추를 꿰는 셈이었다.

하지만 그날 이스나에의 홀 안에 앉은 마법사들의 가장 큰 관심사는 전쟁 따위가 아니라 아스트라한이었다.

"의장님은 어제도 도착하지 않으셨다지?"

"오늘 아침에도 소식이 없나 하고 목을 뺐다던데 비둘기 한 마리 날아오지 않았다네."

"사상 처음으로 의장 없는 대회합을 치르게 생겼군."

"테타니온 시작 전에는 오실지도 모르지."

같은 이야기는 이스나에의 홀 밖에서도 오가고 있었다. 일찍 왔더라도 회의 주제에 별 관심이 없는 마법사들은 다과실에서 잡담과 다과를 나누곤 했는데, 안쪽의 발표에 귀를 기울이다가 이게 아니다 싶으면 불쑥 홀로 들어가기도 했다. 안에 있던 자들도 지루해지면 밖으로 나와 간식거리를 찾았다. 그렇게 편리한 위치다 보니 다과실의 자리야말로 이스나에의 홀보다 더 잡기 힘들었다. 아침 대신 차와 단 과자를 더 즐기는 자들은 한 시간 전부터 이곳에 와 있었다.

"이거 베이먼 님이 아니십니까?"

"크레이그윗치 님, 오랜만이군요. 그때 하신다던 석회 연구는 잘 되어 가십니까?"

"잘 되긴요. 그놈의 석회를 영주 놈이 제 성 담벼락에 다 처발라버리는 바람에 푸른 진흙 연구로 바꿨소이다."

"푸른 진흙이라면 파내기가 까다롭지요? 판 될렌이 만든 땅파기 주문은 써보셨나요?"

"뭐 그 비슷한 걸로 하고 있습니다만, 다른 문제가 있어서요. 조수라고 고용한 놈이 공들여 파 놓기만 하면 자꾸 야금야금 먹어버리는 바람에, 내가 어처구니가, 그런데 그런 놈이 한 명도 아니고, 시골구석의 놈들은 도대체가, 흙 먹는 놈들은 머릿속이 어찌된 건지 아시오?"

말하다 말고 크레이그윗치가 흥분하자 베이먼도 눈을 둥그렇게 떴다. 그는 번화한 외링에 살고 있어서 시골사람의 괴상한 풍습에 대해서는 잘 몰랐다. 머뭇거리던 베이먼이 말했다.

"머릿속이 아니고 뱃속부터 걱정해야 하는 것 아닐까요?"

"내 말이! 그런데 그놈들이 다 멀쩡해! 기가 찰 노릇 아니오?"

그때 곁에 앉아 있던 사람이 거들었다.

"제가 의견을 드려도 될까요?"

두건으로 얼굴이 가려져 있었지만 여자 목소리였다. 크레이그윗치가 쳐다보자 여자가 말을 이었다.

"푸른 진흙을 먹는 사람은 흙 먹는 사람들 중에서는 미식가예요. 그러니 일반 흙을 체로 친 다음 샴페인으로 개어서 주어 보세요. 그 사람들은 톡 쏘는 맛을 좋아하니 단맛보다는 쌉싸래한 맛이 나는 샴페인을 고르세요."

베이먼도 당황한 표정으로 여자를 돌아봤다. 크레이그윗치가 물었다.

"그렇게 말하는 그쪽은 푸른 진흙 드셔 봤소?"

여자는 조용히 웃으며 사람들 틈으로 들어가 버렸다. 베이먼과 크레이그윗치가 얼굴을 마주봤다. 크레이그윗치가 먼저 말했다.

"저 분, 자기도 흙을 먹어 봤나 봅니다?"

베이먼이 반문했다.

"그런데 엘프 아니었습니까?"

크레이그윗치가 눈을 크게 떴다.

"엘프가 흙을?"

사람들 틈으로 들어간 여자는 더 이상 사람들과 말을 섞지 않고 천천히 걸었다. 주위에서 온갖 이야기가 들려왔다. 아스트라한에 대한 우려나 불만이 가장 많았고 그 다음은 델로인에 대한 찬반이나 '피투성이 목양 전쟁' 대한 평이었다. 나머지는 각자의 연구나 마법 유행 이야기를 하는 데 열을 올렸다. 기타 나라에 대한 이야기는 거의 나오지 않았다. 어느 누구도, 로존디아에 대한 이야기를 하지 않았다.

창 근처까지 간 여자는 밖을 내다보았다. 다과실의 창은 웬만한 성의 탑 높이여서 땅은 까마득히 멀었다. 여자가 응시하는 동안 먼발치에서 작은 행렬이 나타났다. 말을 탄 자들 일곱이 역시 말을 탄 마법사 한 명을 둘러싸고 있었다.

그들이 마음의 궁전 앞에 도달하는 것을 보고서 여자는 창에서 물러나 사람들 틈으로 도로 미끄러져 들어갔다. 여자 말고는 아무도 창밖을 내다보지 않았다. 아무도 새롭게 나타난 행렬에 신경 쓰지 않았다. 알았다 할지라도 멀리서 오느라 회합에 늦은 마법사 이상의 존재이리라는 생각은 하지 않았다.

문지기는 그들이 스조렌에서 왔다는 말을 듣고 고개를 갸웃거렸다. 스조렌은 멀지도 않고, 그곳에 사는 마법사들은 이미 수십 일 전에 도착해 있었기 때문이었다. 초대를 보낸 마법사들의 명단을 끝까지 살펴봐도 이름이 없어서 오래된 자격 명부까지 뒤지고서야 겨우 그자가 댄 것과 일치하는 이름을 발견했다. 그도 그럴 것이 이 마법사는 자격을 취득한 뒤 아직껏 한 번도 회합에 온 적이 없었다. 그래서 초대도 보내지 않았던 모양이었다. 문지기가 골머리를 앓는 동안 스조렌 출신의 마법사는 그럴 줄 알았다는 것처럼 인내심을 가지고 기다리고 있었다.

수십 년 전이긴 하지만 어쨌든 이조르칸트에서 마법사 자격을 받았던 자임이 확인되었으므로 문지기는 그를 안으로 들여보냈다. 멀리 이스나에의 홀에서 대회합의 개회를 선언하는 델로인의 목소리가 들려오고 있었다.

스노이켈은 홀 뒤편에 서서 미간을 잔뜩 찡그린 델로인을 굽어보고 있었다. 델로인은 막 오브니 출신의 마법사에게 까다로운 질문을 받은 참이었다.

스노이켈이 선 곳은 홀 전체를 내려다보기에 좋았지만, 방해를 피할 만한 장소는 못 되었다. 수백 살 먹은 엘프이자 테타니온의 일원임을 나타내는 반지를 낀 그를 흘끔대는 젊은이들이 주변에 가득했다. 다행히도 그들 대부분은 이번에 난생 처음 대회합을 찾아온 인간 젊은이들이어서 그가 아스트라한의 아들임을 깨달은 사람은 없었다.

"제가 실에서 보내 온 첩자를 만난 후 오브니에 압박을 가했다는 말씀은 오해입니다. 저는 그런 자를 만난 적도 없거니와 둘 중 어느 편도 든 적이 없습니다. 그럴 만큼 양국에 관심도 없고요. 제가 그 전쟁에 개입한 것은 오직……."

델로인은 최근 나타난 각 나라간 힘의 불균형에 대해 역설하면서 그들 간의 균형이 이조르칸트의 평화를 보장한다고 역설했지만, 그게 사실이든 아니든 사람들에게 큰 설득력을 발휘하지는 못했다. 대부분의 마법사들은 타국의 우호나 적대가 이조르칸트에 아무 영향도 끼치지 못한다고 생각했다. 그들이 보기에 이조르칸트는 그런 나라들과 어울릴 필요가 없는, 한 계단 위의 존재였다. 원한다면 결계를 치고 마법사들만의 세상을 만들 수도 있는데 이 세상의 다툼이며 이해관계 따위가 무슨 상관이겠는가?

아스트라한은 예로부터 마법사들의 그런 생각을 오만이라고 여겼다. 마법사 한 명 한 명은 제멋대로 세상과 담을 쌓고 살아가도 상관없다. 하지만 온 대륙의 마법사들을 대표하고 고대의 유산과 현대의 마법을 연결하는 위치에 있는, 마법의 전통 자체를 상징하는 이조르칸트는 절대로 그럴 수 없었다.

델로인은 아스트라한의 뜻을 완벽히 이해하지는 못했지만 일단 전쟁에 개입해버린 이상 지금은 그 입장을 대변하는 수밖에 없었다. 하지만 같은 말도 아스트라한이 하는 것과 델로인이 하는 것은 효과가 달랐다. 중년의 모습을 한 엘프 마법사가 반문했다.

"그래요, 의장 대리. 당신 말이 옳다고 칩시다. 하지만 실이나 오브니 같은 나라가 싸우다가 누가 이기든 지든, 합쳐지든 말든, 심지어 이 대륙에서 사라져버리든 말든, 그런 일이 수천 년 동안 이어져 온 마법의 전통 속에서 중요한 일입니까? 고대 이스나미르의 역사를 생각해보면 그런 나라들의 부침은 하루살이들의 일이에요. 부재중이신 의장님 대신 이조르칸트를 대표하는 마법사가 그런 일에 개입한 것이 창피하지 않습니까?"

그자의 말은 델로인이 최초에 취한 자세이기도 했기에 대답이 더욱 궁했다. 엘프들이 곁에서 거들었다.

"이조르칸트에는 그보다 중대한 일이 한둘이 아니지요. 의장님이 어디 계신지도 모르는 판국에."

"하긴 살아생전에 나라 한두 개쯤 없어지는 거야 누구나 보는 일 아닌가요?"

그들은 엘프 특유의 아집으로 이곳에 모인 마법사들 중 열 중 여덟은 인간임을 가볍게 무시했다. 테타니온의 일원인 엘프 마법사들의 권위 때문에 선뜻 반론이 튀어나오지 않았지만 스노이켈이 서 있는 홀 뒤편에서는 젊은이들이 신경질적인 대화를 주고받았다.

"너무 오래 살다 보니까 자기도 언젠가 죽는다는 점을 잊어버린 것 같은데."

"저러는 엘프들도 한때 고대 이스나미르인들이 불쌍히 여겼기에 살아남은 거 아냐? 그때 고대인들이 자기들보다 하등한 엘프 따위는 하루살이로 여겼다면 지금 이 땅에 누구인들 있겠어?"

"엘프들은 자기들이 선택받았다는 점을 고마워하는 게 아니고 당연시해. 자기들은 구원 받을 만했으니 구원 받았다는 거야."

"실에 사는 사람들은 구원 받을 만한 가치가 없고 말이지? 위대한 마법의 길을 걷는 분들이 보기에는 양이나 쳐서 입에 풀칠하는 미천한 존재니까."

"고대 이스나미르인이 보기에는 엘프들도 배냇짓 하는 아기들이나 다를 바 없었을 걸?"

마침 블레이즈가 손을 들고 발언을 요청했다. 그는 여든이 넘은 노인이었지만 엘프들은 어린애 보는 듯한 표정으로 그를 바라보았다. 블레이즈가 목을 가다듬으며 입을 열었다.

"으흠, 오랫동안 살아오며 나라들이 태어나고 사라지는 것을 수없이 봐 온 엘프 마법사분들께는 이런 문제가 시시하게 여겨질 수도 있겠습니다. 이해합니다. 하지만 인간 세상에서 영토 분쟁과 전쟁이란 아주 중요한 문제지요. 이런 일은 수백 년 전에도, 수백 년 뒤에도 일어날 겁니다. 그때마다 지금처럼 방관할 수도 있겠지요. 그때마다 고통 받는 사람들이 생겨나고 언젠가 위대한 마법사로 자랄지도 모르는 아이들이 죽어간다는 것을 모르는 체 한다면 말이지요."

엘프 마법사 에더릴이 일어섰다. 2백 살이 넘고도 젊은이의 모습이었지만 목소리만은 대조적으로 카랑카랑했다.

"그래서 그때마다 개입해야 한다? 인간들에게도 스스로의 일을 해결할 능력이 있다고는 생각하지 않습니까? 우리가 매번 개입하지 않았지만 이 대륙이 멸망해버리지는 않았잖아요?"

"에더릴 님의 말씀도 맞습니다만 지난 전쟁처럼 어리석은 계기로 벌어진 다툼에서는 외부의 객관적인 중재도 나름대로 쓸모가 있곤 합니다."

"그들이 우리의 객관성을 인정했습니까? 그저 힘에 굴복했을 뿐이죠. 그런 식의 중재가 무슨 소용이겠습니까? 인간들의 전쟁은 그들 사이의 은원이 해결되지 않는 한 남의 중재로 완벽히 해결될 수 없습니다. 막아봤자 유예될 뿐이지요."

두 사람이 선 채로 토론을 주고받는 것은 대회합에서 흔한 풍경이었다. 다른 사람들도 할 말이 있으면 손을 들고 의장의 지명을 기다리면 되었다. 하지만 인간 중에서 원로급인 블레이즈와 엘프 중에서 성격이 급한 에더릴이 나서서 양 종족의 해묵은 의견 차이를 놓고 논쟁하고 있다 보니 다른 사람은 선뜻 나서지 않았다.

블레이즈가 웃었다.

"방금 은원이라고 하셨습니까? 인간들에 대해 아직 잘 모르시는 것 같군요. 인간들의 전쟁은 은원으로 일어나지 않습니다. 겉보기에는 은원 때문인 것 같아도 실제로 그런 경우는 소수고, 대부분은 이익 때문이지요. 만약 각국이 노리는 이익을 미리 알고 있다면 그것을 조절해서 전쟁을 미리 예측하고, 나아가 막는 것쯤은 어려운 일이 아닙니다.

특히 이곳의 위대한 마법사분들께서 약간의 관심만 기울여주신다면 말이지요."

블레이즈는 꽤 달변가였다. 그의 어조가 날카로워지자 동요하는 웅성거림이 일어났다. 인간 마법사들은 주로 동조하는 쪽이었다. 그들은 아직 수십 살에 불과한지라 가족들이 고향에 남아 있었고, 그들의 삶은 왕국 간의 다툼 때문에 쉽사리 위협받곤 했다. 자신만 이조르칸트에 와서 평화롭게 연구에 몰두하며 살아가는 것에 죄책감을 느끼는 사람도 많았다. 이조르칸트에서 연구하고 있다는 것은 이른바 출세했다는 건데, 그렇게 해서 가족들의 삶에 무슨 도움이라도 주고 싶다는 생각은 누구나 가질 만한 것이었다. 탈속한 이조르칸트의 분위기 때문에 선뜻 입 밖에 내지 못할 뿐이었다.

하지만 엘프들은 생각이 달랐다. 에더릴도 마찬가지로 말투가 뾰족해졌다.

"그 말은 우리가 나태해서 대륙 사람들의 삶이 시궁창으로 빠지도록 방관하고 있다는 뜻인가요? 하지만 누가 우리에게 그럴 권리를 주었습니까? 우리의 시선이 객관적이라는 것은 누가 증명합니까? 우리의 개입이 오히려 문제를 복잡하게 만들고, 없던 은원을 만들어낼 가능성은 얼마든지 있습니다. 그랬기에 위대한 고대의 여인은 균열을 이겨낸 이 세상이 있는 그대로 흘러가도록 지켜보기만 했던 게 아닙니까?"

"아, 네냐의 어머니 카니크 지지에 말씀이십니까? 맞습니다. 그분은 그냥 지켜보라고만 했죠. 네냐들에게도요. 그래서 네냐 얘기가 나왔으니 말씀인데, 지금 네냐들은 어떻게 살고 있죠? 고향 호수에서 쫓겨난 후로 그들이 어디서 어떻게 사는지 아십니까? 혹시 모두 죽어버린 건 아닐까요?"

블레이즈의 말에 다시 사람들이 동요했다. 본래 마법사들은 네냐 이야기를 좋아하지 않았다. 언급하는 것이 금기는 아니었지만, 달갑지 않은 화제라는 점에 무언의 공감이 이루어져 있었다. 그래서 에더릴도 돌려서 말한 것인데 블레이즈가 기다렸다는 것처럼 말을 받자 눈살을 찌푸리는 사람들이 많았다. 특히 늙은 축들일수록 그랬다.

고된 배움과 수련으로 이 자리에 왔다고 생각하는 마법사들에게 재능을 타고나는 네냐란 불편한 존재일 수밖에 없었다. 하지만 그것이 이유의 전부는 아니었다. 예상대로 여기저기에서 불만스러운 반응이 튀어나왔다.

"말을 함부로 하지 마시오."

"다 죽었을 거라니, 어찌 그런 말을 할 수가 있소?"

"그래서 하고 싶은 말이 뭐요?"

블레이즈가 사람들을 돌아봤다.

"제가 죽었다고 한 말의 뜻은, 그들이 고향을 떠나 뿔뿔이 흩어지면서 다른 사람들과 섞였을 테고, 그 결과 지금쯤은 네냐 핏줄의 힘을 다 잃어버리지 않았겠느냐는 의미였습니다. 어떻게 생각하십니까? 여러분은 최근에 네냐를 보신 적이 있으십니까? 저는 몇십 년 전에 평범한 농부와 결혼해서 사는 여인을 본 것이 마지막입니다. 그 여인은 자신이 네냐임을 필사적으로 숨기려 하더군요. 그 여인이 자식을 낳았다면 아이들에게 너희가 네냐라는 것을 알려주었을까요? 만약 아이들에게 네냐의 힘이 나타났다면 그걸 북돋아 주었을까요, 아니면 숨기거나 없애버리려 했을까요?"

에더릴이 신경질적으로 블레이즈를 노려봤다.

"그래서 지금 하려는 말이, 그때 이조르칸트가 네냐를 모르는 체했기 때문에 결과적으로 네냐가 사라져버렸다, 그 말인가요?"

"뭐 거짓은 아니지 않습니까?"

블레이즈가 대꾸하자 술렁임이 훨씬 커졌다. 의장 대리인 델로인이 저음 파동을 써서 조용히 하라는 신호를 보냈다. 이 이상 소란해지면 의장은 짧은 침묵 마법을 사용할 권한이 있었다. 에더릴이 델로인에게 가볍게 사과의 손짓을 보내더니 블레이즈에게 돌아섰다.

"내 그 시절의 일을 기억하는 자로서 솔직한 얘기 하나 해 두죠. 모두 싫어하는 화제지만 이미 나온 이상 확실히 하는 게 낫겠네요. 그때 도움을 거절한 건 네냐의 제사장이었습니다. 그들이 세상에 개입하지 않듯 우리도 그들에게 개입하지 말라고 했죠. 고대의 어머니가 그들에게 내린 사명이 멸망하는 거라는데 무슨 할 말이 더 있습니까? 그들은 수백 년도 살지 못하면서 수천 년 전의 일들을 본 것처럼 말하고 당연시합니다. 뒤늦게 태어났지만, 저들의 기억 속에 이미 있다는 겁니다."

에더릴이 손가락을 들어 자기 머리를 톡톡 쳐 보이더니 인상을 찡그렸다.

"그렇게 믿고 있으니 설득 따윈 되지도 않죠. 그러니 네냐의 불행을 누군가의 책임이라고 생각하거나 죄책감을 느낄 필요는 전혀 없습니다. 네냐는 저들이 옳다고 생각하는 방식으로 죽어간 것뿐이고, 그런 자는 누구도 막을 수가 없으니까요."

네냐가 마브릴의 창칼에 고향을 잃던 시대에도 엘프들은 마법사였지만 인간들은 대부분 아니었다. 그랬기에 에더릴의 반응 또한 방어적일 수밖에 없었다. 상황을 깨달은 사람들이 선뜻 대꾸하지 못하고 있을 때, 뒷자리에서 누군가가 말했다.

"네냐들이 단순히 어린애처럼 고집을 부리느라 그런 소릴 한 것은 아니었죠. 누구보다도 엘프 마법사 여러분이 잘 아시지 않나요?"

에더릴이 건너다보니 인간 여자 마법사의 모습이 보였다. 다른 젊은 이들과는 달리 그녀는 뒤쪽에서 서성대지 않고 당당히 자리를 차지하고 있었다. 에더릴이 미소를 지으면서 대꾸했다.

"네냐가 말하는 임무를 진지하게 받아들이는 분이신가 보군요. 개인의 신념이니 일일이 반박할 생각은 없지만, 네냐들의 말을 믿는다면 더욱 그들이 하자는 대로 내버려둬야 하는 게 아니겠습니까? 아까 블레이즈 님께서 말씀하시는 대로라면 네냐 중에서 위대한 마법사가 나올 가능성은 무척 높겠지만 말이지요."

블레이즈가 다시 말을 받았다.

"하지만 오브니에 사는 사람들은 네냐가 아니죠. 그들은 저들의 아이들과 양들을 구해주길 바랐을 겁니다. 설마 네냐들 때문에 오브니 사람들까지 똑같이 모르는 체 해야 한다는 말씀은 아니실 테죠. 그 사람들은 네냐처럼 위협적이지도 않고 말이죠."

"잠깐, 누가 누굴 위협한다는 겁니까?"

블레이즈는 미소를 지으며 두 손을 내저었다. 평소 토론을 즐기지 않는 엘프들은 논쟁에서 그리 어려운 상대가 아니었다.

"오해는 마십시오. 아무도 위협하지 않았더라도 누군가는 위협을 느끼기도 하니까요. 비록 오해에 불과하더라도 말입니다. 이곳에 앉은 여러분은 대륙에서 가장 현명한 분들이 아닙니까? 그런 분들은 어린아이 같은 인간들의 착각쯤은 못 들은 체 할 수도 있을 겁니다. 저는 이조르칸트가 좀 더 관대해져야 한다고 생각하는데 다른 분들은 어떻게 생각하십니까?"

"그 관대함이란 요청하지도 않았는데 남의 문제에 끼어들고, 다툼의 이유야 무엇이든 분쟁만 멈추면 된다는 오만함을 말합니까?"

"저들의 의견을 존중하자고요? 좋지요. 그런데 고작 수십 년 살아온 인간들이 저들이 왜 싸우는지는 알까요? 저들이 가지려고 혈안이 된 그 이권의 의미는 알까요? 왕과 공작들의 전쟁에 백성들은 찬성했을까요? 왕이나 제사장이 참견 말라고 했으니 모르는 체 하자고요? 그건 마치 아이들이 배고프지 않다고 한 말만 듣고 저녁도 차려주지 않는 심술궂은 노파 같지 않습니까?"

신랄한 비유에 여기저기에서 비난이 일어났다. 실과 오브니에서 온 사신들이 안에 있었다면 멱살잡이를 했을지도 모를 발언이었다. 하지만 동조하는 자들도 꽤 많았다. 중간에 끼어들었던 여자 마법사가 박수를 치기 시작했다. 뒤따라 박수소리가 일어나고, 야유도 동시에 커졌다. 델로인이 몇 번 주의를 환기시키려 하다가 통하지 않자 결국 침묵 주문을 보냈다. 즉각 사방이 고요해진 가운데 델로인의 목소리만이 들렸다.

"블레이즈 님, 그 비유는 무례했습니다. 그리고 다른 분들은 내가 경고했으니 더 이상의 비난을 자제하시기 바랍니다."

이스나에의 홀에서 마법을 써도 되는 사람은 의장뿐이었다. 홀 전체에 마법 시전을 제한하는 마법이 걸려 있었다. 토론 도중에 발끈해서 위험한 마법을 쓰는 것을 방지하기 위해서였다. 의장이 끼고 있는 '미덕의 반지' 만이 제한을 푸는 힘을 갖고 있다고 알려져 있었다. 아스트라한은 지난번에 마음의 궁전을 떠날 때 미덕의 반지를 델로인에게 맡겼다. 어쩌면 그때 이미 제때 돌아오지 못할 것을 예감했는지도 몰랐다.

델로인이 마법을 거두자 마법사들은 한숨을 내쉬며 어색한 표정들을 지었다. 이곳에서 의장의 마법을 경험하고 나면 어쩐지 보잘것없는 존재가 된 느낌을 받기 마련이었다. 이들 중 몇 명은 조금 전에 의장의 마법을 무효화하려고 해보았을 것이다. 그리고 되지 않는다는 것도 알았을 것이다. 침묵은 그리 어려운 주문이 아니어서 이곳에 와 있을 정도의 마법사라면 누구나 간단히 무효화할 수 있었다. 하지만 이 홀이, 한갓 장소가 수십, 수백 년 동안 갈고 닦아온 그들의 마법을 무용지물로 만들었다.

누가 그렇게 만들었을까? 홀에 걸린 마법을 누가 걸었는지 아는 사람은 없었다. 마치 이스나미르의 달크로즈 성에 '처음 세워진 모습대로 영원하라' 는 주문을 누가 걸었는지 모르는 것처럼. 사람들은 대륙에 이유 모를 신비로운 현상이 있으면 고대 이스나미르인이나 이스나에-드라니아라스가 한 일로 만들어버렸으므로 이 주문들도 그들의 유산으로 여겨졌지만 사실 여부는 아무도 몰랐다.

"아, 안 되네."

"너도 해봤어? 절대 안 되더라."

"이런 곳이 여기뿐이니 다행이지."

"근데 정말 여기뿐일까?"

"그냥 의장의 마법을 봤다는 사실을 영광으로 여겨. 참, 의장 대리지만."

스노이켈 곁의 젊은 마법사들이 쑥덕이는 소리가 들려왔다. 그들의 말을 듣고 있는데 이상한 예감이 찾아왔다. 자신이 뭔가를 놓치고 있는 듯했다. 아니, 알고도 멀거니 바라보고 있는 듯했다. 뭐였을까? 단지 기분 탓일까? 저들의 쑥덕임 속에 예지의 말이 들어있기라도 하단 말인가?

혼란스러운 기분을 떨치지 못한 채 다시 홀을 내려다봤다. 블레이즈가 일어나 델로인에게 허리를 굽혀 사과하는 모습이 보였다. 델로인은 사과를 받아들였다. 블레이즈는 에더릴에게도 사과했지만 에더릴은 어깨만 으쓱했을 뿐이었다. 그리고 블레이즈도 진심으로 사과한다기보다는 떼쓰는 아이를 어르는 것처럼 웃고 있었다. 이미 블레이즈는 홀 안의 상당수에게 동조의 박수를 받았다. 또 다른 인간 마법사가 입을 열었다.

"많은 이야기를 하셨지만 앞으로 분쟁이 있을 때 이번처럼 개입할 것인가, 말 것인가가 문제의 핵심이겠지요. 분명한 건 모든 분쟁에 개입할 순 없다는 겁니다. 따라서 가장 가까운 문제를 놓고 말해 보는 것이 빠르고 현실적이겠지요. 실과 오브니의 전쟁은 멈췄지만 그들이 싸운 배후에는 더 큰 분쟁의 소지가 남아 있으니까요."

"그게 뭡니까?"

누군가가 묻자 다시 블레이즈가 나섰다.

"실과 오브니의 전쟁은 옛날 오브니의 공주였던 분의 행적과 관계가 깊다고 알고 있습니다. 오브니의 폴린 여왕폐하의 자매되시고 로존디아의 시이를 4세 국왕폐하의 비가 되셨던 분 말입니다. 그분께서 돌아가신 후 유해를 오브니로 운구하고자 하였으나 로존디아의 주드마린 여왕폐하께서 거절하셨고, 일이 그렇게 된 것이 실의 아젠틀리 공작 각하가 이간질을 한 결과라고 믿은 폴린 여왕 폐하가 보복성 공격을 했다가 오히려 허를 찔린 것이 이번 전쟁의 개요이지요."

세상일에 큰 관심이 없는 대부분의 마법사들은 눈이 둥그레져서 눈짓을 주고받았다.

"그게 양 먹이기 전쟁이 아니었단 말이오?"

"영토 분쟁도 아니었고? 허, 참."

블레이즈의 말이 어디까지 사실인지 확인할 방법은 없었지만 그럴 듯할뿐더러 새로운 정보이기도 했다. 즉, 그런 뒷사정이 있는 줄을 아예 몰랐던 자들이 쉽사리 믿기에 딱 좋았다.

"결국 그 전쟁은 두 나라가 주드마린 여왕 폐하의 눈치를 보다가 벌인 것이란 말입니다. 왜 그들이 눈치를 볼까요? 로존디아를 겁내기 때문이지요. 왜 겁을 내느냐 하면 최근 로존디아가……."

거기까지 말했을 때 새로운 목소리가 말했다.

"로존디아는 님블을 칠 거요."

뒤쪽에서 났지만 상당히 큰 목소리였다. 님블 출신들은 당황해 반쯤 엉덩이를 들었고, 다른 마법사들도 누군가 싶어 좌우를 두리번댔다. 님블 출신의 제핀이 소리쳤다.

"그렇게 말하는 근거가 뭐죠? 그리고 당신은 어디의 누구죠?"

검은 로브를 입은 늙은이가 일어서더니 대꾸했다.

"스조렌에서 온 뷰콘느올시다."

그 이름을 들어본 사람은 아무도 없었다. 스조렌 출신들도 고개를 갸웃거렸다. 제핀이 다시 말했다.

"뷰콘느 님. 여기는 소문이나 추측을 논하는 자리가 아니라는 것은 아실 테지요? 아주 위험한 발언을 하셨는데 근거도 말해주시기 바랍니다."

"그건 말할 수 없소. 정보를 준 사람이 위험해지니까."

여기저기에서 혀를 차는 소리가 들렸다. 뷰콘느는 어깨를 으쓱하더니 말을 이었다.

"믿지 않으면 그만이오. 난 님블 사람도, 로존디아 사람도 아니니까 나와는 관계없지. 그런데 하던 얘기 말인데, 님블이 공격을 받으면 그때는 어찌할 거요? 님블이라면 이조르칸트의 턱수염쯤은 되지."

말은 그렇게 했지만 뷰콘느의 표정은 걱정하기보다 재미있어하는 듯했다. 블레이즈는 내심 당황했다. 지금까지 나선 발언자들은 블레이즈와 미리 교감이 있었던 사람들이었지만 뷰콘느는 처음 보는 인물이었다. 게다가 던진 발언도 폭탄이나 다름없었다. 도움이 되는 얘기긴 했지만 늘 대륙 정세에 귀를 기울여 온 블레이즈조차도 그런 이야기를 들어보지 못했다.

님블은 예로부터 로존디아의 침략을 두려워해 왔다. 님블의 주민들은 로존디아와 혈연적으로 가까운 반면, 지배자인 사스포나 여후작은 노르마크 인의 핏줄이었다. 최근 실정으로 인해 백성들의 인망도 잃고 해서 로존디아가 영토에 진주해 올 때 주민들이 오히려 반길 가능성을 배제할 수 없는 상황이었다.

다른 마법사들도 바로 코웃음 치지 못하는 이유가 있었다. 님블은 이조르칸트와 매우 가까웠다. 로존디아가 님블을 노린다는 것은 장기적으로 낫소로 진출할 생각이 있다고 봐도 과언이 아니었다. 비록 현재는 로존디아와 낫소의 관계가 좋지만 언제까지나 그럴지 알겠는가?

"혹시 로존디아가 님블에 이어 낫소를 목표로 삼은 게 아닙니까?"

당연히 나올 질문이었다. 뷰콘느가 눈썹을 올려 보였다.

"그야 모를 일이지만, 이조르칸트만 없더라면 낫소가 로존디아의 상대가 되겠소? 그리고 로존디아가 님블을 노린다는 것 자체가 이조르칸트가 수수방관할 것을 기대한다는 증거가 아니오? 가만히 있을 것 같으니까 턱수염도 잡아 뽑는 법이지."

그 말에 많은 마법사들이 불쾌한 표정을 지었지만 누구보다도 델로인이 발끈했다. 델로인이 손가락을 들어 뷰콘느를 가리키며 말했다.

"뷰콘느 님. 그 말은 이조르칸트를 모욕한 것으로 간주되니 사과하시기 바랍니다."

뷰콘느는 델로인을 향해 고개를 돌리더니 히죽히죽 웃었다.

"아, 사과하겠소. 하지만 사과란 것에 별다른 기능이라도 있소? 기분이 좋아진다고 이조르칸트가 안전해지나? 촛불처럼 꺼지기 전에 미리 잘 덮어두어야지."

이쯤 되자 듣고 있던 마법사들도 이자의 정체를 의심했다. 마법사들의 세상에서 이름을 처음 들어봤다는 것은 실력도 없다는 것을 의미했다. 그런 자가 테타니온 소속이 즐비한 대회합의 회의에서 저렇듯 오만한 말을 의장에게 내뱉다니, 평소의 대회합이라면 상상도 안 갈 일이었다.

"저자는 대체 누구요?"

"저자가 하는 말이 지금 이조르칸트가 촛불 같은 신세다, 그건가?"

"델로인 님! 저자를 추방하시오. 그럴 권한이 있소."

"아스트라한 님이 안 계시다고 별 듣도 보도 못한 자가 와서 소란을 피우는군."

"혹시 저자가 턱수염 운운한 것이 의장님을 가리켜 한 말 아니오?"

수백 년 동안 의장이었던 아스트라한은 나라들 간의 분쟁에 끼어들지 않는다는 원칙을 정하고 지금까지 고수해 온 장본인이었다. 델로인은 화가 머리끝까지 났지만 겨우 참으며 말했다.

"이조르칸트의 안전은 모든 마법사들이 바라는 바이니 뷰콘느 님도 당연히 관심이 있으시겠죠. 하지만 한 사람의 힘으로 안전해지거나 위험해지는 곳이 아니니 무례한 말은 삼가시기 바랍니다."

"글쎄, 그럴까?"

뷰콘느가 뒤를 홱 돌아보았다. 몇몇 자리를 훑어보는 듯하더니 입구를 향해 손을 뻗었다. 그러자 다과실 쪽으로 열려 있던 문이 갑자기 쾅 닫혔다. 이어 세 군데의 입구가 모두 요란한 소리를 내며 닫혔다.

"지금 뭘 하는 거요?"

같은 말을 한 사람이 수십 명이었다. 그러나 그때까지도 그들은 상황을 정확히 깨닫지 못했다. 밖에서 문을 두드리며 외치는 소리가 들리기까지는.

"문이 왜 닫혔죠?"

"문이 열리지 않는데 못 들어갑니까?"

저들은 나름 큰 소리로 외친 것일 텐데 이쪽에서는 지하에서 울리는 소리처럼 희미했다. 모두 당황해서 입을 다물지 않았더라면 들리지도 않았을 것이다. 마법사들이 일어나기 시작했다. 입구 근처에 있던 젊은 마법사들이 먼저 가서 문을 밀기도 하고 당겨보기도 했지만 문은 끄떡도 하지 않았다.

"주문이 걸렸나?"

"그럼 확인을……."

그들은 곧 확인할 수 없다는 걸 깨달았다. 여기는 이스나에의 홀 안이었다. 어떤 마법도 통하지 않았다. 문에 마법이 걸렸다는 걸 확인하려 해도 마법이 필요했다. 물론 한 사람의 예외가 있었다. 모든 마법사들이 델로인을 바라봤다.

델로인은 얼마나 화가 났는지 얼굴이 창백하게 굳어져 있었다. 하지만 그는 바로 마법을 쓰지 않았다. 그러는 대신 뷰콘느를 보며 말했다.

"무슨 짓을 하셨는지 모르겠지만, 다시 본래대로 돌려놓으시기 바랍니다."

뷰콘느는 자기 자리에서 걸어 나와 중앙 계단을 내려오기 시작했다. 그러면서 말했다.

"내가 뭘 했는지도 모른다니 생각 이상으로 별 것 아니군."

"본래대로 돌려놓으라고? 시킬 필요 없이 직접 하면 어떤가?"

"마법사 회의의 의장님께서 문 세 개도 못 연다? 농담이라도 지나친 소리지."

뷰콘느가 말하는 동안 아무도 끼어들지 않았다. 그 사이 그는 델로인과 눈높이가 같은 위치까지 왔다. 거기서 더 내려가면 의장의 단상 아래로 내려가게 되었다. 그리고 단상 양쪽에는 문이 있었다. 뷰콘느가 양 손을 펴며 권하는 자세를 취해 보였다.

"자, 이렇게 기다리고 있지 않나. 의장님. 문을 열어 주시지요?"

델로인은 뷰콘느를 쏘아보았다. 탁자 아래로 꽉 쥔 손이 떨렸다. 몇 번인가 입술이 움찔거렸다. 하지만 아무것도 하지 않았다. 기다리던 뷰콘느가 조롱하듯 검지를 허공에 저었다.

"미덕의 반지를 낀 손이 무색하군 그래."

마법사들은 당혹스러운 얼굴로 그들을 지켜보고 있었다. 왜 델로인이 꼼짝도 않는지, 뷰콘느는 어째서 저렇게 자신만만한지, 이제부터 어떤 일이 벌어질지, 아무도 알지 못했다. 이윽고 돌아선 뷰콘느는 비어져 나오는 웃음을 참지 못하는 표정이었다.

"자, 이제 당신들은 이 안에서 다소 오래 머물러야 할 것 같군."

거의 동시에 일어선 마법사들이 일어나 질문을 퍼부었다.

"뭘 원하는 거요?"

"당신은 누구요?"

"누구의 지시를 받고 이런 짓을 하지?"

뷰콘느가 혀를 찼다.

"그것 참, 원초적인 질문밖에 없군. 명색이 마법사들의 회의인데 이보다는 예리한 질문을 해줄 수 없나? 이대로라면 설명 같은 건 생략하고 그냥 가버리고 싶어지잖아."

그때 한 명이 말했다.

"안에서 열지 못한다 해도 밖에도 마법사들이 많이 있다는 걸 잊었나?"

"아, 좋은 지적이야. 이런 질문이 나와야 설명할 맛이 나지. 안됐지만 밖에 있는 자들은 내 마법을 풀 힘이 없어. 내가 아까 확인해 보았는데 테타니온 마법사분들은 모두 이 안에 계시더군. 아마도 저 광대가 흥미를 끄는 바람에?"

뷰콘느가 블레이즈를 가리키자 블레이즈가 움찔하더니 외쳤다.

"광대라고? 난 너와는 아무 상관이……."

"물론이지. 하지만 난 당신의 역할에 아주 만족했어. 그래서 테타니온 회의 때 하려던 것을 지금으로 앞당겼지. 덕택에 한가롭게 저녁을 먹을 수 있겠어."

블레이즈가 뭐라 더 말하려 하자 뷰콘느가 손가락으로 그를 가리켰다. 그러자 블레이즈의 목소리가 막혀 버렸다. 입술로는 뭐라 말하는 듯했지만 한 마디도 들리지 않았다. 그러자 뷰콘느 옆에 있던 젊은 마법사, 노른슨의 페락이 벌떡 일어나 뷰콘느를 덮쳐 바닥에 넘어뜨리려 했다. 언뜻 성공하는 듯했지만 곧 페락은 허공에 떠올라 허우적대는 신세가 되었다. 뷰콘느는 천천히 일어나 로브 자락을 털더니 손짓 한 번으로 페락을 내던져버렸다.

주변이 고요해졌다. 뷰콘느는 자신에게 시선이 박힌 마법사들을 천천히 둘러보았다. 블레이즈를 편들던 여자 마법사가 말했다.

"다, 당신의 힘이 테타니온 마법사분들과 같다고 주장하는 건가요? 난 당신의 이름을 들어본 적도 없는데?"

"이름에 집착하는 건 예나 지금이나 똑같군. 당신들이 아는 세상만 세상인 줄 알지. 난 테타니온을 비롯해 여기에 있는 마법사들을 모조리 흙구덩이에 처넣을 수 있는 자를 알지만 당신들은 그자의 이름을 들어본 적도 없을 거야. 테타니온의 지식이 다 무슨 소용인가? 당신들은 이 홀이 왜 모든 마법을 차단하는지 아는가?"

뷰콘느는 다시 델로인을 돌아보며 씨익 웃었다.

"그런 것도 모르고서 잘도 여기에 앉아 있었다는 생각이 안 드나? 위험천만하게도 말이야. 이 홀에 걸린 마법. 난 이 마법이 어떤 것인지 아주 잘 알지. 이런 곳을 날마다 아무 생각 없이 드나들던 너희가 얼마나 눈 뜬 장님이었는지 이제부터 알게 될 거야. 어리석은 자들 같으니. 시간은 많으니까 천천히, 주의 깊게, 어디부터 모든 것이 잘못됐는지 생각해 봐. 너희가 좋아하는 토론도 실컷 하면서. 천천히, 주의 깊게."

밖에서 다시 요란하게 두드리는 소리가 들리자 뷰콘느는 손가락으로 가리키는 것만으로 모든 소음을 지워버렸다. 그리고 계단을 마저 걸어 내려갔다. 델로인 앞을 지나갈 때는 킬킬거리는 웃음소리를 남겼다. 검은 로브에 달린 두건을 덮어쓰고, 빈 벽을 향해 걸어가더니 그의 몸은 벽을 쑥 통과했다. 벽에는 아무 흔적도 남지 않았다. 그가 마지막으로 남긴 읊조림만이 허공에 떠돌았다.

밤을 본 적이 없던 하루살이들은
죽어가는 태양을 보고 겁에 질려
세상의 종말이 닥쳐왔다고 떠들겠지만
너희가 죽을 때가 된 것뿐이다.

두 개의 반지

그날, 낫소에서는 전대미문의 사건이 벌어졌다. 정체불명의 군대가 국경을 수비하는 소규모 군대를 학살하고 넘어와 왕국의 심장부로 향했다. 그간 낫소의 국경이 이런 식으로 침탈당한 적은 한 번도 없었다. 많은 병력이 지키고 있었기 때문은 아니었다. 국경 수비대는 초소별로 고작 수백에 불과했다. 그만큼 감히 쳐들어올 자들이 없다고 자신해 왔다. 왕국 안에 이조르칸트를 품고 있었기 때문이었다.

이조르칸트에서 벌어진 일을 모르는 낫소의 군대는 어리둥절한 채 속수무책으로 당했다. 애당초 전쟁을 각오해 본 적도 없는 자들이어서 타국에 비하면 군대라고 부르기도 미안한 수준이었다. 오랫동안 강도 높은 훈련을 받아 온 로존디아 군과 맞닥뜨리자 그들은 놀란 토끼들처럼 달아났다.

그간 로존디아 군을 정예로 키워 온 것은 브릴모 가문이었다. 그러나 이번 전쟁에는 브릴모 대사제도, 그의 아들도 참여하지 않았다. 그렇더라도 산토끼나 다름없는 낫소 군을 몰아대고 짓밟는 데는 아무 지장이 없었다. 칼드는 그 사실이 만족스러웠다. 남이 공들여 벼려둔 칼을 꺼내 쓰는 기분은 꽤 괜찮았다.

그런 일이 어떻게 가능했는지도 잊지 않았다. 본래 주드마린 여왕은 브릴모 가문을 신뢰해서 많은 권한을 주었고 조언에도 귀를 기울였다. 칼드는 그 사이에 끼어들려 하지 않고 기다렸다. 그리고 준비가 대략 되었다 싶을 때 여왕에게 단지 3천의 군대만을 달라고 했다. 그걸로 자신이 이조르칸트를 무력화시키겠노라고 확언하면서.

주드마린은 일단 칼드의 궁정 수석 마법사 직위를 박탈했다. 3천의 군대는 군무지를 무단이탈해 칼드를 뒤따라간 것으로 했다. 칼드가 그들을 정신적으로 조종했든, 평소 칼드를 존경했기에 자발적으로 따라갔든, 상관없었다. 어쨌든 그들은 로존디아가 파견한 군대가 아니었다. 그 문제로 주드마린은 칼드를 나라에서 추방했고 수배령마저 내리게 했다. 표면적으로 칼드는 다시 로존디아에 발을 들일 수 없는 몸이었다.

물론 세상 사람 모두가 속아줄 리는 없었다. 로존디아가 대륙 중심부로 진출하고자 오랫동안 별러 왔음을 대부분의 나라들이 알고 있었다. 그들은 이 사건을 야망에 사로잡힌 로존디아의 한 판 꼭두각시놀음으로 여길 것이다.

주드마린도 알고 있었지만 그래봤자 성공하기만 하면 누구도 떠들지 못하리라고 판단했다. 칼드가 이조르칸트에 원한을 품고 있어 복수를 위해 로존디아에서 웅크리고 있었는데, 기회를 보아 군대를 데리고 떠나갔다, 자신도 뒤통수를 맞았다, 그렇게 말할 증거가 충분하기만 하면 되었다. 그리고 또 하나, 지나치게 세력이 커진 브릴모 가문과의 균형을 맞추는 것도 함께 노렸다.

일츠 브릴모는 그간 오브니와 실을 이간질하여 전쟁을 일으키는 데 성공했고, 연달아 님블을 칠 계획을 진행해 왔다. 이미 정치적 공작도 끝이 났고 명분도 충분히 만들어 놓았다. 로존디아 군이 진주하기만 하면 님블을 지배하는 사스포나 여후작의 이복동생이 직접 나와 영접하며 스스로 신하이기를 자청할 것이었다. 찬탈자로 고발당한 여후작은 노른손으로 달아날 것이다. 달아나도록 내버려뒀다가 나중에 죄인의 반환을 요구하면 노른손은 펄쩍 뛰며 거절할 테지만, 그로 인해 점차 고립을 자초하게 될 것이다. 그 다음은…….

칼드는 나름대로 일츠의 전략에 감탄하기도 했다. 이자는 용의주도한데다가 각국 정세를 상세히 알고 있었고, 한 사건과 맞닥뜨린 사람들의 마음이 어떻게 변할지 손바닥 들여다보듯 했다. 그런 그가 단 하나, 이조르칸트가 통례를 깨고 실과 오브니를 중재하러 나설 것만은 예상하지 못했다. 아스트라한이 이조르칸트를 떠난 뒤 의장 대리가 된 델로인의 성격이 거의 알려져 있지 않았기 때문이었다.

주드마린은 그 한 번의 오판을 그대로 넘기지 않았다. 그래서 칼드에게 기회를 주었다. 칼드는 내심 웃었다. 주드마린은 자신을 다른 신하들처럼 저울에 달아 가며 기용하면 되는 존재로 믿을 것이다. 일츠 브릴모를 견제하기 위해 자신에게 힘을 주다니. 그 여자는 대공주였을 때부터 칼드가 어떤 사람인지 전혀 몰랐다. 무엇을 원하는지도. 주드마린이 나이답지 않게 영리하고 냉철하다고 칭송이 자자하지만 그래봤자 고작 자기 시대를 바라볼 뿐인 게다.

그가 데려온 군대가 이조르칸트 근처를 짓밟으며 다가오고 있다는 보고를 받은 칼드는 눈앞에 솟은 마음의 궁전을 올려다보며 비웃음을 흘렸다.

"마법사들의 성지라. 근사한 감옥이지. 얼마나 견디나 한번 보자고."

같은 시각, 이스나에의 홀은 고요했다.

마음의 궁전을 마법사들의 성지라고 처음 부른 사람은 그 안에 존귀함을 담았을지 몰라도, 다음 세대의 마법사들은 그 말 속에서 편안함을 찾아냈다. 그래서 그 별칭은 오늘날까지 살아남았다. 성지라는 말은 성스러움보다는 별나디 별난 그들만을 위한 공동체를 연상시켰다. 마치 고향처럼, 또는 모교처럼.

마법사들은 세상과 불화하며 자라기 마련이었다. 가족들, 고향 사람들로부터 외면당한 경험은 이조르칸트에서 새삼 이야깃거리도 되지 못했다. 그만큼 흔했다. 그랬기에 비록 실력 차이가 곧 계급이 되는 곳이긴 해도 관심사가 같고, 비슷한 희망과 괴로움을 겪어 본 자들 사이에

와 있는 안도감은 남달랐다.

실력이 부족한 자일지라도 이곳에서는 안전했고, 자신을 감추지 않고 행동해도 비인간적이라고 비난받지 않았다. 마법에 관한 온갖 시니컬한 농담은 이곳에서만 통했다. 많은 마법사들이 대륙 어딘가에서 살면서도 언젠가는 마음의 궁전에 연구실 한 칸을 얻길 바랐다. 이곳 특유의 분위기를 동경하기 때문이었다. 마치 일생동안 졸업할 필요 없는 학교처럼, 현실과 괴리된 유대감이 감도는 곳이기에.

이 순간 그런 것은 사라졌다. 마법사들은 갑자기 무력한 아이로 변한 듯했다. 상당수는 현실을 받아들이지 못했다. 많은 마법사들이 혹시나 하는 희망을 품고 온갖 주문으로 문을 열어보려 애썼지만 소용없는 짓이었다. 어떤 사람들은 해답을 찾아 침묵했다. 또 다른 자들은 의장이 무슨 대책을 말해주길 기다리며 단상을 응시했다.

어떤 반응을 보이든 한 가지만은 분명했다. 그간 그들을 지켜주던 보이지 않는 울타리가 사라졌다. 마음의 궁전에서는 안전하다, 그 어느 곳보다도. 이제 그것은 거짓이었다.

"의장님."

누군가가 불렀지만 대답은 들려오지 않았다. 단상에 서 있는 델로인은 조각상으로 변한 듯했다. 그도 무엇인가를 해 보았을까. 탁자 뒤에 감춰진 손가락이 가늘게 떨리고 있다는 것을 몇 명은 알아보았다. 한 사람이 느리게 일어나 델로인을 바라보았다.

"존경하는 의장님, 설명해 주십시오."

테타니온의 원로 중 하나인 엘프 마법사 알라니엘이었다. 아직 젊은 모습이지만 연륜이 감도는 눈가와 입매로 볼 때 수백 살은 넘긴 여인이었다. 침착한 목소리를 들은 마법사들이 혹시나 하는 희망을 품으며 하던 말을 멈추고 그녀를 바라봤다. 테타니온 마법사들에게는 무슨 대책이 있지 않을까?

델로인이 대답하지 않자 알라니엘이 다시 말했다.

"의장님께서 설명해주셔야 합니다. 조금 전 그자가 누구이며, 왜 그런 짓을 했으며, 어째서 의장님이 그자를 막지 못했는지를. 다른 누구도 그럴 수가 없습니다. 오늘 이 자리의 의장은 아스트라한 님이 아니라 그대였습니다. 미덕의 반지는 그대의 손에 있었습니다."

델로인의 얼굴에 경련이 일어났다. 그는 탁자 뒤에 숨겨져 있던 손을 올리더니 반지를 뺐다.

"내가 원해서 낀 것이 아닙니다."

알라니엘의 얼굴에 놀라움이 번졌다.

"지금 무슨 짓을 하시는 거죠?"

"누구든 원하면 가져가시지요."

델로인은 반지를 손바닥에 얹어 앞으로 내밀었다. 당혹스러운 웅성거림이 홀 전체로 퍼졌다. 의장의 상징이자 마법사 회의를 대표하는 반지를 저렇게 대접하다니, 도대체…….

"델로인."

다른 엘프가 일어섰다. 역시 테타니온의 원로인 아론이었다.

"무슨 짓인가. 의장님께서 그대에게 부탁한 것을 잊었나. 그대는 스스로 의무를 받아들였다."

"그럼 넘겨줄 자격도 있겠죠. 아론 님께서 가져가시는 걸로 알겠습니다. 아니면 알라니엘 님께서 가져가시거나."

델로인은 반지를 탁자 위에 놔버리더니 바로 몸을 돌려 단상을 내려갔다. 그는 구석 의자에 앉아 얼굴을 감싸 쥐고 침묵에 빠졌다. 한동안은 누가 말을 걸어도 대답하지 않겠다는 의미였다.

마법사들은 탁자 위에 놓인 반지를 보다가 다시 델로인을 돌아봤다. 불안감이 빠르게 번지다가 이윽고 부풀어 올랐다. 그렇다. 이곳은 안전하지 않다. 하지만 이런 상황에서 의견을 모으고 해결책을 찾아야 할 의장이 벌써 포기해버릴 정도란 말인가?

아무도 반지를 집으러 가지 않았다. 최소한의 구심점이 사라졌다. 마법사들이 이곳을 좋아하는 것은 자유와 안전을 보장하는 거대한 울타리이기 때문이지, 몸 바쳐 지켜내고 싶은 곳이어서가 아니었다.

수십 명이 문 쪽으로 달려가 마력을 일으켜보려고 머리를 싸쥐었다. 점차 더 많은 자들이 문 앞으로 밀려들었다. 마음먹은 대로 되지 않자 신경질을 내며 탁자를 두드리고, 의자를 걷어차고, 욕설을 했다. 분위기가 심상치 않자 테타니온 마법사들 몇이 눈짓을 주고받았다. 이윽고 그들은 한꺼번에 일어나 단상으로 나아갔다. 십 수 명이 나란히 선 가운데, 아론이 입을 열었다.

"여러분. 지금 여러분의 모습은 마음의 궁전을 고향으로 삼는 마법사와 어울리지 않습니다. 그대들은 단지 마법에 능했기 때문에 이 자리에 온 것입니까? 세상의 존경과 어울리는 미덕은 그대들의 몫이 아닙니까?"

이스나미르에서 온 카서틴이 이어 말했다.

"비록 마법을 잠시 쓸 수 없게 되었다 한들 그간 배우고 수련한 위대한 힘이 사라진 건 아닙니다. 언제 어디서도 저 자신이 누구인가가 바뀌지는 않습니다. 저는 제 자제심이나 명정한 마음이 저의 기예라는 가느다란 실 위에서 줄타기하는 초라한 존재라고는 생각하지 않습니다."

사실을 말하자면 마음의 궁전에서 마법사 자격을 줄 때 성품 같은 것은 고려되지 않았다. 특별한 범죄 이력이 없다면 오직 실력으로만 자신을 증명하는 곳이 마법사들의 세계였다. 그러나 테타니온 마법사들이 십여 명이나 올라와 한 말이었고 그들의 말에 동의한 자들도 있었기에 상당수의 마법사들이 자리로 돌아왔다. 동시에 반감을 느낀 자들도 있었다. 젊은 마법사들은 흔히 대책 없이 시니컬했다.

"그래서, 품위를 지키고 있으면 대책이 생깁니까? 원로들께서 말씀 좀 해주시지요."

"설마 테타니온 마법사분들도 아무것도 못 하시는 건 아니죠? 지금 우리가 조용히 하면 뭔가 보여주시는 거죠?"

"말은 됐고 마법을 보여주십시오. 그러면 모두 다시 인격적인 마법사로 돌아갈 겁니다. 지금 당장 해주세요. 네?"

"아뇨. 자제심이고 뭐고 전 주문이 사라지니 어린애로 돌아간 것 같네요. 배고프고 목마르다고요!"

그들 대부분은 아침 식사를 마친 지 두어 시간도 되지 않았다. 하지만 마지막 외침은 사람들의 마음속에 이상할 정도로 허기를 불러일으켰다. 곧 채울 수 있다는 기대가 배제된 배고픔만큼 사람을 신경질적으로 만드는 것도 드물었다.

"이게 뭐야! 난 마음의 궁전에 처음 왔을 뿐인데 이렇게 될 줄 알았겠어?"

"테타니온이고 마법이고 다 무슨 소용이지? 난 그냥 집으로 돌아가고 싶을 뿐이야!"

"원로들도 여기가 위험하다는 얘기 따윈 해주지 않았잖아! 나 같은 초짜들이 뭘 믿고 여길 왔다고 생각하냐고!"

더 많은 마법사들이 문 앞으로 달려갔다. 그들로 둘러싸여 이제는 문이 보이지 않을 지경이었다. 사방에서 날카로운 주문이 터져 나왔다. 그 많은 마법사들의 영창에도 불구하고 어디에서도 빛 한 점, 소리 한 조각 일어나지 않았다. 그 많은 뛰어난 마법사들이 산을 움직이려는 개미가 된 듯했다.

마법사답지 않게 의자를 집어 문짝을 내려찍거나 쇠 지렛대를 문틈에 밀어 넣으려는 시도도 늘어났다. 또 다른 자들은 그런 자들을 비웃었다.

"뭘 하는 거야? 그 문짝은 도개교처럼 두껍다고. 수백 번씩 왔다 갔다 하면서 보지도 못했나?"

"어차피 여기 있는 약골들의 힘으로는 평범한 문도 못 부숴. 쓸데없는 짓이야."

"그럼 주문은 쓸데 있는 짓이고? 가만히 있느니 뭐라도 해봐야 할 거 아냐."

"벌집 쑤셔 놓으니 다 뛰어나와 윙윙대는 꼴이 한심하기 이를 데 없군."

자조적으로 빈정대는 자들이 늘어나고 대꾸하는 말투도 사나워졌다. 여기저기에서 언쟁이 벌어지고 곧 주먹다짐도 날 기세였다. 몇몇은 아직도 한 가닥 기대를 품고 단상 위의 마법사들을 쳐다보았다. 그러나 그들이 여전히 아무것도 하지 않자 비웃는 목소리가 커져갔다.

"그래서 되는 건가요, 안 되는 건가요? 못 하면 못 한다고 솔직히 말씀을 하셔야죠."

"거창한 것 말고, 그냥 시시한 거라도 해 보시면 어때요? 바깥에 있는 사람에게 목소리를 보낸다든가, 마법 학교 1학년들이 하는 그런 것 있잖아요?"

"그래요. 그걸로 구조 요청 좀 해주시지요. 어디선가 우리 모두보다 위대한 마법사가 오셔서 구해주실지도 모르잖아요?"

"저 밖에서 지금 얼마나 우릴 비웃겠습니까? 잘난 마법사라는 자들이 모조리 모여 있다가 한꺼번에 병속에 든 절임 신세가 되다니."

예의나 겸손은 사라졌다. 어디서든 원초적인 불만족에 사로잡힌 자들이 눈을 희번덕거렸다. 단상에 서 있던 알라니엘은 그들을 내려다보다가 홀 맨 뒤에서 한 사람을 찾아냈다. 그녀는 단상에서 내려가 그 사람에게 갔다.

"도움이 필요합니다."

상대가 대답하지 않자 알라니엘이 손을 붙들며 목소리에 힘을 주어 불렀다.

"스노이켈 님."

퍼뜩 깨어난 스노이켈은 알라니엘을 보고 천천히 절을 했다. 알라니엘이 고개를 저었다.

"인사를 받을 때가 아니에요. 말해보세요. 아스트라한 님께서 떠나며 남기신 말이 없었나요?"

아스트라한은 최고의 마법사이기도 했지만 동시에 예언의 힘도 가지고 있었다. 다른 곳도 아닌 마음의 궁전에서 이런 사태가 벌어졌는데 아스트라한이 전혀 예견하지 못했다고는 상상하기 어려웠다.

"이런 일에 대한 말씀은 없으셨고……."

스노이켈이 기억을 더듬는 듯하다가 말했다.

"떠나던 날, 이런 말씀을 하셨습니다. 다가올 균열에서 우리의 몫은 없다. 모든 것을 버린 자만이 문을 열 것이다."

알라니엘은 큰 눈을 더욱 크게 뜨고 그 말을 곱씹더니 말했다.

"예지의 말일까요? 하지만 지금 우리에게는 그걸 깨달을 평정이 없는 것 같군요. 균열이란 오늘 이 혼란을 가리킨 말일까요? 그렇다면 문을 열어줄 '모든 것을 버린 자'는 누구일까요?"

스노이켈은 대답하지 않았다. 알라니엘은 '문을 열리라' 라는 말을 그들이 갇힌 이 홀의 문으로 이해했을 테지만 스노이켈이 보기에는 그런 뜻이 아니었다. 하지만 아스트라한은 대회합조차 제쳐둔 채 그가 뒤쫓고 있는 예지를 누구에게도 설명하기를 원치 않았다. 그러니 아직도 설명해선 안 되는 것이다. 실로 오랫동안, 반 백 년을 뒤쫓아 왔다. 겨우 실체가 가까워진 지금, 누구의 개입도 도움이 되기보다는 모든 것을 망칠지 몰랐다.

아버지의 뜻을 이해했지만 비밀을 혼자 짊어진 채 이 혼란 속에 서 있는 것이 스노이켈에게도 쉽지 않았다. 그래서 그도 침묵 속으로 도피하려 했다. 그도 오늘 이런 일이 벌어질 줄은 몰랐다. 그러나 동시에 언제든 일어났어야 할 일이었다. 아버지는 알았을까? 알면서도 그대로 내버려두었을까? 수많은 마법사들이 사랑하고 고향으로 여긴, 수백 년의 기억이 쌓인 이 탑은 반드시 무너져야 하기 때문에?

알라니엘은 스노이켈의 표정을 보더니 더 설명을 바라듯 얼굴을 가까이 댔다. 그러자 반사적으로 대답이 튀어나왔다.

"모르겠습니다. 제가 할 수 있는 일은 없습니다. 드릴 말씀도 없습니다."

"스노이켈."

알라니엘이 스노이켈의 팔을 쓰다듬었다. 비록 엇비슷한 나이의 청춘남녀로 보여도 알라니엘은 스노이켈을 낳은 어머니의 누이, 즉 이모였다. 평소에는 엘프들이 흔히 그렇듯 남남처럼 예의를 갖추며 대화했지만 알라니엘은 오래 전에 어린 스노이켈을 무릎에 앉혀 놓고 노래를 부르며 머리를 빗기곤 하던 사람이었다.

"어려서는 훨씬 솔직하지 않았니."

"그땐 어렸으니까요."

"하지만 너도 알지 않니. 사람이 감출 수 있는 건 말뿐이란다. 이 볼품없고 커다란 몸뚱이는 아무데로도 숨길 수가 없지."

알라니엘의 말이 맞았다. 스노이켈은 자신의 손을 내려다보았다. 뭔가를 감추려는 듯 꽉 움켜쥐어져 있었다. 그리고 알라니엘에게는 다른 사람의 감정과 공명하는 힘이 있었다. 가문 대대로 가진 힘이어서 스노이켈에게도 있었지만 알라니엘의 것이 훨씬 강했다.

"비밀을 지켜야 할 때는 있다. 아스트라한 님과 같은 분이 주신 비밀이라면 더더욱. 그런 것은 매우 무겁지. 하지만 그 속에도 네 일은 있을 거야. 스노플 판 위의 말들은 강하기도 하고 약하기도 하지만 아무 역할이 없는 말은 없단다. 네가 발 딛고 선 곳을 내려다보아라. 뭔가가 보일 거야. 아주 가느다랗겠지만, 그게 네가 따라갈 길이란다."

스노이켈은 자신의 손에서 시선을 거두고 알라니엘을 바라보았다. 그녀의 눈이 흔들리지 않는 것을 깨닫고 물었다.

"두렵지 않으신가요?"

"뭐가?"

"이 모든……."

스노이켈은 주위를 휘둘러보았다. 사방에 혼란이 흩어져 있었다. 타인의 감정에 공명하는 힘이 없다 해도 이런 혼란에는 누구나 영향을 받기 마련이었다. 내 주위의 모두가 두려워하면 나도 두렵다. 그건 당연한 일이다. 그런데 누구보다도 감정의 흐름을 민감하게 느끼는 알라니엘은 왜 두려워하지 않을까?

알라니엘이 말했다.

"혼란은 결과야. 원인이 아니야. 스노이켈. 넌 아스트라한 님의 예언 속에서 살아왔을 거야. 넌 이 모든 일이 벌어질 것을 알고 있었어."

스노이켈이 세차게 도리질 쳤다.

"전 이런 일이 벌어질 줄 몰랐습니다."

"아니야. 넌 알고 있었을 거야. 어떤 모습일지 몰랐던 것뿐이지. 파멸은 수천 가지의 얼굴을 하고 있으니. 겉모습 따윈 중요하지 않다. 미래를 보는 사람들이 가장 빠지기 쉬운 함정은 미래의 파멸적인 풍경에 놀라 공포에 사로잡히는 거야. 그러면 예언은 본질을 잃는단다. 불, 죽음, 피비린내, 어리석음, 증오, 혼란……. 모두 끔찍한 것이지만 아스트라한 님이라면 그런 것에 겁먹어 섣불리 이 세상을 포기하지 않았을 거야. 왜 누군가의 눈에 미래가 보일까? 불타오르는 도시를 보고 누군가는 놀라 도망치지만 누군가는 불길 속에 갇힌 사람들을 구하러 달려 들어가지. 그렇기에 통찰력 없는 자의 눈에 미래가 보여서는 안 되고, 그렇기에 미래를 본 자는 그만큼 의무가 생기는 거야. 미래를 아는데도 두려운 건 할 수 있는 일이 없을 때뿐이란다."

"저도 할 수 있는 일이 없어서 두렵습니다."

알라니엘이 웃었다.

"스노이켈. 넌 한때 내 무릎 위의 조카였지만 이제는 그리 어리지 않단다. 난 네 안에 아스트라한 님이 물려주신 통찰력이 있음을 알고 있어. 갇힌 곳에서 나와 밖에서 너 자신을 바라보아라. 네가 두렵다는 것은 안다. 하지만 네가 두려워하는 이유는, 저들이 두려워하기 때문이 아니냐?"

혼란은 쉽게 퍼진다. 두려움은 전염된다. 타인의 감정과 공명하는 힘을 가졌다면 더더욱. 하지만 그건 원인이 아니었다. 결과였다. 두려움은 당연한 것이 아니었다. 스노이켈은 두려워할 필요가 없었다. 이렇게 될 줄 알고 있었기 때문에. 저 혼란의 풍경에 겁먹고 뒷걸음질 치지만 않는다면, 저들의 두려움에 말려들지만 않는다면, 미래가 보여준 명정한 본질이 보일 것이다.

알라니엘이 물었다.

"자, 아직도 두렵니?"

스노이켈은 생각했다. 이 혼란 너머에는 무엇이 있을까. 왜 이런 일이 일어났을까. 아버지는 이 풍경에서 무엇을 보았을까. 빠져나갈 수 없는 덫 속에 수많은 죄 없는 자들을, 뛰어난 인재들을, 동족들을, 아끼고 보살피던 후학들을, 사랑하는 아들마저 내버려두었을 때 무슨 일이 벌어질 것을 기대했을까.

알라니엘이 미래를 모르면서도 두려워하지 않는 이유가 그제야 느껴졌다. 그녀는 알았을 것이다. 아스트라한이 하나뿐인 아들을 이 안에 두고 갔을 때는 그 안에 구원이, 또는 구원이 없다 해도 적어도 필연이 있으리라는 것을. 이것이 꼭 일어나야 할 일이라면 두려워해 무엇하겠는가?

알라니엘이 말했다.

"나 자신이 가장 소중한 존재라고 믿으며 살아왔더라도 내가 미래의 중심일지, 그리로 가는 길에 놓인 징검다리 돌일지는 내가 결정할 수가 없어. 후자일지라도 무의미하지는 않지 않겠니?"

스노이켈이 불쑥 말했다.

"네냐처럼 말이죠."

"그래. 네냐처럼. 그들은 위대한 자들이었지만, 저들의 시대가 끝났을 때 조용히 거름이 되었어. 우리의 시대도 언젠가 반드시 끝나겠지."

이어 알라니엘은 눈을 찡긋하더니 말했다.

"오늘이 최후의 날이라면, 내게도 작은 역할이 있다면 좋을 텐데."

엘프가 다른 종족들보다 삶에 대한 애착이 적어 보이는 것은 사실이었지만 보이는 그대로가 전부는 아니었다. 스노이켈의 입가에 힘이 들어갔다. 그 작은 역할, 그것을 얼마나 하기 싫다고 생각했던가. 그건 또 얼마나 오만한 생각이었던가. 아스트라한은, 아버지는, 그 작디작은 일을 위해 고귀함을 잃어버린 자들이 주는 치욕조차 견뎌낼 텐데. 또한 그들은 대가 없이 스스로 고귀함을 한 겹씩 벗어 내던진 결과 흙발의 나신이 되었는데.

스노이켈은 알라니엘에게 절을 하고 계단 앞으로 갔다. 홀을 둘러보자 사방에서 언쟁을 벌이거나, 멱살을 움켜쥐거나, 무언가를 부수거나, 침묵에 빠진 마법사들이 보였다. 외부에서 구원자가 나타나지 않는다면 이대로 이들은 하루 종일, 수일 동안, 수년 동안, 영원히 갇혀 있을지도 모른다. 언젠가 누군가가 마법을 풀고 들어왔을 때 안에는 풍화된 뼈와 재만이 남아있을지 모른다.

저들은 아직 모른다. 아마도 상상하겠지만 아무도 확신하지 못하고 있다. 테타니온이 모두 이 안에 있다는 사실의 의미를, 이 홀에 걸린 마법이 어떤 것인지 그들은 모르고 있다. 그건 차라리 다행스러운 일일지도 모른다.

어떤 작은 일을 해야 할 것인가. 자신은, 그리고 저들은.

스노이켈은 계단을 내려가 단상으로 올라갔다. 그리고 반지를 집어 끼었다.

모두가 눈치 채지는 못했지만 그쪽을 보았던 몇 명은 아연실색했다. 델로인이 미덕의 반지를 빼 버린 것은 더 이상 책임지기 싫다는 의미였다. 책임질 방법이 없다는 의미일지도 몰랐다. 그런 반지를 누군가가 대담하게 낄 줄은 몰랐다. 그리고 그는 다름 아닌 아스트라한의 아들이었다.

"스노이켈 데바키 님이 아닌가?"

하지만 스노이켈은 의장이 되기 위해 미덕의 반지를 낀 것이 아니었다. 그는 의장의 탁자에서 벗어나 단상 한쪽 끄트머리에 섰다.

"여러분."

스노이켈이 말하며 반지 낀 손을 내밀어 뻗는 순간 은빛 광채가 홀 전체에 가루처럼 뿌려졌다. '고요의 가루'라는 마법으로 흥분한 사람들을 진정시키는 힘이 있었다. 놀란 마법사들이 허둥지둥 앞으로 달려 나왔다. 몇몇은 섣불리 소리치며 박수를 쳤다.

"마법이 돌아왔어!"

다른 자들이 자신의 주문을 시험해보더니 고개를 저었다. 마법이 돌아온 것이 아니었다. 그럼 스노이켈이 쓴 마법은 뭐란 말인가? 문 주위에 몰려 있던 자들도 제자리로 돌아왔다. 그들이 앉기를 기다려 스노이켈이 말했다.

"먼저 말씀드리지만 마법은 돌아오지 않았고, 그럴 수도 없습니다. 아시다시피 마법을 차단하는 이 홀의 힘은 여기 모인 누구도 깨뜨리지 못합니다."

"그럼 조금 전 그건 뭐였소?"

"미덕의 반지의 힘입니다. 제 힘이 아닙니다."

그때 침묵에 빠져 있던 델로인이 깨어나더니 이죽거렸다.

"그 반지에 무슨 대단한 힘이 있는 줄 알겠지만 그런 건 없소이다. 그저 시시한 마법 몇 가지를 쓰게 해줄 뿐이지. 조금 전의 그런 것들 말이오. 그까짓 걸로는 저 문에 걸린 마법을 깰 수도 없고, 여기 모인 사람들이 굶어 죽지 않게 할 수도 없지."

"굶어 죽는다고?"

거기까지 생각이 미치지 못했던 자들이 눈을 홉뜨며 델로인을 돌아봤다.

"몇 명은 그러기 전에 서로를 목 졸라 죽일지도 모르지만, 그 정도야 선택의 문제 아니겠소?"

그렇게 말한 델로인은 다시 눈을 감아버렸다. 사방에서 웅성거림이 커졌다. 다른 마법사가 스노이켈에게 물었다.

"의장…… 아니 델로인 님이 한 말이 사실인가요? 미덕의 반지에는 그런 힘밖에 없습니까?"

스노이켈이 대답했다.

"저 문을 열 힘이 있느냐는 질문이시라면, 없습니다."

오늘이 오기 전에 마법사들은 미덕의 반지에 무슨 대단한 힘이 깃들어 있는 줄 알았다. 고대로부터 내려와 마법사 회의의 의장들에게 대대로 전해진 반지이니 그런 짐작도 무리는 아니었다. 스노이켈이 말을 이었다.

"좀 더 정확히 설명 드리면, 미덕의 반지에는 시전 시간을 약간 짧게 해주는 힘이 있습니다. 숙련된 마법사라면 몇몇 간단한 주문은 아주 짧은 시간 안에 쓸 수 있을 겁니다. 거기에 반지의 힘이 더해지면 시전 시간이 아예 사라집니다. 그래서 간단한 주문 몇 가지는 이 홀에 깃든 마법을 차단하는 힘을 벗어날 수 있는 것입니다."

놀라움이 서서히 가라앉으면서 이성적으로 생각할 힘이 생겨났다. 또 다른 마법사가 스노이켈에게 물었다.

"그럼 이 홀에서 마법을 못 쓰는 이유는 마법이 아예 금지되어서가 아니라 시전 시간을 제한하기 때문이란 말입니까? 그렇기 때문에 발동과 동시에 발현되는 마법은 막을 수가 없고요?"

"네."

"그렇다면, 열심히 노력해서 시전 시간을 줄인다면…… 아니, 테타니온 마법사 분들은 좀 더 뛰어난 마법도 쓰실 수 있지 않을까요?"

"원하신다면 시험해 보셔도 좋습니다만, 델로인 님께서 이미 시험해 보셨을 것입니다."

델로인은 성마른 성격이긴 해도 실력은 테타니온에서 수위를 다투는 자였다. 그랬기 때문에 임시 의장이 될 수 있었던 것이기도 했다. 의장 업무를 수행하기 위해 가장 뛰어난 마법사일 필요는 없지만, 마법사들 중에는 자기보다 못한 자의 지휘를 한시라도 견디지 못하는 자가 많았다.

사방에서 토론이 벌어졌다. 시전 시간이 가장 짧은 주문은 무엇인가, 특정한 주문만 수련한 자는 혹시 가능하지 않을까, 시전 시간을 줄이려면 어떻게 해야 하는가, 과연 얼마나 줄이면 가능한가. 시전 시간이 아예 없는 마법이란 존재하는가.

누군가가 마지막 의문을 입 밖에 냈다.

"이 세상에 시전 시간이 없는 마법이 있습니까?"

다른 자가 소리쳤다.

"그런 건 없지! 아무리 짧더라도 아예 없다는 건 불가능해!"

"그나저나 미덕의 반지는 대체 시전 시간을 얼마나 줄여줍니까?"

스노이켈이 대답했다.

"2초입니다."

사방에서 한숨이 흘러나왔다. 고작 그 정도일 줄은 아무도 예상하지 못했다. 하지만 오랫동안 의장이었던 아스트라한의 아들이 한 말이니 오해일 것 같지도 않았다.

"그럼 아까 그자가 문을 막은 건 어찌한 거요?"

"문에다가 미리 마법을 걸어놓고 간단한 시동어만으로 발현되게 하는 방법이 있을 거요. 좀 작업이 필요하겠지만."

"그런 일이 가능합니까? 여긴 마음의 궁전인데?"

"아니라면 무슨 가능성이 있소이까?"

"전날 밤에 걸어놓았을지도 모르잖아요? 홀이 비었던 때가 언제인지 생각해 봐요.

의견이 분분한 가운데 블레이즈가 일어섰다. 그러더니 자기 입을 가리켰다.

"……."

블레이즈를 바라보며 모두 깨달았다. 뷰콘느는 문을 막기만 한 것이 아니었다. 블레이즈는 아직도 말을 하지 못했다. 어쩌면 여기서 나가지 못하는 한 영영 못할지도 모른다. 뷰콘느가 쓴 마법 때문에. 그자는 또한 외부의 소음을 지웠고, 한 사람을 허공에 날려버리기도 했다. 그건 분명 아주 짧은 시간에 이루어졌다. 2초 이하였을지도 모른다. 어쩌면 시전 시간이 없었을는지도 모른다. 뷰콘느는 미덕의 반지를 끼고 있지도 않았다.

모두의 마음속에 떠오른 의문이 한 사람의 입에서 나왔다.

"시전 시간이 없는 마법이란…… 정말로 존재하지 않습니까?"

이제는 아무도 선뜻 대답할 수 없었다. 한 사람이 중얼거렸다.

"예전에 로존디아에서 발견됐다던 여왕의 궤 얘기를 들은 적이 있는데……."

그 이야기는 대부분의 마법사들이 알고 있었다. 궤에서 나온 마법을 왕실에서 숨겼는데, 은밀히 그걸 배운 왕가의 인재들이 비참한 죽음을 맞았다던 이야기를. 알스님 여왕의 궤에 대한 소문 주변에는 항상 시전 시간이 없는 마법에 대한 목격담이 안개처럼 떠돌지만 실체를 확인한 사람은 없었다. 그건 전설이었을 뿐이었다. 전설이 이렇듯 갑자기 눈앞에 나타날 리 없었다.

"그자가, 이름이 뷰콘느라고 했나? 로존디아 사람인가?"

"아니오. 스조렌이라고 했소."

"스조렌의 뷰콘느. 여기서 그자를 아는 사람이 있소? 솔직히 말해보시오. 이름을 들어본 적이라도 있소?"

그건 소용없는 질문이었다. 혹시나 안다 한들 이런 상황에서 밝혔다가 무슨 일을 당할지 모를 일이었다. 아무도 대답하지 않자 다른 사람이 말했다.

"이곳에 들어온 것을 보면 명부에 이름은 있었다는 이야기가 되겠지요. 혹시 의장, 명부가 여기 있습니까?"

델로인은 대꾸하지 않았지만 있을 리가 없었다. 명부를 확인하는 것은 문지기 마법사들의 역할이지 이 안에 들어온 뒤에 다시 확인하는 일 따윈 없었다. 그때 한쪽에서 가느다란 목소리가 들려왔다.

"그자가 누구인지 알 것 같아요."

모두의 눈이 그곳으로 쏠렸다. 엘프 여인이 일어서더니 절을 하며 말했다.

"이베카 민스치야입니다."

사정을 아는 자들이 의아해하는 눈길을 보냈다. 이베카 민스치야는 테타니온에 소속된 마법사였다. 그러나 테타니온을 위해 마련된 자리가 아닌 구석진 자리에 홀로 앉아 있었다. 사정을 모르는 사람들은 그저 평범한 마법사이려니 생각하며 쳐다보았다. 하지만 다음 말이 나오자 사정이 달라졌다.

"그자는 로존디아의 궁정 수석 마법사, 칼드일 것입니다."

로존디아 출신의 마법사들 사이로 당황한 기색이 번졌다. 몇몇이 벌떡 일어나 소리쳤다.

"지금 무슨 근거로 하는 말입니까? 아까 그자가 스조렌 출신이라고 한 말은 못 들었습니까?"

"악에 물든 그자가 로존디아 궁정 마법사라고? 로존디아를 뭘로 보고 그런 소릴 하는 거요?"

"근거가 없다면 모함이라는 것도 알고 하시는 말씀이겠죠?"

"당신은 칼드 님을 만나본 적이 있습니까?"

이베카가 대답했다.

"직접 만나본 적은 없습니다."

로존디아 출신들의 얼굴이 일그러지며 헛웃음이 터져 나왔다. 으름장을 놓는 자도 있었다.

"젊은 분 같은데 그런 모함을 함부로 내뱉다가 큰코다친다는 것을 아시오."

이베카가 누구인지 아는 사람들이 어이없는 표정을 지었지만 아무도 마법을 쓸 수 없게 된 지금, 테타니온 소속이라는 것이 별다른 방패가 되어줄 순 없었다. 로존디아 출신들은 이베카가 거슬리는 말을 계속했다가는 폭력이라도 휘두를 기세였다. 그때 스노이켈이 단상에서 내려가 이베카에게 갔다.

"잠깐 저와 이야기를 나누시지요."

스노이켈이 이베카를 데리고 홀 구석으로 가자 금세 자리에서 뛰어나올 듯하던 로존디아 출신들도 더 덤비지는 못했다. 이 자리에 없는 아스트라한이 혹시 그들을 구해줄지도 모른다는 희망이 남아 있었기에 스노이켈의 존재는 미묘한 권위를 가지고 있었다.

스노이켈과 함께 홀 모퉁이로 간 이베카가 미소를 지었다.

"저를 보호해 주셨네요."

"무슨 말씀을요. 오랜만입니다, 민스치야 님."

둘은 구면이긴 했으나 그리 잘 아는 사이는 아니었다. 스노이켈이 절을 하자 이베카가 답례하며 말했다.

"너무 오랜만에 왔나 봅니다. 이런 상황에서 평소의 마법사 회의를 생각하며 발언하다니 제가 경솔했습니다."

스노이켈이 씁쓸하게 웃었다.

"젠체하던 우리도 실은 평범한 사람들과 별다를 것 없음을 확인하는 자리 같습니다."

그때 알라니엘이 테타니온 마법사 몇을 데리고 그들 곁으로 왔다. 알라니엘이 말했다.

"민스치야 님. 저는 알라니엘 이스트리스입니다. 예전에 어머님을 뵌 적이 있습니다만, 언젠가 그 이야기를 편안히 나눌 날이 오겠지요. 지금은 조금 전에 하신 말씀을 더 자세히 듣고 싶습니다. 이분들도 마찬가지입니다. 우리 모두는 그 이야기에 큰 관심이 있습니다."

이베카가 고개를 끄덕였다.

"오해를 피하려면 제가 칼드를 알아보게 된 과정을 설명 드려야겠군요. 지난번, 누군가가 이진즈 숲에 불을 지르고 네이판키아들을 학살했다는 이야기를 들은 적이 있으실 겁니다. 그때 저희 형제자매들 중 몇 명이 학살자를 추적했는데, 그자들이 로존디아 왕궁으로 가서 칼드를 만났음을 알아냈습니다."

알라니엘이 물었다.

"혹시 그자는 카로단 마이프허가 아닙니까?"

이베카가 고개를 끄덕였다.

"네. 카로단 마이프허와 칼드는 그 후로 모종의 결탁을 하고 한 사람을 뒤쫓고 있습니다. 그 이야기는 조금 후에 드리도록 하고, 저희 형제자매들은 마이프허의 병사들 틈에 숨어들었다가 한 사람을 만나 칼드의 이력을 듣게 되었습니다. 칼드가 이조르칸트의 마법사 명부에도 이름이 없는 자라는 것은 알고 계셨을 겁니다."

칼드가 처음 로존디아의 궁정 수석 마법사가 되었을 때, 마법사들 사이에서 저자가 누구냐며 궁금해 하는 분위기가 있었다. 마법사 명부는 물론 유수의 마법 학교에서 공부한 흔적조차 없는데 마법 실력이 뛰어나다고 하니 개인 수련자가 저런 경지에 오른 거냐며 놀라워하기도 했다. 하지만 결국 그런 시선 때문에 칼드와 교류하려 한 사람은 없었다. 이조르칸트 출신들이 가장 꺼리는 것이 개인 수련자였기 때문이었다.

"칼드는 고대에 마법사 회의에서 영구히 추방되었던 타센의 후손이라고 합니다. 대략 천 년 전이지만, 여러분은 다 아실 겁니다. 저는 이야기로 전해 들었을 뿐이지만요. 한때는 멜헬디의 카 교수로도 알려졌지요."

그러자 한 사람이 깜짝 놀란 표정을 했다. 그는 멜헬디의 교수였던 파르만센이었다.

"정말입니까? 아니, 그…… 뭐랄까, 달랐는데요. 아…… 제가 늙어서 그런지 이것 참, 도저히 납득이 안 갑니다. 얼굴을 바꾼 건가? 그런데 그 말씀을 듣고 보니 어딘가 비슷하군요. 네, 거만한 말투나 손버릇이…… 상당히 비슷해요. 아하, 참, 정말로 못 알아보다니, 내 눈도 이젠 그냥 옹이구멍이로구만."

알라니엘이 말했다.

"타센의 후손이라면 절대로 이조르칸트에 발을 못 붙일 테니 여러 가지 가명을 쓴 것이 이상하진 않군요. 어느 쪽도 본명이 아닐 겁니다. 타센의 핏줄에게는 마법을 가르치는 것이 금지되어 있어요. 그 이유는 다들 아실 테지요."

그러자 노르마크 출신의 미켈레가 말했다.

"그자가 고대 이스나미르인이 남긴 유산을 제멋대로 사용하려 했었던가요? 그때 타센 일파가 뭔가 훼손하지 않았습니까?"

미켈레는 테타니온에서 손에 꼽을 정도로 적은 인간 마법사 중 하나였다. 따라서 실력자이긴 했지만 상대적으로 젊었다. 알라니엘이 고개를 끄덕였다.

"세월의 돌. 이 세상에 단 세 개 있었다던, 미래의 균열을 대비하는 돌을 훼손한 것이 그자입니다."

테타니온 소속 마법사조차도 모두가 그 이름을 들어보지는 못했다. 미켈레가 다시 물었다.

"균열에 대비하는 돌이라고요? 그럼 지금은 두 개가 남아 있습니까?"

"아니오. 그 중 하나는 일찍이 이미 훼손되었고, 또 하나를 타센이 파괴한 것입니다. 고대 이스나미르가 우리에게 남겨준 소중한 기회가 그렇게 사리사욕으로 하나하나 망가져 간 것이지요. 우리에게는 이제 단 하나의 돌만 남아 있는 것으로 압니다. 그나마 우리 중 누구도 본 적이 없고, 가본 사람조차 없는 곳에 있다고 하더군요."

파르만센이 말을 받았다.

"오노르 다 휘프타. 태양의 탑. 저 스조렌 산맥 너머, 무한한 황무지를 건너가야 한다고 들었지만 아무도 다녀온 사람은 없지요. 그래서 그곳의 돌은 무사한지도 사실 모를 일입니다. 당장 균열이 닥쳐오지 않는다고 우리가 이리도 다 잊고 지내는 게지요."

다들 고개를 끄덕거렸다. 균열이란 까마득한 과거, 고대 이스나미르인들에게 닥쳐왔다던 파멸로 그들은 스스로 균열을 받아들여 멸망을 택했다고 알려져 있었다. 그 후 언젠가 다시 균열이 닥쳐오리라 했지만 그게 언제일지는 아무도 몰랐다. 대부분의 사람들은, 심지어 마법사들조차 그것에 대비하는 무언가가 있다는 것을 몰랐다. 수천 년에 한 번 올지 안 올지 모르는 그런 것에 날마다 신경을 쓰기란 쉬운 일이 아니었다. 대부분의 사람들은.

하지만 모두가 그런 것은 아니다. 스노이켈은 기억하고 있었다. 아스트라한이 오래 전부터 우리 시대에 파국이 닥칠 것을 염려해 왔음을. 그리고 얼마 전, 아스트라한은 그날이 그리 멀지 않다고 말했다. 그들 부자가 왜 키릴로차 르 반의 인생을 그토록 들여다봐야 했는지가 점차 분명해지고 있었다.

하지만 스노이켈은 입을 열 수 없었다. 그 말이 얼마나 큰 혼란을 불러올지 알기 때문에. 지금의 혼란조차 비교할 수 없을 정도로.

그때 이베카가 말했다.

"저는 그곳으로 간 사람을 알고 있습니다. 제가 지금 그 사람의 이야기를 하려 합니다."

스노이켈은 흠칫 놀라 이베카를 보았다. 이베카는 테타니온의 엘프들 중에서는 꽤 젊은 편이었다. 그런 그녀에게 아스트라한과 같은 예지가 찾아왔단 말인가?

이베카를 보는 알라니엘의 눈빛에도 심상치 않은 빛이 어렸다.

"말씀해 주세요. 저도 최근 뭔가를 느껴오던 참입니다. 무슨 일인가가 벌어지고 있지요."

이베카가 고개를 끄덕였다.

"저는 아직 어린지라 많은 것은 모릅니다. 섭리의 손길이 그날 그 사람의 발길을 제가 사는 숲으로 이끌었음을 알았으나, 진정한 이유를 알지는 못했습니다. 그 사람은 단지 개인적인 복수심 때문에 태양의 탑으로 가려 했습니다. 저는 '파괴자의 날개'를 가진 네이판키아 소녀가 그와 함께 하는 것을 보았기에 그의 여정이 그 혼자만의 것이 아님을 깨닫고 그를 도왔습니다. 그는 지금쯤 태양의 탑이 있는 땅에 도달했을 것입니다."

미켈레가 물었다.

"무한히 긴 황무지를 건너가야 한다는데, 그자가 거기까지 가지 못했을 가능성도 있지 않겠습니까?"

"제가 본 바로 그는 대단히 뛰어난 마법사입니다. 설명을 위해 부득이하게 조금 무례한 말씀을 드리자면 저는 물론이고, 이 자리의 누구도 그와 맞서기 힘들 것입니다. 그리고 무엇보다 그에게 어떤 섭리가 함께 한다는 것을 느꼈기에 저는 그가 가야 할 곳에 도달했으리라고 믿고 있습니다. 그의 여정은 그 혼자만의 것이 아니었습니다."

스노이켈은 새삼 이베카를 다시 보았다. 예지는 곳곳에 있었다. 아스트라한과 그만의 것이 아니었다. 이 넓은 세상에 파국이 닥쳐온다면 얼마나 많은 사람이 목숨을 잃을 것인가. 그 모두가 살고 싶어 한다고 할 때 파국이 다가올수록 예지가 널리 퍼지는 것은 놀랄 일이 아니었다. 들짐승도 재해를 미리 느끼고 달아나지 않던가? 하지만 아직은 그런 때가 아니라고 믿었기에 아스트라한은 예지가 퍼지는 것을 극도로 주의해 왔다. 그런데 젊은 이베카에게 테타니온의 누구보다도 빨리 예지가 찾아왔던 것이다.

"조금 전, 저는 이곳의 금제가 시전 시간이라는 스노이켈 님의 말씀을 들으면서 한 가지를 깨달았습니다. 아시다시피 테타니온의 반지에는 전송의 힘이 있습니다."

테타니온은 원로 마법사들의 모임이었기에 중대한 사안이 있어 급히 만나야 할 때를 대비해 반지에 전송의 힘이 불어넣어져 있었다. 즉, 반지를 낀 자는 다른 반지를 낀 자가 있는 곳으로 바로 이동할 수 있었다. 단 한 번에 한해서.

"칼드는 이곳을 떠나기 전에 테타니온이 모두 이 안에 있어서 다행이라고 말했습니다. 즉, 전송의 마법을 써서 밖으로 나갈 수 있는 사람이 없다고 판단했던 것이지요. 아스트라한 님은 미덕의 반지를 두고 가셨으니까요. 하지만 단 하나의 반지가 밖에 있습니다."

스노이켈은 문득 이베카의 손을 내려다보았다. 그녀의 손에는 반지가 없었다. 그래서 테타니온의 자리에도 앉지 않았다. 동시에 놀라운 깨달음이 찾아왔다. 이베카가 말을 이었다.

"그때, 저는 그 사람이 태양의 탑에 이르러야 하지만 동시에 반드시 돌아와야 한다고 믿었습니다. 그래서 그에게 제 반지를 주었습니다. 제 반지는 지금 그와 함께 태양의 탑으로 가고 있겠지요."

둘러섰던 마법사들 사이로 흥분한 기색이 퍼졌다. 이곳을 탈출할 수가 있다. 도움을 청하러 갈 수가 있다. 뛰어난 마법사가 저 문 밖에 오기만 한다면 쉽사리 문에 걸린 마법을 풀어버릴 것이다.

그때 파르만센이 지적했다.

"잠깐만, 그럼 우리가 전송의 힘을 쓰면 지금 태양의 탑 앞으로 가게 된단 말입니까? 아니지. 황무지 한 가운데로 가게 될지도 모를 일이겠는데. 그자가 지금 어디에서 무엇을 하는지 정확히 알 방법은 없는 것 아닙니까?"

이베카가 고개를 끄덕이더니 미소를 지었다.

"그뿐이 아니랍니다. 돌아올 때도 전송의 힘을 써서, 즉 이 안으로 돌아와야 할 겁니다. 너무 먼 곳이라 다른 방법으로 돌아오기에는 시간이 많이 걸리니까요."

"그럼 결국 똑같은 상황이 되지 않습니까? 이 안에 마법사가 모자라서 이러고 있는 건 아니니까요."

"아니오. 그렇지 않습니다. 그는 이스나에의 홀의 금제를 뛰어넘어 마법을 쓸 수가 있습니다."

"그게 무슨 뜻입니까?"

미켈레가 묻자 이베카가 답했다.

"그 사람은 시전 시간이 없는 마법을 씁니다."

모두의 눈이 커졌다. 이 말을 믿어야 할까? 이베카는 키릴이 어째서 그런 마법을 쓸 수 있는지까지는 몰랐다. 하지만 직접 목격했기에 분명히 알고 있었다.

그간 말이 없던 아론이 말했다.

"이곳의 많은 사람들이 굶으면서 며칠 이상을 버티긴 힘들 거요. 그 안에 돌아올 수가 있겠소? 그쪽도 자기 사정이 있을 터인데?"

그러자 스노이켈이 말했다.

"얼마간의 식량 문제는 해결할 방법이 있을 것도 같습니다. 조금 후에 말씀드리지요. 저는 그보다 다른 것을 묻고 싶습니다."

그러더니 이베카를 보았다.

"그 사람이 우리를 도와 줄 것이라고 생각합니까?"

이베카가 미소를 지었다.

"그리 협조적인 사람은 아닙니다. 아니, 솔직히 말하자면 설득하기가 대단히 어려운 사람입니다. 누군가와 도움을 주고받는 것 자체를 싫어합니다. 도움을 주려 해도 너무 냉담해서 무척 고생했는데 도와달라고 하면 반응이 어떨지 모르겠네요. 그래서 누가 가면 좋을지 생각을 잘 해보아야 할 것 같습니다."

다들 서로의 얼굴을 보았다. 이곳을 빠져나가는 부분만 생각한다면 앞 다투어 자원할 일이었다. 그러나 가야 할 곳이 어떤 상황일지 모르는데다 무엇보다 문제의 그 사람을 설득해 동료들을 구해야 한다는 난제를 짊어져야 했다. 안면도 없거니와 이만저만 딱딱한 사람이 아닌 모양인데 누구인들 선뜻 하겠다고 나서기는 어려웠다.

하지만 한 사람만은 달랐다.

비록 만나본 적은 없었지만 스노이켈은 키릴이 어떤 사람인지, 그가 어째서 그렇게 되었는지 낱낱이 알고 있었다. 또한 그는 처음으로 아버지가 오래 전부터 말하던 '누구도 무의미하지는 않다' 는 말의 의미를 깨달았다. 비록 작더라도, 자신만이 할 수 있는 일. 그간 스노이켈은 제자이자 아들이라는 이유로 아스트라한 곁에서 키릴의 삶을 지켜보았다. 단지 방관자로서. 그런 기회가 주어진 이유가 있다면 어떨까? 이것이야말로 자신에게 주어진 작은 역할이 아닐까?

이윽고 스노이켈이 말했다.

"제가 가겠습니다."

〈7권에서 계속〉